L'héritier et la pâtissière

L'étau du passé

BARBARA DUNLOP

L'héritier et la pâtissière

Traduction française de
SOPHIE WATINE-VIEVARD

Passions

HARLEQUIN

Collection : PASSIONS

Titre original :
THE ILLEGITIMATE BILLIONAIRE

HARPERCOLLINS FRANCE
83-85, boulevard Vincent-Auriol, 75646 PARIS CEDEX 13
Service Lectrices — Tél. : 01 45 82 47 47

www.harlequin.fr

ISBN 978-2-2804-1627-6 — ISSN 1950-2761

- 1 -

Le bureau, à la décoration outrancièrement masculine, occupait le cœur du château Clarkson. Deacon Holt adopta l'expression la plus neutre possible. Pas question qu'il donne à Tyrell Clarkson la satisfaction de lire sur son visage de la colère, de l'envie ou une quelconque émotion.

— Un verre ? lui proposa Tyrell en prenant une carafe de cristal sur le bar en noyer incrusté.

Tyrell étant connu dans tout Hale Harbor pour être un amateur de bonnes choses, Deacon en déduisit qu'il s'agissait sûrement d'un single malt vieux de plusieurs décennies.

Il déclina l'offre. Il ignorait pourquoi on l'avait prié de venir ici aujourd'hui, alors qu'il avait été maintenu à l'écart du château toute sa vie, mais une chose était sûre, ça n'était pas une banale invitation.

Haussant les épaules, Tyrell remplit malgré tout deux verres, traversa le bureau et les posa sur la table basse en bois foncé.

— Au cas où vous changeriez d'avis, dit-il en indiquant un des deux fauteuils de cuir qui flanquaient la table.

Ne sachant à quoi il devait s'attendre, Deacon préférait rester debout.

— Asseyez-vous, ordonna Tyrell, tout en prenant place dans son fauteuil.

Pour un homme ayant largement dépassé la cinquantaine, Tyrell était visiblement en bonne forme. Une chevelure fournie et un visage auquel quelques rares rides donnaient du caractère. Il était objectivement bel homme.

Tyrell était riche. Intelligent. Puissant. Et détestable aussi.

— Que voulez-vous ? demanda Deacon.

Tout Hale Harbor était peut-être aux ordres de Tyrell, mais pas lui.

— Discuter.

— De quoi ?

Tyrell tendit son verre vers la lumière qui tombait des lustres et contempla le liquide ambré.

— Glen Klavitt 1965.

— Suis-je censé être impressionné ?

— Au moins curieux. À quand remonte la dernière fois où vous avez bu un single malt de cinquante ans d'âge ?

— Je ne m'en souviens plus.

Deacon refusait de mordre à l'hameçon même s'ils savaient tous les deux qu'il n'appartenait pas à une tranche d'imposition lui permettant de s'offrir du Glen Klavitt 1965. Et quand bien même cela aurait été le cas, jamais il n'aurait dilapidé aussi stupidement son argent.

— Asseyez-vous.

— Je ne suis pas votre chien.

Tyrell leva un sourcil. Redoutant une réaction de colère, Deacon se prépara à essuyer la tempête, et il comprit qu'il s'attendait à un affrontement depuis la minute où il avait franchi les imposantes portes du château.

— Mais vous êtes mon fils.

Bien que Tyrell n'ait pas élevé le ton, ses mots explosèrent comme des boulets de canon dans l'immense salle.

Deacon n'aurait pas été surpris de voir huit générations de Clarkson se lever de leur tombe pour brandir les lourds boucliers qui ornaient les murs de pierre.

Il essaya de jauger l'humeur de Tyrell, mais son visage était impénétrable.

— Vous avez besoin d'un rein ?

C'était la première explication qui lui vint à l'esprit.

La question arracha presque un sourire à son interlocuteur.

— Je suis en parfaite santé.

Deacon n'avait aucune intention d'en savoir davantage sur la famille Clarkson. Tout ce qu'il voulait, c'était sortir de cet endroit. Il ignorait ce qui se passait ici et ne désirait absolument pas y être mêlé.

Avec deux fils légitimes en bonne santé, Aaron et Beau, Tyrell n'avait aucune raison de faire appel à Deacon. Sauf si celle-ci était inavouable.

— Et si vous vous détendiez un peu ? dit Tyrell en désignant le fauteuil vide

— Non.

— Vous êtes têtu.

— Tel père, tel fils.

Contre toute attente, Tyrell éclata de rire.

— Apparemment, ça sera moins facile que je ne l'imaginais. N'êtes-vous pas au moins un peu curieux ?

— Il y a longtemps que j'ai cessé de m'intéresser à vous.

— Pourtant, vous êtes venu.

Il était bien obligé de se l'avouer. En dépit de sa colère, de sa haine, de vingt-neuf années de rancœur, Deacon avait accouru au premier appel de Tyrell. Bien sûr, il était là pour se confronter à l'homme qui avait mis sa mère enceinte avant de l'abandonner. Mais il avait également été poussé par la curiosité.

Il s'assit donc.

— Voilà qui est mieux.

— Que voulez-vous ?

— Est-il indispensable que j'attende quelque chose de vous ?

— Non. Mais c'est le cas.

— Au moins, vous n'êtes pas idiot.

Si Tyrell s'attendait à un remerciement pour ce compliment qui sonnait comme une injure, il en serait pour ses frais.

— Pourquoi m'avez-vous fait venir ?

— Vous êtes au courant pour Frederick, j'imagine.

— Oui.

Frederick, le plus jeune fils de Tyrell – et le demi-frère de Deacon – était mort d'une pneumonie six mois plus tôt. Selon la rumeur, ses poumons avaient sérieusement été endommagés lors d'une chute de cheval quand il était enfant. Ce jour-là, il s'était brisé la colonne vertébrale et avait depuis vécu cloué à un fauteuil roulant.

— Saviez-vous qu'il vivait à Charleston ?

Deacon l'ignorait. Mais comme tous les habitants de Hale Harbor, il savait que Frederick avait quitté le domicile de ses parents après l'université et qu'il n'était jamais revenu. Il l'en avait secrètement admiré.

— Il avait deux fils, poursuivit imperturbablement Tyrell.

L'annonce étonna Deacon. Il n'était pas expert en matière de lésion de la colonne vertébrale, mais il n'aurait pas pensé possible que Frederick ait des enfants. Sans doute les avait-il adoptés.

Peut-être Tyrell s'attendait-il à une réaction de sa

part, mais Deacon n'avait rien à dire au sujet des fils de Frederick.

— Le plus âgé a quatre ans et le deuxième, dix-huit mois. Ce sont mes seuls petits-enfants et je ne les connais même pas.

— En quoi cela me concerne-t-il ?

Deacon non plus ne connaissait pas les petits-fils de Tyrell.

Même si Aaron savait parfaitement qui Deacon était, toute la famille Clarkson prenait grand soin de prétendre ignorer son existence. Concernant Margo, l'épouse de Tyrell, il était moins formel. Peut-être Tyrell avait-il réussi à lui cacher l'existence de Deacon… Dans ce cas, pourquoi l'avoir fait venir au château aujourd'hui ? Margo ne manquerait pas de se poser des questions.

Tyrell prit une généreuse gorgée de whisky et Deacon décida de faire de même. Après tout, ça serait sans doute l'unique chose que son père lui offrirait jamais.

À la fois doux et plein de caractère, le coûteux nectar était excellent, mais il en avait bu de meilleurs. Sans doute les circonstances en gâchaient-elles un peu le goût.

— Je veux voir mes petits-fils.

— Eh bien, faites-le.

— Je ne peux pas.

— Qu'est-ce qui vous en empêche ?

— La veuve de Frederick.

Il fallut un bref instant à Deacon pour pleinement comprendre ce que cela signifiait. Puis il sourit. Une forme de justice était à l'œuvre. Reprenant une gorgée de whisky, il porta intérieurement un toast à la veuve. Cette fois, il savoura pleinement son Glen Klavitt 1965.

— Ça vous amuse, constata calmement Tyrell.

— Que quelqu'un empêche le puissant Tyrell Clarkson d'obtenir ce qu'il veut ? Oui, cela m'amuse.

Inutile de masquer ses sentiments ; Tyrell savait de toute façon très bien que Deacon se souciait de son bonheur comme d'une guigne.

— Passons aux choses sérieuses. Voyons si vous continuez à trouver ça amusant. Je suis prêt à échanger ce que je veux contre ce que vous voulez.

Un instant désarçonné, Deacon était maintenant sur le qui-vive.

— Vous n'avez aucune idée de ce que je veux.

— Je ne parierais pas là-dessus.

— Et moi, j'en suis certain.

Deacon et son père n'avaient jamais discuté ensemble, Tyrell ignorait tout de ses espoirs et de ses rêves.

— Je vous reconnaîtrai officiellement.

Cette proposition était tout simplement risible.

— Si j'avais voulu, j'aurais pu prouver notre lien de parenté grâce à l'ADN depuis des années.

— Je veux dire que je ferai de vous mon héritier.

— Vous voudriez me coucher sur votre testament ?

Deacon n'était pas né de la dernière pluie, il savait qu'une telle promesse pouvait être modifiée d'un simple coup de crayon.

— Non. Pas à ma mort. Maintenant. Je vous offre vingt-cinq pour cent de Hale Harbor Port. Vous auriez autant de parts que moi, Aaron et Beau.

Hale Harbor Port était une société brassant des milliards de dollars que les Clarkson se transmettaient de génération en génération depuis le XVIIIe siècle. Pour Deacon, cette offre était tout simplement surréaliste.

Il avait passé toute son enfance à rêver de faire partie de la famille Clarkson. À s'imaginer que Tyrell aimait sa mère, qu'il désirait secrètement assumer l'existence de Deacon et qu'un jour il divorcerait de Margo pour les accueillir lui et sa mère dans son château.

Mais quand la mère de Deacon mourut, alors qu'il avait à peine dix-neuf ans, Tyrell n'avait même pas pris la peine d'envoyer un mot de condoléances. À partir de ce moment-là, il avait accepté la réalité et cessé de rêver.

Et maintenant, voilà que Tyrell lui faisait cette offre. Qu'est-ce qui pouvait bien valoir vingt-cinq pour cent d'un milliard de dollars ? Certainement rien de légal.

— Vous voulez que je les enlève ?

— Ça serait trop facile. Et seulement temporaire parce qu'on se ferait sûrement prendre, dit Tyrell en secouant la tête.

— Mais moralement, ça ne vous gênerait pas ?

Deacon n'aurait pas été le moins du monde surpris que Tyrell envisage de commettre un crime aussi grave.

Ce dernier soupira avec impatience.

— Accordez-moi au moins le bénéfice du doute.

— Je ne vous accorde rien du tout.

— Mais vous êtes encore en train de m'écouter.

— Je suis curieux, pas tenté.

Tyrell eut un sourire suffisant et termina son verre.

— Bien sûr que vous êtes tenté.

— Crachez le morceau ou je m'en vais, dit Deacon en se levant.

Ce petit jeu avait suffisamment duré.

— Je veux que vous séduisiez et épousiez la veuve de Frederick. Et que vous rameniez mes petits-fils ici. Chez nous, dit Tyrell en scrutant la réaction de Deacon.

Il n'en revenait pas. C'était incroyable, et pourtant Tyrell avait été on ne peut plus clair. Deacon essayait de comprendre ce que dissimulait la proposition. Après tout, Tyrell avait la réputation d'être un maître de la stratégie.

— Pourquoi accepterait-elle de m'épouser ? pensa-t-il tout haut. Quel serait votre intérêt ? Pourquoi ne pas lui proposer de l'argent pour qu'elle vienne s'installer ici ?

— Je ne peux pas faire ça. Je ne peux même pas prendre le risque de la contacter. Je suis certain que Frederick l'a montée contre la famille. Si jamais j'essaie et que j'échoue, la partie sera définitivement perdue.

— Il y a beaucoup d'argent dans la balance.

Même si Frederick avait brossé le plus sombre des tableaux de sa famille, quelle femme normalement constituée ne se laisserait pas tenter par l'immense fortune des Clarkson ?

— Frederick avait quitté l'entreprise, mais il n'avait pas renoncé à son fonds fiduciaire. Elle n'a pas besoin d'argent.

Une fois de plus, Deacon ne put s'empêcher de sourire.

— Quelque chose que vous ne pouvez pas acheter. Comme ça doit être agaçant.

— Elle ne vous connaît pas.

— Est-ce qu'elle connaît Aaron et Beau ?

Deacon ne comprenait toujours pas ce qui avait pu contraindre Tyrell à faire appel à lui.

— Aaron est déjà marié, fit remarquer Tyrell. Quant à Beau… Je suis lucide concernant mes enfants. Il n'a absolument rien d'un bon mari ou d'un bon père.

Deacon était d'accord avec ce constat. Beau n'était pas sérieux. C'était un fêtard, il changeait de petite amie à tour de bras, et ses exploits alimentaient régulièrement les journaux à scandale locaux.

— Vous, en revanche, poursuivit Tyrell en désignant Deacon de son verre vide, je reconnais que vous avez une certaine allure. Les femmes ont l'air de vous apprécier. Les femmes bien.

Deacon était stupéfait que Tyrell ait une opinion à son sujet.

— Personne en dehors de la famille ne connaît vos liens avec nous. Vous pourriez donc avancer officieusement, la séduire et l'épouser.

— Puis lui annoncer la nouvelle, une fois qu'il sera trop tard ?

Deacon ne s'était jamais fait d'illusions sur le sens moral de Tyrell, mais cela dépassait tout.

— Vous ferez passer ça en douceur.

— Non.

Deacon avait peut-être toujours rêvé de posséder une partie de Hale Harbor Port, mais jamais il n'utiliserait la veuve de Frederick comme un vulgaire pion.

— Ça vous pose un cas de conscience ? demanda Tyrell en se levant.

— Oui. Et ça devrait vous en poser un aussi.

Deacon scruta le regard de Tyrell à la recherche de la moindre étincelle d'humanité.

— Faites sa connaissance, dit Tyrell, sans laisser à Deacon le temps de refuser une seconde fois. Faites sa connaissance avant de prendre une décision. Et si vous ne voulez pas le faire, ne le faites pas. Mais ne renoncez pas à plusieurs centaines de millions de dollars sans examiner la situation sous tous ses angles.

— Je ne suis pas comme vous.

— Vous êtes mon fils, répéta Tyrell.

Deacon aurait voulu répondre que même s'il portait les gènes de Tyrell il n'avait rien de commun avec lui. Qu'il avait un sens moral, transmis par sa mère.

Et pourtant, il hésitait.

À cet instant, il était clair qu'il avait hérité d'une partie des traits de caractère de son père. Et ça n'était pas reluisant, parce qu'il se surprenait à se demander s'il était vraiment si condamnable de rencontrer la veuve de Frederick avant de refuser l'offre de Tyrell.

C'était dans ces moments-là que son mari manquait le plus à Callie Clarkson. Frederick adorait le printemps, le parfum des roses pénétrant par les fenêtres et venant se mêler aux odeurs de cannelle et de framboise qui s'échappaient de la cuisine. Aujourd'hui, le soleil brillait dans un ciel bleu très pur, et les touristes se pressaient dans la boulangerie pour acheter muffins et scones fourrés encore tout chauds.

Leur boulangerie, Downright Sweet, occupait les deux niveaux d'une maison de briques rouges dans le quartier historique de Charleston. Au rez-de-chaussée, ils avaient complètement rééquipé la cuisine quand ils avaient acheté cinq ans plus tôt et ils avaient installé le comptoir principal ainsi que quelques tables, à l'intérieur et sous le porche. À l'étage, il y avait une salle à manger dont les fenêtres couraient sur tous les murs et une terrasse couverte donnant sur la rue arborée et délicatement ombragée.

L'affluence de midi était passée, et la responsable de la boulangerie, Hannah Radcliff, poussa un profond soupir de soulagement.

— Je ne sens plus mes pieds, dit-elle de sa voix aussi douce que les courbes adorables qu'elle devait à sa passion pour la crème au beurre.

Elle avait la quarantaine, des yeux couleur moka et son joli visage était toujours éclairé par un sourire. Les fils de Callie, James et Ethan, étaient fous d'elle.

— Fais une pause, lui dit Callie. On va se débrouiller, avec Nancy.

— Oui, repose-toi, suggéra aussi Nancy, qui était

en train de nettoyer la machine à expresso. Je m'occuperai des tables.

— Je vous prends au mot, répondit Hannah. Oh ! regarde.

Callie suivit la direction du regard de Hannah. Hank Watkins, le maire de la ville, longeait la vitrine et allait entrer dans la boulangerie.

Nancy eut un petit rire amusé. Étudiante à l'université, elle était rentrée chez sa famille à Charleston pour l'été. Elle ne comprenait pas ce que le maire pouvait avoir de séduisant.

Célibataire et légèrement plus jeune que Hannah, Hank Watkins avait le sourire aussi facile que cette dernière. Brun, il avait les cheveux courts sur les côtés et une mèche sur le dessus du crâne. Cette coupe ne plaisait pas particulièrement à Callie, mais il était plutôt attirant, dans le genre distingué seyant à un homme politique.

Costaud, doté d'une voix retentissante – c'est ainsi qu'elle l'aurait décrit –, il était issu de l'une des familles les plus influentes de Charleston, dont les origines remontaient jusqu'au débarquement du *Mayflower*.

Quand la petite clochette de la porte d'entrée tinta, Callie s'éloigna de la caisse et se mit à nettoyer le présentoir des cupcakes pour laisser le champ libre à Hannah.

— Bonjour, monsieur le maire, dit celle-ci.

— Vous pouvez m'appeler Hank.

— Hank. Qu'est-ce qui vous ferait plaisir ? reprit Hannah en se tournant vers la vitrine qui se trouvait à sa gauche. Un chausson au citron ? Un cupcake à la crème de beurre de noix de coco ? Ils font un malheur aujourd'hui.

— Que me recommandez-vous ?

— La tarte aux noix de pécan est une valeur sûre.

— Parfait.

— Avec de la crème fouettée ?

— Bien sûr, répondit le maire en prenant son portefeuille dans la poche de sa veste de costume.

Puis, il se tourna vers Callie.

— Callie ?

— La crème fouettée est toujours un plus, répondit Callie, tout en concentrant son attention sur les cupcakes, pour rester discrète.

— J'espérais pouvoir vous parler, dit Hank d'un ton devenu plus sérieux.

— Est-ce qu'il y a un problème ? s'enquit-elle, immédiatement inquiète.

La mort inattendue de son mari, six mois plus tôt, avait ébranlé l'optimisme habituel de Callie. Elle se rendait compte que pendant les années passées avec Frederick elle avait eu une fâcheuse tendance à oublier que la vie apportait le plus généralement douleur et déception et qu'il fallait toujours être prêt à y faire face.

Le maire tendit un billet de dix dollars à Hannah.

— Gardez la monnaie, lui dit-il avec un sourire.

— Merci, Hank.

— Pouvez-vous venir avec moi ? dit-il en s'adressant à Callie.

— Bien sûr.

Elle dénoua son tablier couleur vert armée et le passa par-dessus sa tête.

Dessous, elle portait une chemise blanche et un pantalon fluide kaki. Elle avait relevé ses cheveux en un chignon très simple et avait mis, comme chaque jour, les petites boucles d'oreilles en diamant que Frederick lui avait offertes pour son dernier anniversaire. Quand elle sortit de derrière le présentoir, elle toucha machinalement sa bague de fiançailles et son alliance.

Elle redoutait que Hank vienne lui apporter de mauvaises nouvelles concernant la terrasse couverte. Il s'était en effet proposé d'en parler au conseil personnellement pour qu'on accorde rapidement le permis à Callie. Elle avait refusé son offre et commençait à se demander si elle n'avait pas commis une erreur. Peut-être aurait-elle dû le laisser l'aider.

Frederick lui avait toujours conseillé de mettre les politiciens locaux dans sa poche. « Même si tu ne les apprécies pas, disait-il, sans parler de les aimer, ça ne coûte rien d'être aimable. On ne sait jamais dans quel sens le vent va tourner. »

Si la boulangerie n'obtenait pas le permis de rénover la terrasse, Callie ne pourrait pas faire remplacer les poutres porteuses et il faudrait fermer la terrasse en attendant de refaire des plans. Or, on était en mai. C'était le début de la saison touristique et elle espérait bien tourner à plein régime d'ici à la fin du mois de juin.

Ils s'installèrent à une table libre près de la baie vitrée.

— Est-ce que ça concerne le permis ?

— J'en ai peur.

Callie eut l'impression que son cœur s'arrêtait.

— Il a été refusé.

— Pas encore, dit Hank en posant soigneusement sa fourchette sur sa serviette. Mais Lawrence Dennison hésite.

— Pourquoi ?

La boulangerie, tout comme les autres bâtiments du quartier historique, était soumise à des conditions de rénovation très strictes, afin de protéger le caractère ancien de ces rues. Mais cela avait été pris en compte dans les plans. La terrasse serait plus large, mais en harmonie avec l'architecture générale du bâtiment.

— Vous connaissez Lawrence, dit Hank avec

un haussement d'épaules. C'est un nostalgique des années 1950.

— Je n'arrive pas à croire qu'on continue à le réélire.

Tout en parlant, Callie réfléchissait aux solutions qui s'offraient à elle. Elle pouvait réduire la taille de la terrasse, peut-être se contenter des rénovations de structure et ne rien changer à l'esthétique générale. Mais quel dommage de dépenser tant d'argent et de ne pas améliorer l'aspect pratique. Et puis, présenter un autre projet signifiait reprendre le processus depuis le début et il lui faudrait fermer la terrasse pour toute la saison estivale.

— Sa danseuse, c'est le comité d'embellissement de la ville, dit Hank en la regardant d'un air entendu.

Callie ne voyait pas où il voulait en venir.

— Et ?

— Et si quelqu'un entrait dans ce comité et se montrait particulièrement sensible à l'embellissement de la ville, Lawrence aurait peut-être une meilleure opinion de cette personne.

Hank plongea sa fourchette dans la crème fouettée et la glissa dans sa bouche.

Callie jugea la suggestion écœurante.

— Vous voulez que je corrompe Lawrence pour obtenir mon permis.

— Rejoindre un comité, ça n'est pas de la corruption, répliqua Hank avec un sourire amusé.

Il tendit la main et vint la poser sur celle de Callie. C'était un geste d'une intimité gênante, et sa première réaction fut de retirer sa main. Mais les mots de Frederick résonnaient encore dans sa tête. *Ça ne coûte rien d'être aimable.*

— Êtes-vous opposée à l'embellissement de la ville ? demanda Hank.

— Bien sûr que non. Mais je suis très occupée entre mes fils, la boulangerie et la maison.

Dès leur arrivée à Charleston, Frederick et elle avaient acheté une grande maison datant d'avant la guerre de Sécession. Elle était magnifique mais difficile à entretenir au quotidien.

La porte de la boulangerie s'ouvrit et une grande silhouette attira l'attention de Callie. L'homme balaya la pièce du regard, comme s'il en notait méthodiquement tous les détails.

Il lui rappelait étrangement quelqu'un, et pourtant elle était sûre de ne l'avoir jamais rencontré. Il devait mesurer un peu plus d'un mètre quatre-vingts et avait d'épais cheveux bruns, les yeux bleus et un menton volontaire. Il avait l'air sûr de lui.

Elle fut ramenée à la conversation par la voix de Hank.

— Ça ne représenterait pas beaucoup de travail. C'est moi qui préside le comité et je vous promets de ne rien vous confier de trop prenant. On se rencontre une fois par semaine. Nous sommes six membres, mais en fonction du sujet abordé, il y a souvent des citoyens qui assistent également aux réunions. Tout ça se passe de façon très civilisée et décontractée.

Une fois par semaine, ça n'était pas démesuré, mais ça voulait dire ne pas lire leur histoire aux garçons ce soir-là, prendre une baby-sitter et rattraper les tâches ménagères un autre jour de la semaine.

— Ça n'est pas de la corruption, insista Hank en lui pressant légèrement la main. Ça prouvera votre intérêt pour cette ville et votre goût pour l'atmosphère du quartier historique en particulier.

— J'apprécie énormément la vieille ville. J'y vis et j'y travaille.

— Je sais, dit-il en serrant sa main un peu plus fort.

Raison de plus pour vous joindre au comité. Impliquez-vous, même un peu. Ça fera plaisir à Lawrence, vous aiderez votre ville et vous pourrez débloquer le permis pour votre terrasse.

À part le défi de la baby-sitter, il n'y avait rien à redire à ce plan. Bien sûr, ça lui semblait un peu opportuniste, mais ça n'avait rien d'immoral.

Hank se pencha vers elle et baissa la voix.

— Maintenant que Frederick n'est plus là, je suis sûr que vous voulez que Downright Sweet marche le mieux possible.

— Bien sûr.

Callie avait grandi dans une famille très pauvre et dysfonctionnelle, où l'on ne savait jamais s'il y aurait à manger la semaine suivante. Sans parler de pouvoir s'acheter des vêtements ou payer les notes d'électricité. Frederick l'avait arrachée à cette misère. C'était un homme merveilleusement doux, plein de vie et qui n'avait jamais laissé son handicap entraver ses projets.

Grâce à ses économies, il avait pu acheter leur maison et la boulangerie. Le capital de l'entreprise n'avait pas été entamé, mais il fallait toujours lutter pour maintenir les coûts de fonctionnement.

Une ombre passa sur la table et ils furent interrompus par une voix profonde et masculine.

— Excusez-moi ?

Callie leva les yeux vers cet homme qu'elle ne connaissait pas, et son regard bleu provoqua une étrange pression à l'intérieur de sa poitrine.

— Vous êtes bien Callie Clarkson ? La propriétaire de la boulangerie ?

— Oui, répondit-elle en éloignant sa main de celle de Hank.

Peut-être que cet homme était journaliste pour un magazine ou critique gastronomique.

En prenant la main qu'il lui tendait, elle se sentit comme enveloppée par sa force. Il n'était pas brutal. Il ne lui broyait pas la main, mais son contact était ferme. Et sa peau n'était ni trop chaude ni trop froide, exactement à la même température que la sienne.

— Deacon Holt, se présenta-t-il.

Hank repoussa sa chaise, se leva et arbora son sourire de politicien.

— Je suis Hank Watkins, le maire. Vous venez de vous installer à Charleston ?

— Je suis ici en touriste, répondit Deacon Holt sans quitter Callie du regard.

Elle savait qu'elle aurait dû détourner les yeux, mais il y avait dans la profondeur du regard de cet homme quelque chose d'étrangement rassurant.

— Eh bien, soyez le bienvenu, dit Hank d'une voix chaleureuse. J'espère que vous êtes passé par le syndicat d'initiative.

— Pas encore, répondit Deacon, déplaçant lentement son attention sur Hank.

— Vous y trouverez toutes les informations sur les hôtels, les restaurants, les magasins et, bien sûr, les choses à voir.

— J'ai déjà trouvé le restaurant.

Callie sentit un léger sourire se former sur ses lèvres.

— Bon. Je vous souhaite un agréable séjour.

Deacon ne sembla absolument pas troublé par le ton méprisant de Hank. Il se tourna vers Callie.

— Que me recommandez-vous ?

— Tout est bon.

— Une réponse très diplomatique, dit-il avec un sourire complice.

Hank s'éclaircit la gorge. Il était visiblement impatient de reprendre sa conversation avec Callie et de connaître sa décision.

Elle savait ce qu'elle allait faire, mais cela pouvait bien attendre deux minutes. Le temps de savoir ce que voulait Deacon Holt. Si par chance il avait l'intention de lui offrir de la publicité gratuite, elle tenait à ce qu'il se sente bien accueilli.

— Le pain au levain est délicieux. Tous les sandwichs que l'on fait avec. Et si vous avez envie de sucré, vous devriez prendre un cupcake. Le glaçage à la crème au beurre est à tomber.

— Va pour le glaçage à la crème au beurre, dit-il. Merci.

— Callie ? l'interrogea Hank tandis que Deacon s'éloignait.

— Ma réponse est oui, dit-elle.

Ravi, Hank lui adressa un sourire radieux et prit sa main entre les siennes.

— J'en suis heureux.

— Quand la prochaine réunion a-t-elle lieu ?

— Jeudi. À 18 h 30.

— Comptez sur moi.

Deacon avait été surpris de trouver Callie en pleine conversation intime avec le maire Hank Watkins. Il n'était arrivé en ville que depuis deux jours, mais il savait déjà tout de la famille Watkins. Ils étaient les Clarkson locaux, avec ce que ça supposait de pouvoir, de prestige et d'argent.

Il ne s'était pas non plus imaginé que la veuve de Frederick serait aussi posée, raffinée et incroyablement belle. C'était étonnant, parce que Frederick n'avait jamais eu beaucoup de succès avec les filles.

Deacon avait fréquenté un autre lycée que Aaron, Beau et Frederick. Ses demi-frères étaient allés à l'académie de Greenland et lui, dans un établissement public. Mais les jeunes de Hale Harbor finissaient toujours par se croiser lors d'événements sportifs ou de fêtes, et il connaissait un peu leur pedigree à chacun.

Lui et Beau avaient le même âge. Aaron, un an de plus, et Frederick deux ans de moins. Si Aaron était blond, et Beau, brun comme Deacon, Frederick était roux avec des taches de rousseur. Plus mince et plus petit que ses frères, il semblait vivre dans l'ombre d'Aaron sur le plan intellectuel et dans celle de Beau sur le plan sportif.

Deacon ne comprenait donc absolument pas comment une femme telle que Callie avait pu tomber amoureuse de Frederick. Il supposait que c'était pour son argent. C'était souvent le cas. Rien d'inhabituel.

Étonnamment, Deacon n'avait pas envie de penser ça de Callie, mais il aurait été idiot de ne pas envisager cette possibilité.

Après leur rencontre de la veille, il avait laissé passer la soirée. Puis, la matinée, avant de retourner à la boulangerie pour déjeuner. Il avait besoin de plus d'informations, notamment concernant la relation de Callie avec le maire, Hank Watkins.

À son avis, Callie était beaucoup trop bien pour Hank. Mais il était clair que ce dernier pensait avoir une chance. Sans doute l'avait-elle encouragé dans ce sens.

Comme Frederick, Hank avait de l'argent. Peut-être que le charme de Callie cachait la personnalité calculatrice d'une femme qui savait parfaitement ce qu'elle voulait.

Aujourd'hui, elle était derrière le comptoir et servait les clients, toujours aussi ravissante que la veille. Cheveux blond foncé ramenés en une sage queue-de-cheval, longs cils, yeux bleu-vert et joues rosies par l'énergie qu'elle mettait dans son travail. Voilà qui ne correspondait pas à l'idée qu'il se faisait d'une croqueuse de diamants. Ceci dit, personne n'était fait d'un seul bloc.

Après le délicieux sandwich au jambon et la forêt-noire de la veille, il voulait essayer celui à la dinde et à la tomate, mais il n'arrivait pas à se décider pour le dessert. Il y avait trop de choix.

Son regard passa des tartes aux cupcakes puis aux viennoiseries et aux cookies. Il était tenté par le chocolat blanc au beurre de cacahuète. Mais les tartelettes aux framboises et à la crème lui mettaient littéralement l'eau à la bouche. Pourquoi pas *deux* desserts ? Il n'aurait qu'à courir dix kilomètres ce soir avant de se coucher.

Il allait entamer la deuxième moitié de son sandwich quand la porte s'ouvrit. Deux petits garçons se ruèrent à l'intérieur, suivis par une adolescente en T-shirt, short et baskets blanches.

Aucun doute possible, c'étaient les deux fils de Callie. Celui de quatre ans était une version miniature d'Aaron, et le plus petit, âgé de dix-huit mois, ressemblait trait pour trait à Beau.

— Maman, s'écria le plus petit. Il trotta vers le comptoir à travers le labyrinthe des tables tandis que son frère le suivait plus tranquillement.

— Bonjour, mon bébé chéri, dit Callie avec un tendre sourire.

— On voulait s'acheter des glaces sur Parker Street, dit l'adolescente.

Blonde avec une mèche bleu électrique qui lui barrait le front, la jeune fille devait avoir environ seize ans.

— Mais il y avait une queue de presque une heure, alors ils ont décidé de ramener les enfants plus tôt à la garderie.

— Vous vous êtes bien amusés au parc aquatique ?

— Arrosés, répondit le mini-Beau.

— J'ai fait du grand toboggan, dit la version réduite de Aaron, ajoutant le geste à la parole.

— Ethan a aspergé tout ce qui bougeait, dit la jeune fille en ébouriffant les cheveux bruns du petit Beau. Il vise bien.

— Aspergé James, fanfaronna Ethan, en pointant sur son frère son pouce et son index comme si c'était un revolver.

Deacon observait la scène avec étonnement.

— J'étais déjà mouillé, dit James, très philosophe. On peut avoir des cookies ?

— Comme vous n'avez pas mangé de glace, vous avez droit à un chacun.

— J'en veux un au beurre de cacahuète, dit James.

— Aux bonbons, s'écria Ethan.

— Et toi, Pam ? demanda Callie à la jeune fille.

— Non merci.

— Les cookies géants à la farine d'avoine sortent à peine du four.

— Alors là, je ne peux pas résister, dit Pam en dirigeant avec douceur les garçons vers une table près du mur.

Deacon se leva et se dirigea vers le comptoir.

— Ce sont vos fils ? demanda-t-il à Callie.

— Oui, répondit-elle, visiblement surprise par la question.

— Ils sont adorables.

— Merci, répondit Callie, toujours un peu sur ses gardes.

— Vous avez parlé de cookies géants, il me semble…

— Tout droit sortis du four, compléta-t-elle avec un sourire professionnel.

— Je vais en prendre un.

— Bien sûr.

Callie enregistra l'achat sur la caisse.

— Merci pour votre conseil, hier, dit Deacon en lui tendant sa carte de crédit.

Elle eut l'air intriguée.

— Vous m'avez conseillé le pain au levain. Vous avez eu raison.

— Je suis heureuse que ça vous ait plu, dit-elle en lui indiquant le petit terminal au-dessus duquel il fit glisser sa carte.

L'appareil indiqua par un bip que le paiement était accepté. C'était maintenant ou jamais pour Deacon.

— Je me demandais…

Les jolis sourcils de Callie se levèrent en signe d'interrogation.

— Accepteriez-vous de prendre un café avec moi ?

La proposition la mit manifestement mal à l'aise. Elle effleura son alliance et son regard se tourna vers ses fils.

— Pas maintenant, précisa-t-il. Peut-être plus tard ?

Le front de Callie se plissa.

— Ou bien demain, ajouta-t-il rapidement, la sentant sur le point de refuser.

— C'est très gentil à vous, dit-elle.

— Mais je sens qu'il y a un « mais ».

Avait-elle une liaison avec le maire ? Elle refuserait certainement de prendre un café avec Deacon si tel était le cas.

— Le fait est que je suis très occupée.

— Je comprends, dit-il en rangeant sa carte.

C'était probablement une excuse. C'était sûrement à cause de Hank Watkins. Mais insister maintenant ne le mènerait à rien. Mieux valait être un peu patient.

Il n'avait d'ailleurs pas encore pris la décision de la séduire. Pour l'instant, il évaluait la situation.

Jamais il n'aurait envisagé de piéger une femme

innocente, mais si elle en voulait à l'argent du maire, il était probable qu'elle ait agi de la même manière avec Frederick. Ce qui changeait totalement l'équation.

— Peut-être une autre fois, dit-il.

— Pensez-vous rester longtemps à Charleston ?

— Je ne sais pas encore. Tout dépend si je m'y plais, répondit-il avec un regard un peu appuyé.

Les joues de Callie s'empourprèrent. Elle ne semblait pas savoir comment réagir.

Deacon décida d'en rester là pour l'instant. Il allait mener sa petite enquête. Avec un peu de chance quelqu'un saurait si Hank Watkins fréquentait oui ou non Callie.

- 2 -

Dans le petit bureau situé à l'arrière de la boulangerie, Callie regardait la photo encadrée de Frederick et des garçons. C'était incroyable à quel point ses fils avaient grandi depuis la mort de son mari. Elle souleva la photo pour l'examiner de plus près.

C'était la dernière qui avait été prise des garçons avec leur père lors de leur voyage en famille au mois de septembre précédent. Ils avaient pris leur voiture et avaient remonté la côte jusqu'à Virginia Beach.

Frederick adorait ce genre de périple. Sans doute parce que le fait d'être assis dans une voiture lui permettait d'oublier son handicap, de se sentir comme tout le monde.

Si James était sage pendant les longs trajets, Ethan n'aimait pas du tout passer trop de temps dans son siège-auto, et Frederick avait fait son possible pour distraire le bébé d'un an à l'époque pendant que Callie tenait le volant. Tout ça lui paraissait si loin…

En novembre, Frederick avait pris froid. Juste un petit rhume que James avait attrapé à la crèche mais qui descendit tout de suite sur les poumons fragiles de Frederick. Comme James et Ethan avaient eux aussi eu de la fièvre et toussé quelques nuits avant de guérir, Frederick ne voulait pas qu'elle s'inquiète.

Mais le lendemain matin, la fièvre de Frederick

avait brutalement augmenté. Callie l'avait amené d'urgence à l'hôpital, où il avait perdu conscience. Les médecins ayant diagnostiqué une pneumonie, il avait été immédiatement mis sous antibiotiques. Mais ses poumons étaient trop fragiles.

Il n'était pas sorti du coma, et quelques heures plus tard, elle avait dû lui faire ses adieux.

Sur la photo, Ethan souriait, assis sur les genoux de Frederick. James était debout à côté d'eux, la tête posée sur l'épaule de son père. James se souvenait de son papa, mais Ethan ne le connaissait que grâce aux photos et aux vidéos. Les garçons avaient tant changé. Ils étaient devenus si forts, avaient appris tant de choses. Frederick serait tellement fier d'eux.

— Callie ? l'appela Hannah en passant la tête par la porte ouverte.

— Ça commence à s'agiter ? demanda Callie en reposant la photo.

L'heure du déjeuner approchait. Pam garderait les garçons jusqu'à 2 heures. Depuis la mort de Frederick, Callie avait modifié ses horaires. Heureusement qu'elle pouvait compter sur sa baby-sitter, un véritable don du ciel, et sur Hannah, qui veillait à ce que tout fonctionne à merveille à la boulangerie quand Callie devait être chez elle.

— La queue s'allonge, dit Hannah. Et le cheesecake à la cerise plaît toujours autant.

La nouvelle réjouit Callie. Elles avaient créé la recette et commencé à vendre ce gâteau depuis à peine un mois. Ce succès était vraiment gratifiant.

— J'arrive, dit Callie.

Hannah et elle traversèrent la cuisine pour entrer dans le café.

La file d'attente atteignait la moitié de la salle. Quelques tables venaient d'être libérées, et Callie s'empressa de les débarrasser pour permettre aux clients de venir s'asseoir.

Alors qu'elle nettoyait les tables, elle eut la surprise de remarquer Deacon, installé dans un des box. Il n'était pas revenu à la boulangerie depuis une semaine et elle en avait déduit que ses vacances étaient terminées et qu'il avait quitté la ville.

Comme elle pensait ne jamais le revoir, elle s'était autorisée à fantasmer un peu sur lui. À s'imaginer une balade main dans la main dans le parc, un baiser sous les étoiles et bien plus encore. En y repensant, elle sentait le rouge lui monter aux joues. Bien sûr, il ne pouvait pas lire dans ses pensées, mais elle se sentait mal à l'aise quand même.

— Bonjour, Callie, la salua-t-il.

Surmontant sa gêne, elle s'approcha de sa table.

— Bonjour, Deacon.

Quand elle prononça son prénom, le sourire de Deacon s'épanouit.

— Je pensais que vous aviez quitté la ville.

— Eh, non. Je suis toujours là.

— Et revenu pour notre pain au levain ? dit-elle en jetant un œil à son assiette.

— Je n'ai pas pu résister à la tentation, déclara-t-il d'un ton charmeur. J'espérais que vous accepteriez mon invitation cette fois-ci.

Il ne fallait pas qu'elle se laisse entraîner sur ce terrain-là. Elle devait résister. Il n'aurait pas été correct de se précipiter dans les bras d'un autre homme si vite après la mort de son mari.

Non que Frederick ait été l'amour de sa vie. Ils avaient été des amis, des compagnons très proches et des parents. Il l'avait arrachée à la pauvreté et elle lui avait donné la famille qu'il désirait.

— J'aimerais pouvoir accepter, dit-elle.

— Et quelque chose vous en empêche ?

Il avait demandé ça avec douceur. Avec gentillesse, même.

— Une vie bien remplie, dit-elle, sans intention d'entrer dans les détails.

— Quelqu'un d'autre ?

— Quoi ?

— Est-ce que vous voyez quelqu'un d'autre ?

— Mais non.

Elle tourna légèrement la tête pour vérifier la file d'attente. Soudain, elle se sentait coupable de rester là à bavarder alors que Hannah et les autres faisaient tout le travail.

— Tout le monde le fait, reprit Deacon.

— Non. En tout cas, pas moi.

Pourquoi était-il encore à Charleston ? Pourquoi rêvait-elle d'une chose qui ne pouvait arriver ?

— Peut-être pas concrètement, mais les hommes et les femmes passent leur temps à rechercher l'attention les uns des autres.

— Je ne recherche pas votre attention, mentit-elle.

Une lueur amusée passa dans les yeux bleus de Deacon.

— Eh bien, moi, je cherche à attirer la vôtre.

— Inutile.

— Ce n'est pas quelque chose que je peux contrôler. Mais soyons clairs, je ne propose que de prendre un café et discuter un peu.

— Je dois me remettre au travail, dit-elle en indiquant les clients.

— D'accord.

— Je ne peux pas sortir avec vous. Je n'ai pas le temps.

C'était parfaitement vrai. Entre la boulangerie et ses fils, elle n'avait pas le temps d'avoir une vie sociale.

— D'accord.

Il renonçait facilement.

Elle ne regrettait pas d'avoir refusé. Pas question qu'elle s'autorise à regretter.

Elle lui fit un petit signe de la tête et prit la direction du comptoir d'un pas ferme.

— Qu'est-ce qui s'est passé ? lui demanda Hannah à voix basse.

— Oh ! rien. Juste un client.

Callie mourait soudainement de chaud. Mais après tout, elle était dans une boulangerie au mois de mai. L'inverse aurait été étrange.

— Il est venu la semaine dernière.

— Exact, admit Callie.

Hannah servit un cheesecake et rendit sa monnaie au client pendant que Callie dressait des assiettes avec une tranche de cheesecake à la cerise, du coulis au chocolat et une généreuse dose de crème fouettée.

— Qu'est-ce qu'il te racontait ? demanda Hannah.

— Rien.

— C'est un rien qui a duré bien longtemps.

— Il m'a proposé d'aller boire un café, reconnut Callie.

— Mais c'est génial.

— J'ai dit non.

C'était le tour du client suivant.

— Deux tartes aux noix de pécan et une douzaine de cookies au beurre de cacahuète. Les cookies à emporter, s'il vous plaît.

Pendant que Callie servait les parts de tarte et les décorait avec de la crème fouettée, un autre membre de l'équipe prépara la commande de cookies.

Une fois tous les clients servis, Hannah suivit Callie dans la cuisine, où des torsades à la cannelle refroidissaient sur des grilles tandis que les boulangers travaillaient la pâte pour une autre fournée.

— Pourquoi as-tu refusé ?

— Je ne veux pas sortir avec un touriste. Avec personne, d'ailleurs. Je n'ai pas le temps, et ça ne fait que six mois.

— Ça fait bien plus que six mois.

— Ça, personne ne le sait.

Callie et Frederick avaient toujours préservé les apparences d'un mariage normal.

— Je dis juste qu'il n'y a rien de mal à flirter un peu, à embrasser ou même à… Enfin bref, tu m'as comprise, la taquina Hannah.

— Je n'ai même pas envie de te répondre.

— Parce que la réponse que tu souhaiterais pouvoir donner est à l'opposé de celle que tu *veux* donner, dit Hannah avec autorité.

— Je ne comprends rien à ce que tu racontes.

— Tes hormones veulent une chose, mais ton cerveau résiste.

— Je dois déjà m'occuper de mes deux enfants, d'une boulangerie et d'embellir la ville.

— Callie, tu es une jeune femme pleine de vie qui n'a jamais…

— *Ça* n'a rien à voir avec tout ça.

Hannah savait que Frederick était incapable d'avoir des rapports sexuels, et que James et Ethan étaient nés d'une fécondation in vitro.

— Il faudra bien que tu fasses le grand plongeon un jour.

— Le sexe n'est pas la seule forme d'intimité.

— Je comprends, dit Hannah d'un ton apaisant.

— Ça me surprend de ta part.

— Je ne cherche pas à t'influencer.

Callie éclata de rire. Ce que venait de dire Hannah était tellement absurde.

— Je veux juste te dire... Ne renonce pas à un homme comme ça si vite. Réfléchis bien.

Callie y avait déjà beaucoup pensé. Et elle continuait à le faire. C'était d'ailleurs son plus gros problème. Elle n'arrivait pas à penser à autre chose.

Deacon était lucide. Il s'était trompé de stratégie, et Callie n'accepterait jamais de sortir avec lui. C'était sans doute à cause du maire, mais il y avait peut-être autre chose. En tout cas, s'il voulait se rapprocher d'elle, il lui fallait changer de tactique.

La semaine qui suivit, il se renseigna sur Callie et Hank Watkins. Les gens les considéraient comme des piliers de la communauté. Ils fréquentaient les mêmes cercles, et certaines personnes semblaient penser qu'ils formeraient un beau couple.

Quand il apprit que Callie faisait partie du comité d'embellissement de la ville, Deacon profita de l'occasion pour assister à une réunion. Assis discrètement au fond de la salle, il pouvait observer ce qui se passait entre eux.

À un moment, Hank chuchota à l'oreille de Callie, qui lui répondit par un sourire. Il lui toucha le bras et elle ne s'écarta pas. Il remplit son verre d'eau et lui tendit un stylo. Elle prit le stylo et but.

La voir aussi à l'aise avec Hank Watkins, un homme riche, puissant mais aussi bien plus âgé qu'elle confirma les doutes de Deacon. Elle avait bel et bien épousé Frederick pour son argent. Qui plus est, la concurrence serait rude.

En effet, il ne possédait ni le nom ni le pouvoir de Watkins, et il ne pouvait pas se prévaloir de celui de Clarkson auprès d'elle. Néanmoins, il avait pas mal réussi dans la vie et il ne serait pas difficile d'enjoliver un peu les choses, de donner l'illusion qu'il avait plus d'argent et plus de pouvoir.

Mais cette fois, il lui faudrait être plus subtile et la laisser venir à lui. À l'issue de la réunion, quand l'heure fut venue des menus bavardages autour d'un café et de quelques biscuits, il engagea la conversation avec des habitants de Charleston, en s'assurant que Callie le verrait.

— Deacon ?

La voix de Callie était un peu hésitante. La nouvelle approche avait payé.

Il se retourna, feignant la surprise.

— Callie. Quel plaisir de vous revoir.

Il prit aimablement congé des autres personnes, pour s'éloigner de quelques pas avec Callie.

— Combien de temps exactement durent vos vacances ? demanda-t-elle en fronçant les sourcils.

Il prit une fausse expression coupable.

— J'ai bien peur d'avoir un aveu à faire.

Elle attendit.

— Je ne suis pas un simple touriste.

— Qui êtes-vous, alors ? dit-elle, l'air un peu inquiète.

— Je songe à m'installer à Charleston.

— Mais pourquoi ne me l'aviez-vous pas dit ?

— C'est compliqué. Il y avait des choses à vérifier et à organiser. Je ne tenais pas à ce que les gens soient au courant de mes projets.

— Quels projets ?

Elle semblait maintenant contrariée et sur ses gardes. Il était en train de tout gâcher.

— Je possède des parts dans une entreprise nationale de transport.

Il exagérait, mais pas beaucoup. Il possédait *quelques* parts, et l'entreprise avait une envergure plutôt régionale que nationale. Il ne s'éloignait pas complètement de la vérité.

— Nous ne sommes pas basés en Virginie, mais nous cherchons à nous développer. Et pour ça, il nous faut du terrain. Beaucoup. Dans une zone commerciale et industrielle. Et si les professionnels de l'immobilier étaient au courant… Vous savez ce qui arrive aux prix quand une grosse entreprise se montre intéressée.

Il restait le plus près possible de la vérité. Mobi Transport cherchait toujours à se développer. Pourquoi pas à Charleston ? Et effectivement, les prix de l'immobilier grimpaient quand une grosse entreprise entrait dans la donne.

— Autrement dit, vous aviez intérêt à être malhonnête ?

Il était un peu désarçonné par la question.

— Je ne qualifierais pas ça de malhonnêteté.

— Vous cachez la véritable valeur de leurs propriétés aux citoyens de Charleston.

— Je la maintiens à un niveau raisonnable.

— En mentant sur vos intentions.

— Mais je ne…

— C'est la loi de l'offre et de la demande, Deacon. Plus quelque chose est convoité, plus il prend de valeur.

Il était surpris par le tour qu'avait pris la conversation. Mais c'était intéressant. Elle s'était immédiatement montrée méfiante. Or, les gens honnêtes étaient de nature confiante, contrairement à ceux qui avaient l'habitude de tromper leur monde.

— Je n'ai pas envie de devoir aller m'installer ailleurs, dit-il. J'aime Charleston. Mais si les terrains coûtent trop cher ici, nous devrons choisir une autre ville.

— Eh bien, annoncez la couleur aux gens, dit-elle comme s'il s'agissait de la solution la plus simple au monde.

— C'est une façon de faire.

— C'est la façon *honnête* de faire les choses.

— Et vous êtes une adepte de l'honnêteté en toutes circonstances ? demanda-t-il en observant sa réaction.

Elle hésita l'espace d'une seconde.

— C'est la meilleure manière de faire.

Elle avait un peu botté en touche, mais il n'insista pas.

— Visitez le site de Mobi Transport et voyez si ça peut être bénéfique pour Charleston.

Leur site Internet était bien fait et professionnel, conçu pour encourager les ventes en faisant paraître l'entreprise plus importante qu'elle ne l'était en réalité.

— Nous travaillons sur les longs trajets, avec six entrepôts de camions à travers tout le nord-est du pays.

L'expression de Callie se détendit légèrement.

— Ça semble… intéressant.

— Avec les commandes en ligne, le transport de marchandises est appelé à augmenter. Le secteur est très porteur.

Du coin de l'œil, il vit que Hank Watkins venait dans leur direction.

— Voulez-vous un café ? Un cookie ? Même s'ils ne sont pas aussi bons que les vôtres ? proposa-t-il en désignant le petit buffet, de l'autre côté de la salle.

— Vous me flattez.

— Ce n'est que pure vérité, Callie.

Cette fois, il n'avait pas besoin d'exagérer.

— Vos cookies sont les meilleurs que j'aie jamais mangés. Depuis quand êtes-vous dans le métier ?

— J'ai commencé à travailler dans un café à l'âge de quatorze ans, répondit-t-elle tout en se dirigeant vers le buffet.

— Si jeune ?

— Il fallait bien. J'ai grandi dans une famille où on n'avait pas beaucoup d'argent. Donc, j'ai menti sur mon âge. J'ai commencé par le ménage et ensuite, je suis devenue serveuse.

Il commençait à se faire une idée plus précise d'elle. C'était une battante. Il pouvait comprendre.

— Vous avez grandi à Charleston ? Décaféiné ?

— Oui. Décaféiné, c'est mieux.

Il servit deux tasses.

— Non. Dans une petite ville du Tennessee, Grainwall, dit-elle avec un tressaillement presque imperceptible.

Deacon surveillait toujours la progression de Hank.

— Vous ne vous y plaisiez pas ?

— Personne n'aime cet endroit. Mon mari Frederick et moi avons choisi Charleston parce que c'est une ville magnifique, dit-elle, la tristesse voilant un instant son regard.

— J'ai été désolé d'apprendre ce qui est arrivé à votre mari.

Et c'était vrai. Deacon était réellement attristé que Frederick soit mort. C'était sûrement le plus sympathique du clan Clarkson. En tout cas, le plus digne de respect. Ses frères semblaient ne jamais s'opposer à leur père, qui – si l'on en croyait les employés de l'entreprise – était un homme égocentrique et autoritaire au caractère exécrable.

— Merci. Il nous manque beaucoup. C'était un homme merveilleux.

Deacon dut s'avouer qu'elle jouait à merveille les veuves éplorées.

— Je l'ai rencontré quand je travaillais à Fourchettes et Cuillères.

— Quel drôle de nom !

— Le fait est que nous fournissions des fourchettes et des cuillères, répondit-elle avec un sourire. On servait surtout des hamburgers et du chili, et la clientèle n'était pas très *select*. Je ne sais pas comment Frederick était tombé sur cet endroit, mais il venait souvent.

Deacon n'était pas surpris par l'assiduité de Frederick. Et ça n'était sûrement pas pour les hamburgers. Callie avait tout ce qu'il fallait pour faire revenir un homme. Comme Hank, qui progressait toujours lentement vers eux.

— Il disait qu'il aimait le chili, dit Callie, les mains en coupe autour de sa tasse de café.

— Et il était bon ?

— J'ai vu des hommes deux fois plus costauds que Frederick y succomber, dit Callie avec un petit rire. Il avait beau être handicapé, il avait un estomac en béton.

Deacon préféra ne pas relever le commentaire concernant le handicap de son mari.

— Et ensuite, vous êtes venus vous installer à Charleston ?

— Oui. On a ouvert la boulangerie. On ne savait pas trop où on allait, mais Frederick avait un peu d'argent.

Un peu ? Deacon aurait bien aimé connaître sa définition de *beaucoup* d'argent.

— J'avais de l'expérience dans la restauration et je voulais travailler dans un endroit agréable et faire plaisir aux clients. Les desserts, ça semblait une bonne idée. Et quand Hannah s'est jointe à nous, on a pu enfin se lancer.

Hank se rapprochait inexorablement, et Deacon jeta un œil à sa montre, se demandant comment il pourrait attirer Callie dehors.

Elle aussi consulta sa montre.

— Ma baby-sitter attend.

C'était parfait.

Elle posa sa tasse et il l'accompagna tandis qu'elle se dirigeait vers la porte.

— Vous vous intéressez à l'embellissement de la ville ? demanda-t-il.

— Maintenant, oui.

Tout en tenant la porte, il remarqua l'expression fâchée de Hank Watkins.

— C'est surprenant comme réponse.

Elle eut l'air un peu troublée et il ne comprit pas ce qui pouvait la gêner. Avait-elle rejoint le comité pour se rapprocher de Watkins ?

— Je me suis dit que… qu'il fallait que je m'engage plus pour la communauté.

Deacon n'avait jamais entendu un mensonge aussi ridicule. Elle tendait le bâton pour se faire battre.

— Et si vous me disiez ce qu'il en est vraiment ? demanda-t-il.

C'était sûrement ce qu'elle attendait de lui.

— C'est gênant, confessa-t-elle en rougissant.

— Ça nous arrive à tous de faire des choses gênantes. Je vous promets d'être compréhensif.

Deacon s'attendait à ce qu'elle regagne le parking, mais elle prit la direction opposée. Ce qui lui convenait très bien.

Callie prit une profonde inspiration, comme si elle était sur le point d'avouer un crime atroce.

— Je suis entrée au comité pour être dans les petits papiers de Lawrence Dennison.

La réponse surprit Deacon.

— Lawrence n'est pas loin des quatre-vingts ans, non ?

— Ma boulangerie se trouve dans le quartier historique. Je dois rénover la terrasse sinon il nous faudra fermer. Pour ça, j'ai besoin d'un permis et c'est Lawrence qui les accorde. Or, il est très impliqué dans le projet du comité. En m'y inscrivant, je fais du lèche-bottes.

Deacon était impressionné. En prenant un air coupable pour avouer quelque chose d'aussi anodin, elle passait pour la plus honnête des femmes.

S'il n'avait pas été convaincu qu'elle utilisait cette histoire pour le manipuler, il aurait trouvé ça charmant.

Pendant les trois jours suivants, Callie levait les yeux à chaque fois qu'un client entrait dans la boulangerie. Elle avait compté voir Deacon dès le vendredi puisqu'il l'avait raccompagnée jusqu'à sa porte le jeudi soir.

Il ne l'avait pas jugée quand elle lui avait expliqué les raisons pour lesquelles elle était entrée au comité. Il lui avait même confié qu'il avait organisé une somptueuse réception lors du passage en ville d'un certain politicien à qui il voulait être présenté afin de favoriser l'implantation de Mobi Transport. Il n'était pas sûr que ça avait marché, mais il avait fait le maximum, en tout cas.

Ils avaient bavardé et ri pendant tout le trajet, et elle l'aurait volontiers invité à entrer, si elle n'avait pas eu les garçons à mettre au lit. Elle avait espéré qu'il l'embrasserait, mais il n'en avait rien fait.

Ensuite, elle s'était attendue à ce qu'il passe à la boulangerie pour lui proposer une sortie. Mais rien.

Le lundi, elle commença à craindre qu'il n'ait quitté la ville. Peut-être n'avait-il pas trouvé de terrain adapté. Ou bien les taxes étaient-elles trop élevées. Comment savoir ce qui l'avait fait changer d'avis ?

— Callie, dit Hannah en sortant de la cuisine, un téléphone à la main. C'est pour toi. Lawrence Dennison.

Callie ne savait pas à quoi s'attendre. Lawrence l'appelait-il pour la remercier de sa participation au comité ou avait-il deviné sa ruse ?

— Il a l'air fâché ? demanda-t-elle à Hannah.

— Apparemment, pas.

— Content ?

— Mais qu'est-ce qui se passe ?

— Rien.

Callie prit le téléphone en se préparant au pire.

— Bonjour, Callie.

Dennison avait l'air joyeux. Un peu trop, peut-être.

— Bonjour, monsieur le conseiller.

— Je vous en prie, appelez-moi Lawrence.

C'était bon signe, mais il ne fallait pas céder à trop d'optimisme.

— Je vous appelle pour vous remercier personnellement.

— D'avoir rejoint le comité ? dit-elle, profondément soulagée.

— Pour votre don.

— Mon don ?

Hannah, qui écoutait la conversation, avait un air intrigué.

— Deux mille dollars. C'est très généreux de votre part.

Deux mille dollars ? Avait-elle signé un document sans y faire attention ? Elle ne pouvait pas se permettre de donner deux mille dollars.

— Je…

Dennison ne semblait pas l'avoir entendue.

— Le comité d'embellissement fera bon usage de cet argent.

— Lawrence, je crois qu'il y a un…

— Et concernant votre permis de construire, j'ai jeté un œil sur les plans de l'architecte et je pense qu'ils seront approuvés cette semaine.

— Approuvés ?

Elle aurait dû protester. Elle n'avait fait aucun don. Et si elle l'avait fait, cela pouvait-il être considéré comme un pot-de-vin ?

— Le permis ? demanda Hannah en chuchotant.

Callie aurait voulu hocher la tête, mais elle avait peur de leur porter malheur. Elle n'arrivait pas à croire à tout ça.

— Vous devriez avoir une réponse d'ici mercredi. Si le bureau ne vous appelle pas, n'hésitez pas à me contacter personnellement.

Hannah lui effleura le bras et lui indiqua la porte de la boulangerie.

En se retournant, Callie vit Deacon entrer, particulièrement beau et d'une élégance décontractée dans son jean de marque et sa chemise aux manches relevées et au col ouvert.

En voyant le regard narquois et complice de Deacon, elle comprit immédiatement ce qui s'était passé.

— Merci, Lawrence.

— Merci à vous. Au revoir, Callie.

Sans quitter Deacon des yeux, Callie rendit le téléphone à Hannah.

— Il faut que je parle à Deacon.

— Est-ce qu'on va avoir notre permis ?

— On dirait bien.

Devait-elle se sentir heureuse, coupable, gênée, reconnaissante ?

Quel genre d'homme pouvait avoir fait ça pour elle ?

— Bonjour, Callie.

— Est-ce qu'on peut parler ?

— Bien sûr, répondit-il en jetant un coup d'œil aux clients. Pouvez-vous vous éclipser quelques minutes ?

— Oui, dit-elle en dénouant son tablier.

Il lança un regard admiratif à son chemisier blanc à manches courtes et à sa jupe noire ajustée, et elle sentit un agréable frémissement la traverser. Elle aimait ses façons à la fois simples et viriles.

Mais elle ne devait pas oublier qu'elle était fâchée contre lui… Du moins, *peut-être*.

C'était ce qu'aurait dû ressentir une femme *bien*, n'est-ce pas ?

Elle le suivit jusqu'à la porte, le regard passant involontairement de ses larges épaules à son dos athlétique jusqu'à ses fesses musclées. Une femme *bien* ne regarderait pas ses fesses. Ni rien d'autre, d'ailleurs.

— C'était bien joué, non ?

— Alors, c'est vous ?

— Je ne sais pas. De quoi parlons-nous ?

— Du don.

Elle vit à son expression qu'il avait immédiatement compris.

— Ah.

— Je prends ça pour un oui.

— Oui. C'est moi. Puis-je vous prendre la main ?

— Quoi ? fit-elle, un peu désarçonnée.

— Votre main. J'aimerais la tenir pendant que nous marchons.

— Pourquoi dites-vous ça ?

— Parce que c'est vrai.

— Nous devons parler du fait que vous avez laissé penser à Lawrence que j'avais fait un don substantiel au comité d'embellissement.

— Et on ne peut pas le faire en se tenant la main ?

Sans attendre sa réponse, il lui prit la main et ils s'éloignèrent sous la voûte formée par les chênes.

Bien sûr, elle aurait dû retirer sa main, mais elle ne s'en sentait pas capable.

— Lawrence vient de m'appeler, insista-t-elle.

— Bien. Pas vrai ?

Comme c'était bon d'être main dans la main. La sienne était puissante. C'était une poigne virile, et ça lui plaisait.

— Callie ? Qu'a dit Lawrence ?

— Oh. Il fallait qu'elle reprenne ses esprits. Il a dit que mon permis serait accordé mercredi.

Deacon serra sa main plus fort et la porta à ses lèvres pour y déposer un baiser.

— C'est génial !

Il lui fallut un instant pour intégrer ce qu'il venait de faire.

Il l'avait embrassée.

Sur la main, bien sûr, mais il l'avait embrassée, et ça lui avait plu. Ses lèvres piquaient légèrement à la pensée du baiser. Comme si elles étaient jalouses de sa main.

Il fallait qu'elle se reprenne. Elle ne devait pas se laisser emporter par ses sensations.

— Ça s'appelle de la corruption, dit-elle, d'un ton clairement réprobateur.

— Ça serait de la corruption si *vous* l'aviez appelé pour lui dire que vous lui donniez deux mille dollars en échange du permis.

— Mais je n'ai *pas fait ça*, dit-elle en réfléchissant rapidement aux conséquences possibles. Je n'ai pas enfreint la loi, n'est-ce pas ?

— Vous êtes incroyable, dit-il en souriant et en embrassant à nouveau sa main.

Il la garda pressée contre ses lèvres et il s'arrêta de marcher. Elle aussi.

Quand il se tourna pour plonger ses yeux dans les siens, elle sentit une onde de désir lui brûler la peau.

La saisissant par le bras, il la poussa doucement dans une allée abritée des regards.

— Puis-je vous embrasser ? murmura-t-il. Je *veux* vous embrasser.

Elle ne songea pas un instant à refuser.

— Oui.

- 3 -

Il fallait qu'il l'embrasse. Son désir allait bien au-delà du rôle qu'il jouait. Il avait réellement *envie* d'embrasser Callie. Passionnément. Mais il s'obligea à prendre son temps.

Il caressa sa joue. Sa peau était si douce, si lumineuse.

— Vous êtes magnifique.

Les lèvres de Callie s'entrouvrirent et ses yeux bleu-vert se voilèrent. Elle semblait presque timide, innocente. C'était irrésistible. Même s'il doutait de son honnêteté, elle était si sensuelle qu'il était submergé par l'envie de la posséder.

Il se pencha vers elle et posa sa bouche sur la sienne. Elle avait un goût de miel. Ses lèvres étaient pleines et douces. Elle lui rendit son baiser et il perdit tout contrôle.

Entre ses doigts fiévreux, ses mèches de cheveux sentaient bon la lavande. Il posa la main au creux de sa taille et l'attira plus près de lui. Son corps à la fois souple et ferme se blottit contre le sien.

Son baiser se fit plus profond et leurs langues se mêlèrent. Il sentit son sexe durcir. Il savait qu'ils étaient dans la rue, à peine dissimulés par les immeubles en pierre de taille qui se dressaient autour d'eux, mais ça n'avait plus aucune importance.

Elle le repoussa avec douceur.

Immédiatement, il cessa de l'embrasser. Sa respiration était rauque et il était traversé d'émotions contradictoires. Mais qu'est-ce qui venait de se passer ?

— Je suis désolée, dit-elle d'une voix légèrement tremblante.

Il fit un pas en arrière et souffla en essayant de reprendre ses marques.

— C'est moi qui suis désolé. C'est entièrement ma faute.

— C'est juste que…

Elle lança un regard sur la rue derrière lui.

— Que quelqu'un aurait pu nous voir, dit-il en terminant sa phrase à sa place.

— C'est compliqué.

Il ne put s'empêcher de se demander si c'était compliqué à cause de ses sentiments pour le maire ou parce que la mort de Frederick était récente. Elle portait encore son alliance.

— Je comprends.

Hank ou Frederick, peu importait, le rôle de Deacon consistait maintenant à se conduire en parfait gentleman.

— Je ne voulais pas vous forcer la main. Je serais heureux si vous acceptiez simplement d'aller prendre un café avec moi.

Une voix d'homme s'éleva dans le dos de Deacon :

— Callie.

Une ombre d'inquiétude traversa son visage.

Deacon se retourna et se retrouva face à Hank Watkins.

— Bonjour, Hank, dit Callie en s'écartant un peu plus de lui. Vous vous souvenez de Deacon Holt ?

Hank jeta un regard rapide et méprisant à Deacon.

— Je vous ai cherchée à la boulangerie.

— Oh ?

On sentait clairement de la culpabilité dans le ton

de sa voix. Deacon aurait pu parier qu'elle sortait avec Hank Watkins ou qu'au moins elle le faisait languir.

Il décida d'en avoir le cœur net en se rapprochant d'elle.

— Je ne sais pas si Callie vous l'a dit, mais il est question que mon entreprise, Mobi Transport, s'installe en Caroline du Nord.

En tant que maire, Hank serait séduit par cette perspective, mais en tant que petit ami de Callie, il serait agacé.

Et il était de toute évidence *agacé*.

— Je vois, dit Hank, les mâchoires serrées et le regard dur. Et vous envisagez de venir à Charleston ?

— Je voulais rester discrète, se hâta de dire Callie en s'écartant à nouveau de Deacon.

Cela donnait vraiment l'impression qu'elle cherchait à se justifier d'avoir caché l'information à Hank.

— Callie m'aide très gentiment à comprendre cette ville, ajouta Deacon.

Hank fulminait littéralement.

— Vous vouliez me parler de quelque chose ? demanda Callie.

Le maire fixa son attention sur elle, et son expression se radoucit.

— J'ai parlé à Lawrence ce matin. Toutes mes félicitations.

— Pour le permis, vous voulez dire ?

— Pour le don. Bien joué, Callie.

— Mais je ne…

— Justement, elle était en train de me raconter cet heureux dénouement.

— Ah, oui ? Vraiment ? répondit Hank en lançant un regard noir à Deacon.

— Et je suis d'accord avec vous, poursuivit Deacon faisant mine de ne pas comprendre le sous-entendu. Faire ce don était bien joué. Le permis devrait être accordé cette semaine et elle pourra lancer les rénovations.

— *Elle* n'a pas besoin de votre soutien pour ça.

— Je suis là, je vous signale.

— Excusez-moi, dit Hank d'un air penaud en lui prenant les mains.

Deacon aurait voulu les arracher l'un à l'autre. Il attendit que Callie dégage ses mains de celles de Hank, mais elle n'en fit rien.

Une partie de Deacon avait envie de renouveler son invitation à aller prendre un café pour que les choses soient bien claires, mais il valait mieux que Hank continue à ignorer ses intentions. Si Hank savait que Deacon s'intéressait à Callie, il mettrait tout en œuvre pour l'empêcher d'arriver à ses fins. Mieux valait battre en retraite pour l'instant et laisser l'adversaire se reposer sur ses lauriers.

— J'ai un rendez-vous téléphonique dans quelques minutes, dit Deacon à Callie.

— Désolée de vous avoir mis en retard, dit-elle en détachant enfin ses mains de celles de Hank.

— À plus tard, dit Deacon d'un ton désinvolte qui masquait son énervement.

Et, de sa démarche souple, il s'éloigna rapidement. À quelques rues de là, il décrocha son téléphone et composa le numéro privé de Tyrell.

— Oui ? répondit Tyrell d'un ton brusque.

— Je suis d'accord.

Il y eut un silence à l'autre bout de la ligne.

— Vous allez séduire Callie ?

— Vous pouvez préparer le contrat, annonça Deacon avant de raccrocher.

*
* *

Ce n'était pas parce que le café avec Deacon s'était transformé en *dîner* que Callie devait considérer que c'était un rendez-vous galant. C'était simplement plus pratique pour elle de sortir le soir. Le matin et le midi, la boulangerie servait petits déjeuners et déjeuners, et elle ne pouvait fermer qu'à 18 heures, une fois que les clients étaient passés chercher leur commande avant de rentrer chez eux.

Elle ne savait pas où elle et Deacon allaient dîner, aussi avait-elle opté pour une robe de cocktail bleu nuit sans manches, au décolleté rond orné de quelques strass discrets. Elle était ajustée à la taille et légèrement en trapèze au niveau des cuisses.

Elle avait assorti ses petites boucles d'oreilles en diamant d'un fin collier en or où pendait un solitaire. Ses sandales à talons noires étaient classiques et confortables. Elle s'était aussi un peu plus maquillée qu'à son habitude et, en se regardant dans la glace, elle constata que ses yeux brillaient d'impatience. Dans le miroir, elle vit aussi la bague de fiançailles et l'alliance qu'elle portait à la main gauche.

Elle ferma les yeux et les retira. Avant de changer d'avis, elle s'empressa d'ouvrir sa boîte à bijoux et de les déposer sur le velours rouge. Elle avait déjà embrassé Deacon une fois et, si elle voulait que cela se reproduise, il fallait qu'elle accepte l'idée que Frederick appartenait au passé.

Elle lissa sa robe en se regardant une dernière fois dans le miroir.

Le téléphone sonna et elle ressentit une angoisse soudaine. Était-ce Deacon ? Avait-il changé d'avis ? Elle avait si peur de regarder le numéro d'appel.

— Allô ?

— Callie ?

C'était Pam. Callie poussa un soupir de soulagement.

— Tu vas être en retard ?
— Oui. Enfin, non, répondit Pam d'un ton précipité.
— Quoi ? Parle moins vite. Est-ce que tout va bien ?
— Je suis tombée dans l'escalier.
On entendait des voix derrière celle de Pam.
— Est-ce que tu es blessée ? demanda Callie. Il y a quelqu'un avec toi ?
— Je me suis tordu la cheville, et maman m'emmène à l'hôpital pour faire des radios. Ça gonfle à toute vitesse.
— Je suis désolée, dit Callie, sincèrement navrée pour elle.
La jeune fille était une passionnée de vélo et de tennis. Si elle s'était cassé la cheville, ce serait une catastrophe pour elle.
— Je ne peux pas garder les enfants ce soir.
— Ne t'inquiète pas et prends soin de toi.
— Je suis désolée.
— Ce n'est rien. Appelle-moi quand tu auras vu un médecin. Et si je peux faire quoi que ce soit…
— Aïe ! Je ne peux plus plier ma cheville, maman.
Callie avait mal pour elle.
— Je dois vous laisser, dit Pam.
— Bonne chance.
— Maman, appela James de la cuisine.
— J'arrive, mon chéri.
La sonnette de la porte retentit.
— Ethan a fait gicler son jus de fruits.
— Ethan, gronda-t-elle le plus petit des garçons, tu sais que c'est interdit.
— Violet, dit Ethan en souriant d'un air pas du tout contrit.
— Tu préfères boire avec ton gobelet de bébé ?
Le sourire d'Ethan s'effaça et il secoua la tête.
La sonnette retentit à nouveau.

— Alors, ne recommence pas, dit fermement Callie.

— On peut avoir des pâtes ? demanda James en ouvrant la porte du réfrigérateur. Avec du fromage orange ?

— On verra, dit Callie en confisquant sa brique de jus à Ethan et en la posant sur le plan de travail.

— Ma brique !

— Attends une minute, dit Callie tout en se rendant dans le hall d'entrée.

Elle ouvrit et se retrouva nez à nez avec Deacon.

— Salut. Est-ce que tout va bien ? dit-il en entendant les cris en provenance de la cuisine.

— Inondation au jus de fruits, déplora Callie en ouvrant la porte et en s'écartant pour le laisser passer.

Il portait une chemise habillée, une veste bleu acier et un jean foncé.

— Vous êtes très élégante, dit-il en refermant la porte.

Elle sourit. Son compliment lui allait droit au cœur. Dire qu'il allait falloir lui annoncer que la soirée était terminée avant même d'avoir commencé.

— Je reviens, dit-elle en se dirigeant vers la cuisine pour aller calmer Ethan.

Le petit garçon avait trouvé un nouveau plan d'attaque et poussé une chaise contre le plan de travail.

Elle récupéra la brique de jus de fruits.

— Tu ne la fais plus gicler ? lui ordonna-t-elle d'une voix grave.

— Non. Pas gicler, dit Ethan en trottinant vers sa maman.

— J'ai faim, dit James.

— Je sais, dit Callie en caressant les cheveux ébouriffés de son fils. Pam ne peut pas venir ce soir. Elle s'est fait mal à la cheville et elle doit voir un médecin.

— Elle a besoin d'un pansement ? demanda James.

Les garçons adoraient les pansements avec des personnages de dessins animés. Et comme les égratignures et autres bobos n'étaient pas rares, cette passion était particulièrement pratique.

— Le médecin va sans doute lui en donner un blanc. Un grand.

— Gros bobo ?

— J'espère que non, dit Callie.

Elle pensait déjà au lendemain matin et à comment s'organiser pour le travail. Sans Pam, cela risquait de poser problème.

— Quelqu'un a un *gros bobo* ? intervint Deacon.

Il se tenait sur le seuil de la cuisine.

— Désolée de vous avoir abandonné.

— Pas de problème.

— James, Ethan, je vous présente mon ami Deacon Holt.

— Bonjour, dit James.

Ethan garda le silence.

Deacon s'avança dans la cuisine et s'accroupit.

— Bonjour, James. Salut, Ethan. Vous ne vous rappelez peut-être pas, mais on s'est vus la semaine dernière à la boulangerie. Vous mangiez des cookies.

— Aux bonbons, dit Ethan.

— Oui. C'est exactement ça.

— Moi, c'était beurre de cacahuète, dit James.

— Et moi, j'ai mangé un cookie géant, ajouta Deacon.

— Jus violet, dit Ethan en brandissant son jus de fruits.

— Je vois ça, dit Deacon en suivant des yeux la trace violette sur le linoléum blanc.

— Oh zut ! s'écria Callie, en se précipitant vers l'évier pour prendre une éponge.

— Je m'en occupe.

La voix de Deacon, tout contre sa nuque, la fit sursauter.

— Il n'en est pas question.

— Vous êtes bien trop en beauté pour nettoyer les sols, dit-il en s'emparant gentiment mais fermement de l'éponge.

— Non.

Mais Deacon était déjà à genoux en train d'éponger la tache, les deux petits garçons s'agitant autour de lui.

Pour éviter une nouvelle catastrophe, Callie enleva de nouveau sa brique de jus de fruits à Ethan.

— Ma baby-sitter s'est blessée. Elle a dû aller passer une radio. Désolée, mais je crois qu'on va devoir remettre ce dîner.

— Il faudra bien que vous mangiez quelque chose.

— Les garçons veulent que je leur fasse des pâtes.

C'était loin d'être le plat préféré de Callie, surtout comparé à un bon dîner avec musique d'ambiance, du vin et en bonne compagnie.

— Avec du fromage orange, dit James.

— Que diriez-vous d'une pizza ? demanda Deacon, ce qui eut pour effet immédiat d'éveiller l'intérêt d'Ethan.

— Pizza ?

— Avec du fromage, précisa Deacon à l'attention de James.

— Ananas, s'écria Ethan.

— Et des pepperoni ? demanda James.

Callie n'en revenait pas. Deacon avait-il réellement l'intention de passer sa soirée ici, au milieu des taches de jus de raisin à manger de la pizza en compagnie de deux gamins turbulents ?

— Quelle est votre garniture préférée ? lui demanda-t-il.

— Vous ne savez pas dans quoi vous vous aventurez.

— J'ai déjà commandé des pizzas une fois ou deux dans ma vie.

— Vous voulez passer la soirée *ici* ?

— Vous restez, non ?

— Bien sûr.

— Alors, c'est réglé, dit-il. Quelle est la meilleure pizzeria du coin et voulez-vous que j'aille acheter une bouteille de vin ?

Confortablement installée sur le canapé, avec Ethan dormant la tête sur ses genoux, Callie dégustait un verre de cabernet sauvignon.

— C'est le plus grand château de toute l'Angleterre, décréta James en posant la dernière pièce de la tour qu'il était en train de construire avec Deacon.

— Et qui vit dedans ? demanda Deacon, ce qui fit sourire Callie.

— Le roi. Et la reine. Et cinq petits princes.

— Cinq ? Ça fait beaucoup.

— Ils jouent dans la tour. Il y a un escalier en colimaçon et ils ont des épées.

— Et il y a des princesses dans ce château ?

— Oh ! non. Les filles, ce n'est pas marrant.

— Moi, je trouve les filles très rigolotes.

Deacon leva les yeux pour croiser le regard de Callie et lui adressa un sourire rayonnant.

— Elles jouent à la poupée, déclara James en se reculant pour admirer leur création.

— C'est vrai, mais les garçons aussi peuvent jouer à la poupée, dit Deacon.

— Je sais bien qu'ils *peuvent*. Mais pourquoi ils feraient ça ?

— Pour faire semblant qu'ils sont le papa.

— Mon papa, il avait un fauteuil roulant, dit James d'un air détaché.

Callie retint son souffle. Il était rare que James parle de Frederick.

— Oui, je sais, dit Deacon.

— Une fois, je me suis assis dessus, mais je préfère mon vélo.

Le jeune garçon ramassa les dernières pièces de Lego et en fit un carré près de la porte du château.

— C'est la statue.

— Elle garde la porte principale ? Elle ressemble à un lion pour faire peur aux méchants ? demanda Deacon.

— C'est un dragon.

— James, dit doucement Callie pour ne pas réveiller Ethan, il est l'heure d'aller au lit, chéri.

— C'est toujours l'heure d'aller au lit, geignit James.

— Tous les soirs à la même heure, rétorqua Callie.

Bien qu'il fût une demi-heure plus tard que d'habitude, elle n'avait pas voulu interrompre la construction du château.

— Ce n'est pas juste, dit James d'un air buté.

— Et si on prenait une photo du château, proposa Deacon en sortant son téléphone. Comme ça, tu pourras le voir quand tu voudras. Tu veux être sur la photo aussi ?

Callie ne put s'empêcher d'admirer sa technique de diversion.

— Oui, je veux être sur la photo, dit James, en s'agenouillant à côté du château.

— Fais-moi un beau sourire. J'enverrai les photos à ta maman et tu pourras les voir demain matin.

— D'accord, dit James en se relevant tranquillement.

Pleine de gratitude, Callie se leva pour aller coucher les garçons.

— Vous avez besoin d'aide ? lui demanda Deacon à voix basse.

— Ça va aller, dit-elle. Je reviens tout de suite.

— Je vous attends.

Callie suivit James dans l'escalier. Bâillant de fatigue, le petit garçon enfila son pyjama pendant qu'elle bordait Ethan. Puis elle supervisa le brossage des dents de James, qui s'endormit à peine la tête posée sur l'oreiller.

Pieds nus, elle redescendit dans le salon.

Deacon était en train de démonter le château et de ranger les pièces de Lego dans leurs boîtes.

— Arrêtez, lança-t-elle. Je ferai ça demain matin.

— Vous n'allez pas à la boulangerie, demain ? dit-il en continuant à ranger.

— Si. Si je trouve une autre baby-sitter.

— Alors, autant ranger ce soir.

— D'accord. Allons-y, dit-elle, en s'agenouillant à côté de Deacon. Je ne vous ai pas demandé, mais vous avez des enfants ?

— Non.

— Des neveux, des nièces ?

Il hésita avant de répondre.

— Il n'y a pas d'enfants dans ma vie, non.

— Étonnant.

— Pourquoi ?

— Parce que vous savez vous y prendre avec eux, dit-elle, sincèrement impressionnée. James allait faire un caprice, mais vous avez su détourner son attention, et il est allé se coucher de son plein gré.

— Ça n'était pas vraiment calculé.

— Alors, c'était de l'instinct, déclara Callie en se penchant pour ranger une poignée de Lego dans une boîte.

Deacon ne répondit rien, et, en levant les yeux vers

lui, elle comprit que le décolleté de sa robe laissait largement apparaître son soutien-gorge en dentelle.

Elle savait qu'elle aurait dû changer de position pour rectifier sa mise, mais elle n'en fit rien.

— Une femme ?

— Comment ?

Il ne portait pas d'alliance, mais ça ne prouvait rien.

— Êtes-vous marié ?

Il leva les yeux pour croiser son regard.

— Je ne vous regarderais pas de cette façon si je l'étais.

— Une petite amie ?

— Je vous ai *embrassée.*

— Ça ne prouve rien.

— Dans mon cas, si. Je ne vous aurais pas embrassée si j'avais une petite amie, dit-il en se rapprochant d'elle. Un petit ami ?

— Non.

— Un petit ami *potentiel* ?

La question l'embarrassa. Est-ce qu'il parlait de lui-même ? Elle ne savait pas quoi répondre.

— Je n'en sais rien. Je n'y pense pas beaucoup.

Bien sûr, elle mentait. Elle avait beaucoup pensé à lui. Peut-être pas en tant que petit ami à proprement parler, mais il n'y avait pas de doute, elle avait des sentiments pour lui et, physiquement, il l'attirait énormément.

— Je vois, dit-il en baissant le regard sur son décolleté. Vous êtes vraiment irrésistible, Callie.

— Et *maintenant*, avez-vous envie de m'embrasser ?

Elle n'avait aucune raison de jouer les saintes-nitouches.

— J'en meurs d'envie.

Ils étaient toujours à genoux. Deacon s'approcha, passa un bras autour de sa taille, et son baiser provoqua dans tout son corps une telle poussée de plaisir qu'elle en vacilla légèrement. Mais Deacon la tenait à la fois délicatement et fermement plaquée contre lui.

Son baiser se fit plus profond, et Callie se laissa envahir par le plaisir de le goûter, de sentir son odeur. Elle passa ses bras autour de son cou tandis qu'il l'allongeait avec douceur sur le tapis. La bretelle de sa robe glissa de son épaule et il y déposa un baiser. La chaleur de ses lèvres sur sa peau la fit chavirer de désir.

Son corps se fondait dans son corps à lui. Il glissa sa main le long de sa cuisse nue d'un geste ferme et assuré. Il embrassa son cou, puis sa bouche. D'un doigt, il dessina le contour de ses lèvres et elle vint le caresser de sa langue. Il poussa un gémissement et sa main se contracta sur la cuisse de Callie.

Elle savait ce qu'il allait se passer et elle le voulait de tout son être.

Mais elle se devait d'être honnête avec lui. Elle essaya de prononcer son nom, mais aucun son ne sortit.

— Deacon, réessaya-t-elle dans un chuchotement.

— Hum ?

— Vous savez, dit-elle dans un gémissement tandis que sa langue caressait la peau si tendre de son cou, que Frederick…

Deacon interrompit son baiser.

— Vous savez que Frederick était handicapé.

Il recula, l'air un peu étonné.

— Vous pensez que c'est le moment de parler de votre mari ?

— Non, mais…

Elle avait peur de tout gâcher.

— Pourquoi ?

L'atmosphère s'était rafraîchie d'un coup, mais il fallait qu'elle continue.

— Parce que… il faut… que vous sachiez. Les garçons ont été conçus par fécondation in vitro.

Deacon se figea.

— Ce que je veux vous dire, c'est que…

Elle sentit que son visage s'empourprait. Elle était si gênée.

Il retira la main de sa cuisse.

— J'ai peur de tout faire de travers, reprit-elle.

— Vous voulez dire que vous n'avez jamais fait l'amour ?

— J'étais jeune quand j'ai rencontré Frederick.

— Ça veut dire oui ? Enfin, non ? Bref…

— Je suis vierge.

Deacon se redressa et passa une main dans ses cheveux.

— Je vous aime beaucoup, Callie…

Elle redoutait ce qui s'annonçait. Elle se sentait gênée et blessée.

— Mais pas assez pour faire l'amour avec quelqu'un qui manque autant d'expérience.

— *Quoi ?* Non. *Non.*

— Je m'en veux, dit-il en secouant la tête. Je voulais faire les choses correctement. Vous inviter à sortir. Pas juste…

Elle se sentit instantanément soulagée.

— Pas me culbuter au milieu des jouets, dit Callie avec un sourire en décrochant un Lego qui s'était pris dans ses cheveux.

Il lui enleva le petit jouet des mains et eut un demi-sourire piteux.

— Je ne me suis pas montré sous mon meilleur jour.

— J'ai trouvé ça très bien.

— Permettez-moi de vous emmener dîner, dit-il en écartant une mèche de cheveux de son visage.

— J'ai bien essayé, mais les événements se sont ligués contre nous.

— En effet. Il faut réessayer, dit-il en remontant la bretelle de sa robe sur son épaule.

— C'est la fin de notre rendez-vous ? demanda-t-elle en s'ordonnant intérieurement de ne pas être déçue.

Il se montrait très chevaleresque. Cela jouerait forcément en sa faveur.

— Pour ce soir, oui. Mais notre histoire ne fait que commencer.

- 4 -

Jamais faire la cour à une femme n'avait été semé d'autant d'embûches, et cette fois, Deacon tenait à ce que tout se passe bien.

Il n'était pas un grand spécialiste des marques et des créateurs, mais il passa l'après-midi dans les magasins à acquérir les symboles subtils de la richesse. Il s'acheta une montre ridiculement chère, un costume parfaitement taillé, des boutons de manchettes et des chaussures aussi onéreuses qu'un réfrigérateur.

C'était idiot, mais il était bien obligé de reconnaître qu'elles étaient très confortables.

Callie n'avait pas nié avoir des vues sur un homme, et pour Deacon, en toute logique, il s'agissait de Hank Watkins. Après avoir été tirée de la pauvreté par Frederick, elle aspirait maintenant à obtenir du pouvoir et une position sociale.

Il pouvait la comprendre. S'il appréciait peu ses méthodes, elle restait libre de choisir ses objectifs. Et si c'était la richesse qui l'intéressait, Deacon ferait en sorte d'offrir l'image d'un homme riche.

Quant à l'intérêt de Hank dans tout ça, il était facile à deviner. Ravissante jeune veuve, active dans la communauté et mère de deux petits garçons, Callie servirait parfaitement sa carrière politique. Tous les quatre formeraient un tableau magnifique sur la prochaine carte de vœux de monsieur le maire.

Elle avait proposé qu'ils se retrouvent au restaurant, aussi était-il arrivé au Skyblue Bistro quelques minutes en avance. Quand elle apparut, il oublia instantanément à quel point elle était calculatrice.

Ses cheveux détachés voletant dans la brise légère, elle portait une robe de cocktail dos nu bordeaux qui soulignait sa poitrine ferme et la finesse de sa taille. Sa robe montait nettement au-dessus du genou et révélait ses jambes toniques et délicates. Tous les hommes présents tournèrent la tête sur son passage.

Deacon alla à sa rencontre et remarqua que ses yeux verts étincelaient sous les centaines de petites lumières qui décoraient les arbres.

— Bonsoir, dit-il en lui offrant son bras.

— Bonsoir.

— Vous êtes éblouissante, dit-il en couvrant sa main de la sienne, impatient de sentir le contact de sa peau.

Elle le remercia d'un sourire.

— Vous aussi.

— Ce qu'il y a de plus élégant chez moi marche en ce moment à mes côtés.

Quand elle sourit à nouveau, il sentit qu'il perdait le contrôle.

— Alors, cette journée ? demanda-t-il en s'ordonnant intérieurement de se ressaisir.

— Mouvementée. Un des fours est tombé en panne, et le réparateur est resté trois heures.

— Oh. Je suis désolé.

Ils arrivèrent devant le pupitre de l'hôtesse du restaurant qui leur adressa un sourire professionnel.

— J'ai réservé au nom de Holt, dit Deacon.

— Désirez-vous dîner à l'intérieur ou en terrasse ?

Il interrogea Callie du regard.

— J'aimerais beaucoup une table au bord de la rivière.

— Le vent se lève, répondit l'hôtesse en leur tendant deux menus, mais je peux vous installer derrière un paravent.

— Est-ce que ça vous convient ? demanda-t-il à Callie.

— Parfaitement.

L'hôtesse les guida jusqu'à une petite table située au bout de la terrasse. Le vent soufflait en rafales, mais ils étaient bien abrités et la vue sur l'autre rive éclairée était magnifique. Des nuages s'amoncelaient dans le ciel et voilaient les étoiles, mais ils seraient à l'abri de la pluie sous l'auvent.

— A-t-il réussi à réparer le four ? demanda Deacon, reprenant le fil de leur conversation tandis que Callie s'installait.

— Pas encore. Il a fallu commander une pièce à Philadelphie.

— Combien de temps cela prendra-t-il ?

— À peu près trois jours. Nous avons acheté ce four d'occasion quand nous avons rénové la cuisine. Je ne suis pas sûre que nous ayons fait une bonne affaire.

— Vous avez acheté un four d'occasion ? s'étonna Deacon.

Elle hocha distraitement la tête et ouvrit son menu.

— Et nous n'aurions pas dû. C'est un vrai gouffre financier.

— Mais pourquoi avoir acheté un four d'occasion ?

— Il avait été reconditionné. Nous en avons aussi acheté deux neufs, plus petits. En acheter un aussi grand d'une bonne marque aurait coûté une fortune. J'imagine que vous n'avez jamais dîné ici. La viande est délicieuse, mais leur spécialité, c'est le poisson. Il est toujours frais du jour.

— Frederick a acheté un four *d'occasion* ?

Elle leva les yeux vers lui, les sourcils légèrement froncés.

— En quoi est-ce surprenant ? À l'époque, nous devions économiser sur tous les postes.

— Pourquoi ?

Il lui fallut un instant avant de répondre.

— Pour les raisons habituelles.

— Excusez-moi. Je ne sais pas pourquoi, mais je pensais que Frederick avait beaucoup d'argent.

— Il en avait. Plus que je n'imaginais qu'on pouvait en avoir.

Deacon n'osa pas creuser la question.

— Voulez-vous que je commande une bouteille de vin ?

— Je boirais bien un verre ou deux.

— Rouge ou blanc ?

— Que pensez-vous commander ?

— Vous dites que leur poisson est bon ?

Il ouvrit la carte des vins à la page des vins blancs et la lui tendit.

— Lequel vous tente le plus ?

— Je n'y connais rien en vins.

— J'imagine que c'est Frederick qui choisissait le vin, dit Deacon.

— Oh ! nous prenions le plus souvent ce qui était le moins cher.

Ça ne paraissait pas logique du tout à Deacon. Il était évident qu'elle cherchait à paraître plus pauvre qu'elle n'était. Mais pourquoi ?

Le chef de rang apparut, accompagné d'une serveuse qui remplit leur verre à eau.

— Bonsoir, je m'appelle Henri. Je suis à votre service ce soir, ainsi qu'Alex et Patricia, dit-il en désignant la jeune femme debout à ses côtés. Puis-je vous proposer un apéritif ou un cocktail ?

— Un cocktail ? demanda Deacon en regardant Callie.

— Non merci. Juste du vin pour moi.

Deacon consulta la carte et désigna le plus cher.

— Le Minz Valley Grand Cru. Excellent choix, commenta le chef de rang. Il est très apprécié de nos clients.

Il disposa leurs serviettes sur leurs genoux, puis disparut.

Une rafale fit vaciller la flamme de la lampe-tempête posée sur leur table et voleter la nappe.

Callie chassa les cheveux de son visage, mais le vent la redécoiffa aussitôt.

— Serait-ce une faute de goût si je m'attachais les cheveux ?

— Rien ne pourrait nuire à votre élégance.

— Bonne réponse.

Elle fouilla dans son sac et en sortit une pince qu'elle posa sur la table. Puis elle lutta contre le vent pour rassembler ses cheveux.

— Vous avez besoin d'aide ?

— Pouvez-vous me la passer ? dit-elle en désignant la pince en écaille.

— Préférez-vous manger à l'intérieur ?

— Non. J'adore le vent. Mais j'apprécie moins que mes cheveux me volent dans la figure lorsque je mange.

— J'imagine.

Henri, le chef de rang, arriva avec le vin, suivi de Patricia qui plaça un seau à glace sur un support.

Henri présenta la bouteille à Deacon. Il faisait sombre, et Deacon n'arrivait pas vraiment à déchiffrer l'étiquette, mais il hocha la tête, et Henri versa une petite quantité de vin dans son verre. Deacon proposa à Callie de le goûter mais elle déclina. Il fit donc les honneurs au vin, qu'il trouva bon.

— Parfait, dit-il à Henri, qui sembla démesurément satisfait que le vin ne soit pas piqué.

Il remplit le verre de Callie puis celui de Deacon.

Il leva son verre.

— À cette soirée, aussi magnifique que la femme qui se trouve en face de moi.

À peine avait-il fini de porter son toast que le vent se mit à souffler en bourrasques et que la pluie s'abattait bruyamment sur le toit de la terrasse.

— Merci, dit-elle en faisant tinter son verre contre le sien.

Ils burent chacun une gorgée. Le vin était vraiment délicieux.

— Très bon choix, déclara-t-elle.

Il la remercia comme s'il l'avait choisi en connaisseur.

Henri réapparut.

— Excusez-moi, madame, mais ce monsieur là-bas désire vous offrir le vin ce soir.

Très agacé, Deacon regarda la table que Henri avait indiquée.

C'était le maire. Hank Watkins voulait offrir à boire à Callie ? C'était hors de question.

Posant sa serviette sur la table, il se leva.

— Le vin reste sur ma note, lança-t-il au serveur en passant.

Puis, il traversa la terrasse pour rejoindre la table de Hank Watkins et des quatre hommes d'affaires qui dînaient avec lui.

— Deacon Holt, c'est bien ça ? lui demanda chaleureusement Watkins.

— Je sais que vous vous considérez comme un gros bonnet dans la région, dit Deacon d'une voix posée. Mais là d'où je viens, on n'offre pas à boire à une femme accompagnée d'un autre homme.

Hank redressa les épaules, posa à plat ses larges mains sur la nappe.

— Je cherchais uniquement à me montrer amical, monsieur.

Deacon se pencha vers lui, ses yeux plantés dans ceux de Hank.

— Et moi, je vais me montrer amical en vous disant seulement ceci : laissez tomber.

— Chatouilleux, on dirait.

— Et encore, vous êtes loin du compte.

Henri s'approcha en toute hâte.

— Monsieur le maire ? Monsieur Holt ?

— Tout va bien, Henri, dit Hank. M. Holt s'apprêtait à partir.

— Si vous avez compris, oui, rétorqua Deacon en durcissant son regard.

— Vous vous êtes parfaitement fait comprendre, dit Hank avec un sourire à ses convives. M. Holt veut payer sa note lui-même.

Il revint à la table, où Callie l'attendait, l'air perplexe.

— Est-ce que tout va bien ?

— Maintenant, oui.

— Pourquoi Hank tenait-il à payer le vin ?

— C'était une lutte de pouvoir. Ça n'avait rien à voir avec le vin. Il voulait vous impressionner en vous montrant qu'il était riche.

Callie eut un sourire amusé et souleva son verre.

— En payant une bouteille de vin ? Mais combien coûte-t-elle, au juste ?

— Sept cents dollars.

Son expression se figea. Le verre lui glissa des doigts et rebondit sur la table.

Deacon réussit à le rattraper avant qu'il ne tombe sur les genoux de Callie.

Elle regarda avec horreur l'auréole s'élargir sur la nappe.

— Je viens de renverser du vin à sept cents dollars.

— Heureusement que c'est du blanc.

— *Deacon*, c'est ridicule d'avoir dépensé autant d'argent.

— Je me suis dit qu'il serait bon. Et c'est le cas. Ne vous inquiétez pas du prix, j'ai largement les moyens.

Et c'était vrai. Il n'aimait pas dépenser son argent en produits de luxe, mais il en avait effectivement les moyens.

Henri et son équipe se précipitèrent pour leur proposer de changer de table. Callie dit que ça n'était pas la peine, et en quelques secondes, les dégâts furent réparés.

— Il ne faudrait pas avoir tout un régiment à soûler avec ça, dit Callie dans un léger éclat de rire.

— Mais que ça ne vous empêche pas de boire, répliqua Deacon, tout à coup détendu.

Le regard de Henri passait de l'un à l'autre. Il semblait un peu désorienté.

— Je pense que Mme Clarkson aimerait reprendre un peu de vin, suggéra Deacon.

— En effet.

Callie tendit son verre.

— Bien sûr, répondit Henri en désignant la bouteille d'un geste de la main.

Patricia se hâta de saisir la bouteille dans le seau à glace, l'essuya, puis remplit le verre de Callie.

— Si vous avez choisi, je peux prendre votre commande, dit Henri qui avait retrouvé tout son flegme.

— Dans quelques instants, merci, répondit Deacon.

Henri s'esquiva, et Deacon leva son verre.

— À… ?

— À un homme un peu fou et une soirée un peu folle, dit Callie d'un air malicieux en faisant tinter son verre contre le sien.

— Il faut que tu me racontes ta soirée.

Hannah secondait Callie au comptoir principal, et cette dernière profitait de l'accalmie de la fin de la matinée pour remplir les distributeurs de café en grains.

— Ça a été très agréable, dit Callie, envahie par une douce émotion au souvenir de leur dîner, si amusant, puis de leur promenade au bord de la rivière, emmitouflée dans la veste de Deacon pour se protéger de la fraîcheur de la nuit.

— Je veux tout savoir, dit Hannah d'un ton rieur. Tu as les yeux qui brillent. Est-ce que vous…

Callie comprit immédiatement à quoi Hannah faisait allusion.

— Non.

— Dommage. Pourquoi ?

— Ça ne semblait pas… Ça ne s'est pas passé comme je me l'imaginais. *Il* n'est pas comme je l'imaginais.

Deacon lui avait appelé un taxi. Son baiser d'adieu avait été passionné et délicieux, et il avait duré très longtemps, mais il n'avait rien suggéré de plus.

L'enthousiasme de Hannah retomba.

— Oh. Ça s'est mal passé, alors ?

— Non. Pas *mal*. Callie cherchait ses mots. C'est… intrigant. Sous cette surface charmeuse, il est très terre à terre. Il a beaucoup d'humour. Et il a l'air intelligent.

— Alors, pourquoi est-ce que tu freines les choses ?

— Je ne freine rien du tout, répliqua Callie. Elle n'avait pas ouvertement fait d'avances à Deacon, mais elle ne s'était pas montrée distante non plus.

— C'est lui qui freine ? Bizarre. Pour un homme, je veux dire.

La clochette de la porte tinta, attirant le regard de Hannah.

— Regarde qui est là, dit-elle.

Callie leva les yeux, le souffle coupé à l'idée de voir Deacon. Cela ne faisait que douze heures mais elle avait hâte de le revoir.

Mais ce fut Hank qui entra dans la boulangerie.

— Je m'en occupe, lança Hannah, en s'avançant vers le comptoir.

Déçue, Callie retourna à ses distributeurs de café.

— Bonjour, Hank, dit Hannah.

— Bonjour, Hannah.

— Qu'est-ce que je vous sers ?

— Un cappuccino et un *shortbread* nappé de chocolat.

— Tout de suite.

— Et, Hannah ?

— Oui ? répondit-elle, une nuance d'espoir dans la voix.

— Pouvez-vous demander à Callie si elle a un instant pour discuter ?

— Bien sûr.

Callie ne la voyait pas, mais elle sentit que Hannah était déçue. C'était une femme si amusante, si bienveillante et si belle. Et Hank n'avait jamais été marié. Callie ne comprenait pas qu'il ne soit pas séduit par son amie.

— Callie ?

Feignant de ne pas avoir écouté leur conversation, Callie se retourna.

— Oui ?

— Le maire veut te parler.

— Bien.

Elle se lava les mains puis les essuya avec une serviette.

Hank s'était déplacé de quelques pas pendant que Hannah préparait le cappuccino. Callie le rejoignit.

— Je ne vais pas vous demander de vous asseoir avec moi.

— C'est vrai que nous sommes assez occupées, dit-elle, soulagée.

Elle préférait garder un peu ses distances avec Hank. Bien sûr, Frederick avait raison quand il disait qu'il fallait entretenir de bonnes relations avec les politiques locaux, mais trop de proximité créait une ambiguïté, et Hank se montrait inhabituellement amical ces derniers temps.

— Je vois ça, dit Hank. Je veux juste m'assurer qu'il n'y a pas de malentendu.

Il parlait sûrement du permis de construire. Mais d'après elle, tout était en ordre.

— Mon geste, hier soir, était purement amical. Je crains que Deacon Holt se soit mépris sur mes intentions. Je ne voudrais pas que vous ayez une mauvaise opinion de moi.

— Je n'ai pas une mauvaise opinion de vous, répondit-elle, très surprise par le tour que prenait la conversation.

En admettant que Deacon ait raison et que Hank ait voulu étaler sa richesse, ça ne l'aurait pas perturbée plus que ça. En outre, comment Hank aurait-il pu connaître le prix de cette bouteille ? Sa version des choses était sûrement la bonne ; il avait cherché à se montrer amical et accueillant avec un investisseur potentiel.

— Ravi de l'entendre, dit Hank. Vous serez à la réunion, jeudi ?

Callie s'en serait bien passée, mais pour se donner bonne conscience, elle s'était promis de continuer à faire partie du comité d'embellissement même une fois son permis obtenu.

— Bien sûr, dit-elle.

— Bien. Au fait, il est question d'installer une roseraie et une fontaine à l'angle de Bay Street.

Il fallut un instant à Callie pour se représenter les choses.

— Mais ça bloquerait la circulation dans le centre.

— Le trafic serait dévié sur Balsam Crescent.

Couper l'accès à Bay Street aurait un impact important sur le passage devant sa boulangerie. Son commerce perdrait une grosse partie de sa clientèle de touristes. Elle sentit l'appréhension monter en elle.

— Mais… Qui a eu cette idée ?

— Je vais chercher. Et je vous tiens au courant ?

— Oui. S'il vous plaît.

— Votre commande est prête, intervint Hannah.

— Merci infiniment, Hannah. Vous êtes un trésor, dit Hank en arborant son sourire d'homme public.

Hannah sembla touchée par le compliment.

Callie, elle, était encore sous le choc. Les achats sur un coup de tête que faisaient les touristes pendant la saison estivale permettaient d'équilibrer les pertes de l'hiver.

Du fait de sa santé fragile, Frederick n'avait pas souscrit d'assurance-vie, et ils avaient dépensé tout ce qu'ils avaient pour acheter la maison et la boulangerie.

Il lui avait dit avoir fait des dons importants avant leur rencontre et regretter cette décision. À l'époque il ne s'attendait pas à devenir soutien de famille. Elle-même ne s'était jamais imaginé devoir regretter ces dons un jour.

Mais on ne pouvait pas revenir en arrière, et il fallait donc absolument que la boulangerie soit rentable.

— Il y a un problème ? murmura Hannah alors que Hank s'éloignait.

— Rien de grave.

Elle ne voulait surtout pas inquiéter Hannah.

— De quoi Hank voulait-il te parler ?

— Du comité d'embellissement. Ils ont des idées étranges.

— Parce que ce sont tous des vieillards qui perdent la boule. À part toi et Hank, bien sûr, s'empressa d'ajouter Hannah.

— Il va vraiment falloir que je continue à aller aux réunions.

L'embellissement, c'était une chose, mais l'économie de la ville aussi était importante. Si les décisions du comité nuisaient au commerce, tout le monde en pâtirait.

— Peut-être que Deacon ira avec toi.

— Peut-être.

Ces réunions seraient bien moins ennuyeuses en compagnie de Deacon, et ce serait une voix de la raison de plus. Bien sûr, il n'allait pas implanter les locaux de son entreprise de transport dans le centre-ville, mais s'il devait vivre ici un jour, il aurait sûrement à cœur que la ville soit prospère.

— Et ensuite, après la réunion…, insinua Hannah.

— Tu n'as qu'une seule idée en tête.

— Tu devrais faire pareil. Tu sors avec un mec canon et ton manque de sexe atteint un niveau record.

— *Hannah !*

— C'est la pure vérité.

Callie, elle, n'avait pas qu'une seule idée en tête. Elle n'était pas obsédée par le sexe. D'accord, elle était *un peu* obsédée par Deacon et elle aurait aimé faire l'amour avec lui. Et elle y pensait vraiment beaucoup.

Mais ça ne signifiait pas qu'elle n'avait qu'une seule idée en tête.

Elle pensait à d'autres choses aussi.

Un peu.

Parfois.

Deacon accepta l'appel vidéo de Tyrell, et le visage de son père apparut sur l'écran de la tablette de sa suite. Visiblement, le magnat était dans son bureau.

— Faites-moi un point, dit Tyrell sans même le saluer.

— Je suis sur place. Je l'ai rencontrée. J'avance.

— Comment ça ?

— J'apprends à la connaître.

Deacon n'avait aucune intention de partager des détails personnels avec Tyrell.

— Il paraît que vous êtes sortis ensemble.

— Comment ça, il paraît ?

Comment pouvait-il être au courant ? Est-ce qu'il avait des contacts à Charleston ?

— Vous m'espionnez, c'est ça ?

— Évidemment. Je n'ai pas confiance en vous et j'ai besoin de savoir ce qui se passe là-bas.

— Demandez donc à vos espions.

— Ils n'étaient pas présents à votre rendez-vous. Et pas non plus chez elle. Que se passe-t-il avec le maire ?

— Je ne sais pas exactement, répondit Deacon sincèrement.

Et pourtant, il avait beaucoup réfléchi au sujet de Hank Watkins.

— Il est clair que Hank s'intéresse à Callie. Mais je ne peux pas dire si *elle* s'intéresse à lui.

En revanche, Deacon ne pouvait affirmer le contraire. Bien sûr, Hank était bien plus âgé qu'elle, mais elle était peut-être attirée par le pouvoir.

— Faites en sorte qu'elle s'intéresse à *vous*.

— Je m'y emploie, répliqua Deacon, agacé par le ton péremptoire de Tyrell. Et ça marche. Je crois.

Callie avait semblé apprécier leur soirée ensemble. Deacon s'en était tenu à un baiser. Sur le moment, il avait pensé qu'y aller en douceur était la meilleure option. Ceci dit, elle ne l'avait pas du tout repoussé. Au contraire. En tout cas, c'est ce qui lui avait semblé.

— Vous avez vu mes petits-fils.

Ça n'était pas une question.

— Quelques fois, oui. Je ne sais pas si vous les avez vus en photo…

— Si.

— Dans ce cas, vous savez que ce sont les copies conformes de Aaron et Beau.

Tyrell eut un sourire. Deacon n'était pas certain de l'avoir déjà vu sourire de cette façon-là.

— Qu'est-ce que vous pouvez me dire au sujet du fonds fiduciaire de Frederick ?

— Que voulez-vous savoir ?

— À combien il se montait à la louche ?

— À des millions. Pourquoi ?

Décidément, Deacon n'y comprenait rien.

— Parce que Callie ne se comporte pas comme une femme qui a de l'argent.

— Et pourtant, elle n'en manque pas.

Deacon tapota nerveusement le bureau de son index.

— Pourquoi ne veut-elle pas que je sache qu'elle a de l'argent ?

— Vous vous êtes planté ? Est-ce qu'elle croit que vous êtes un coureur de dots ?

— Mais non. J'ai tout fait au contraire pour lui

prouver que *j'ai* de l'argent. J'ai parlé de Mobi Transport. J'ai amélioré ma garde-robe, pris la suite la plus chère de la ville et loué une voiture haut de gamme. Elle ne peut pas penser que je suis à court d'argent.

— Eh bien, tâchez de comprendre.

— Je vais comprendre. Des millions, avez-vous dit ?

Deacon songea à la conversation à propos du four de la boulangerie. Ça n'avait aucun sens.

— Elle était dans la misère quand Frederick est tombé sur elle, dit Tyrell.

— C'est ce qu'elle m'a dit.

— Ça lui a plutôt réussi, cette fois-là.

— Donc, vous pensez qu'elle joue les damoiselles en détresse.

— Oui. Volez à son secours, Deacon. Sans perdre votre temps.

La théorie de Tyrell ne plaisait pas à Deacon, mais il n'en avait pas de meilleure, et l'argent était manifestement un point important concernant Callie.

— Et virez-moi ce maire du tableau, intima Tyrell.

— J'y travaille.

— Alors, du nerf. On m'a dit qu'elle était avec lui en ce moment même.

— *Quoi ?*

— Ils viennent de sortir de la boulangerie ensemble.

— J'y vais.

La boulangerie n'était pas loin. Il ne lui fallut que quelques minutes à pied.

Il la retrouva rapidement. Elle et Hank étaient assis à la terrasse d'un café. Côte à côte. Et on pouvait lire une émotion intense sur leurs visages.

Callie était contrariée.

Hank semblait la réconforter.

Il lui prit la main.

Elle secoua la tête.

Il parla un moment, visiblement pour la convaincre.

Deacon fit quelques pas vers eux avant de s'arrêter. Que pouvait-il dire ? Faire ?

Elle leva la tête, et Deacon eut juste le temps de se dissimuler derrière un arbre.

Ensuite, elle hocha la tête, et Hank serra ses mains dans les siennes. Il souriait, et Deacon avait envie de lui envoyer son poing dans la figure.

Deacon était conscient que sa réaction était peu appropriée. Il n'aurait pas dû ressentir de la jalousie, être touché sur le plan émotionnel.

Callie n'était qu'un moyen d'arriver à ses fins. C'était une femme complexe, qui avait de toute évidence ses propres objectifs. Il fallait qu'il reste détaché.

Sa stratégie allait consister à déplacer l'intérêt de Callie pour Hank sur lui-même. Quoi que fasse Hank, Deacon ferait mieux.

Il composa le numéro de Tyrell.

— Oui ?

— C'est Deacon. Il me faut un avenir politique.

— Pardon ?

— Quelque chose de convaincant. Peut-être une candidature à une élection au niveau de l'État. Je veux que Callie pense que j'aurai du pouvoir politique dans le futur. Vous connaissez quelqu'un qui pourrait m'aider ?

— Bien sûr. Tout le monde.

— Et à qui pouvez-vous vous fier ?

— Au sénateur Cathers, répondit Tyrell après un court silence.

— Sérieusement ?

Malgré lui, Deacon était impressionné. Cathers était le sénateur senior de la Virginie.

— Il donne un discours à la chambre de commerce de Richmond demain. Je ferai en sorte qu'il mentionne votre nom. Enregistrez le discours et arrangez-vous pour qu'elle entende cet enregistrement.

— Compris.

Si Deacon avait écouté son instinct, il se serait précipité vers Callie et Hank pour les séparer. Mais il fallait être rusé. Méthodique. Et la faire venir à lui de son plein gré.

- 5 -

Callie quitta la réunion du comité folle de colère. Elle était déjà sous le porche quand elle entendit la voix de Hank.

— Callie, attentez.

Elle continua à avancer.

— Arrêtez.

Sa main se referma sur son bras.

— Lâchez-moi, dit-elle en tentant de se dégager.

— Écoutez-moi une minute.

— *Écouter ?* Je n'ai fait que ça, écouter. Je ne vous avais rien demandé, mais vous aviez promis de m'aider et vous m'avez laissée tomber.

Si elle avait su ce qu'il allait faire, elle se serait mieux préparée.

— Rien de ce que j'aurais pu dire…

— Vous n'avez même pas essayé. Pire, vous avez soutenu le camp adverse.

La création de la roseraie n'avait pas été officiellement votée, mais ça n'était qu'une question de temps. Et sa boulangerie en pâtirait. Elle perdrait de l'argent, et Hank savait que ça mettrait son activité en danger.

— Ce n'était que le premier round.

— Non, Hank. Le combat est terminé. Tout le monde aime ce projet de roseraie. Vous condamnez Downright Sweet à mort.

— Je vous en prie, calmez-vous.

— Lâchez-moi, dit-elle en regardant la main qui tenait son bras.

Il lâcha son bras mais lui prit la main.

Mais pourquoi s'obstinait-il à la toucher sans arrêt ?

— Je sais ce dont vous avez besoin. Je sais comment vous aider.

— Quand j'avais besoin d'aide, vous n'avez pas ouvert la bouche.

Il se tut un instant pour rassembler ses idées.

— Je crois qu'il y a un moyen très simple de nous entraider.

Elle avait envie de s'enfuir. Son instinct lui hurlait de s'en aller, de ne pas tenir compte des conseils de Frederick. Elle s'était montrée aimable avec le maire, et ça n'avait servi à rien.

— Vous êtes une femme magnifique, Callie.

— Mais qu'est-ce que ça a à voir avec…

— Je me suis mal exprimé. Vous êtes une femme extraordinaire. Et je trouve vos garçons super.

Désarçonnée, elle tenta de déchiffrer son expression. Était-il en train de menacer ses fils ?

Il s'approcha et continua d'une voix plus basse.

— Vous et moi, on devrait sérieusement penser à faire équipe.

Elle avait peur de comprendre.

— Je suis très attiré par vous. Plus que ça, même.

Elle l'avait toujours trouvé distingué, mais jamais elle n'avait songé à Hank sous ce jour-là.

— Vous, moi, vos enfants… Une petite famille parfaite. Songez aux possibilités…

Au diable les conseils de Frederick. Elle arracha sa main à celle de Hank.

— Personne ne le sait encore, mais je vais me présenter à l'élection pour devenir gouverneur.

Elle resta sans voix.

Il s'était montré amical, certes. Mais il était comme ça avec tout le monde. Et de son côté, jamais elle ne lui avait laissé croire qu'elle s'intéressait à lui sentimentalement.

— J'ai des dizaines de soutiens très bien placés, poursuivit-il avec enthousiasme. Les contributions affluent. Notre avenir serait…

— Je ne peux pas, s'écria-t-elle.

Qu'est-ce qui pouvait lui faire croire que ses aspirations politiques pourraient influencer son avis ?

— C'est la différence d'âge ? demanda-t-il au bout d'un instant.

— Oui.

Cela lui semblait la réponse la plus simple. C'était la différence d'âge et bien d'autres choses.

— Vous êtes une femme pragmatique. Ça vous a semblé logique d'épouser Frederick quand vous aviez besoin de lui. Vous feriez la même chose en m'épousant.

Il n'y avait aucune comparaison entre Hank et Frederick. *Aucune.*

— Vous et vos fils auriez tout ce que vous désirez.

— Ça n'arrivera jamais, Hank.

— Vous y avez pensé à peine deux minutes, dit-il, commençant à perdre patience. C'est tout ce à quoi j'ai droit ? Deux minutes de votre temps ?

Elle ne voyait pas quoi dire pour arranger la situation.

La voix de Hank se fit plus dure.

— La roseraie ne serait plus un problème. Je peux arranger ça d'un claquement de doigts, dit-il en joignant le geste à la parole.

— Vous vous imaginez que je pourrais vous épouser pour déplacer une roseraie ?

L'idée était à la fois ridicule et insultante.

— Il ne s'agit pas que de la roseraie. Je parle de vivre dans la maison du gouverneur, Callie.

Elle recula d'un pas. Comme s'il existait une seule maison au monde qui la déciderait à l'épouser.

L'expression de Hank s'assombrit.

— Il vaut mieux m'avoir comme allié que comme adversaire, dit-il d'une voix menaçante.

Elle fut parcourue d'un frisson, et comprit qu'elle devait changer de tactique.

— Je suis flattée par votre demande, Hank. Mais c'est si soudain, dit-elle en s'obligeant à adopter un ton plus léger.

Il sembla s'apaiser.

— C'est juste. Vous avez besoin d'y réfléchir. Je comprends.

— Je vais y réfléchir, oui.

Tout ce qu'elle voulait pour l'instant, c'était dédramatiser la situation, en finir avec cette conversation et rentrer chez elle retrouver ses fils.

— Bonsoir, Hank.

Elle descendit les marches de l'hôtel de ville et s'éloigna le long du trottoir, résistant à l'envie de courir.

— Hé, appela quelqu'un.

Il lui fallut une seconde pour comprendre que c'était Deacon. Son cœur battait à tout rompre et sa respiration était irrégulière.

— Vous m'avez l'air bien pressée, dit-il.

Elle s'efforça de reprendre son calme.

— Vous avez manqué la réunion.

— J'espérais pouvoir assister à la fin. Comment est-ce que ça s'est passé ?

— Mal.

— Quoi ? Que s'est-il passé ?

Elle ouvrit la bouche pour répondre, puis hésita. Jusqu'où pouvait-elle se confier à lui ?

*
* *

Callie était pleine d'énergie. Elle était pétillante. L'air semblait plus léger en sa présence, et elle rendait le monde passionnant. Si quelque chose la contrariait, Deacon était bien décidé à l'aider.

— Racontez-moi.

— Ils *adorent* tous cette roseraie, dit-elle sur un ton clairement sarcastique.

Deacon avait entendu parler du projet et il savait que cela poserait un gros problème à Callie.

— Et Lawrence ?

Deacon estimait que le vieil homme devait être loyal à Callie. Après tout, c'était le moins qu'on pouvait attendre de lui après un don de deux mille dollars.

— Hank et lui ont présenté un PowerPoint qui a achevé de convaincre ceux qui hésitaient encore.

— Je suis vraiment désolé, dit Deacon en lui prenant la main.

C'était si bon de se sentir si naturellement en phase avec elle. Et ridicule aussi.

— Si on avait voté, ils l'auraient remporté à sept voix contre une, poursuivit-elle.

— Que pensez-vous faire, maintenant ?

Une expression douloureuse s'afficha sur le visage de Callie.

— Il y a autre chose ? s'inquiéta-t-il.

Elle ne répondit pas immédiatement.

— Non. Pas vraiment. Mais je ne sais pas quoi faire. Tout ce que je veux, c'est gérer tranquillement ma petite boulangerie, offrir du plaisir aux gens. Je n'ai pas envie de me mêler de politique. D'intriguer, d'acheter des faveurs, d'élaborer des tactiques.

Elle s'interrompit brutalement et se tourna vers lui.

— Est-ce que c'est trop demander ?

— Non, répondit-il simplement.

Elle était si belle sous la lumière de la lune. Il remit doucement en place ses cheveux décoiffés par le vent.

— Que puis-je faire pour aider ?

— Vous m'écoutez me plaindre, c'est déjà beaucoup.

— J'aimerais vous aider concrètement.

— Hank m'a proposé de le faire, dit-elle d'un ton étrange.

Hank ? Le sang de Deacon ne fit qu'un tour. Il ne voulait pas que cet homme se mêle des problèmes de Callie.

— Comment ça ?

La question avait fusé, et Deacon regretta instantanément de ne pas s'être mieux maîtrisé.

Mais Callie semblait ne rien avoir remarqué.

Deacon brûlait d'en savoir davantage mais il voulait aussi évacuer le sujet Hank au plus vite.

— Et si vous faisiez un don ? suggéra-t-il en observant sa réaction.

Maintenant que l'enjeu était aussi important, elle allait peut-être enfin reconnaître qu'elle avait de l'argent.

— Même si je pouvais me le permettre, je ne le ferais pas.

— Vous ne pouvez pas vous procurer cet argent ?

— Non. Je ne vais pas hypothéquer mon entreprise pour corrompre un homme politique. C'est écœurant, non ?

Il savait qu'elle mentait au sujet de l'argent. Elle pouvait donc également très bien feindre d'être scandalisée. Elle avait l'air sincère, mais il ne devait pas se laisser avoir.

— Puis-je vous poser une question ?

— Allez-y.

— Ça concerne Frederick.

— Ça ne me gêne pas de parler de lui.

— Étiez-vous amoureuse de lui ?

Callie retira sa main de la sienne. Deacon se serait giflé.

Ils marchèrent en silence plusieurs minutes et se retrouvèrent dans une rue bordée de maisons.

Il était sur le point de s'excuser quand elle prit la parole.

— C'est compliqué, dit-elle. J'étais jeune. Je n'avais pas eu une vie facile. Une famille à problèmes. Ma mère avait disparu et j'étais seule au monde, sans rien. Je n'avais pas pu faire d'études et j'arrivais à peine à payer mon loyer. Frederick était gentil. Il voulait des enfants. Et moi, je cherchais la sécurité. Nous avions tous les deux besoin de quelque chose que l'autre pouvait nous apporter. Frederick était un homme bien. Je le respectais. Et je l'aimais beaucoup.

À l'entendre, ça paraissait presque noble d'avoir épousé un handicapé pour son argent et lui avoir donné des enfants.

— Je ne regrette rien.

La part cynique de Deacon n'en doutait pas un instant. Elle avait deux fils que de toute évidence elle aimait, l'argent de Frederick et elle était maintenant libre de se lancer dans une nouvelle relation et d'améliorer encore sa situation.

Mais il s'en moquait. Elle n'avait commis aucun crime, et son pragmatisme servait ses objectifs à lui. Il suffisait de faire en sorte d'être le prochain mari riche sur sa liste.

— Je comprends.

— C'est vrai ? demanda-t-elle en se tournant vers lui.

Il prit ses deux mains dans les siennes, désireux de lui montrer qu'il croyait au portrait qu'elle brossait d'elle.

— Vous êtes gentille, généreuse, dévouée. Parfaite.

Il n'avait aucun mal à lui dire ça. Il le croyait sincèrement.

Elle eut un demi-sourire ironique.

— C'est ridicule. Si vous saviez les idées qui me passent par la tête.

— J'aimerais beaucoup connaître vos plus intimes pensées, répondit-il d'une voix un peu assourdie.

Et ça n'était pas la seule chose dont il avait envie. Son regard se concentra sur ses lèvres, si tentantes.

— Deacon, dit-elle dans un soupir en fermant les yeux.

Il se pencha vers elle et l'embrassa. Il oublia qu'il faisait semblant ou qu'il jouait un rôle. Peu importait. Rien n'avait d'importance à part le goût sucré des lèvres de Callie.

— Venez, murmura-t-elle.

Il lui fallut un instant pour comprendre qu'ils étaient devant chez elle.

— Vous êtes sûre ?

Il ne voulait pas avoir l'air trop pressé.

— Oui.

Et main dans la main, ils remontèrent l'allée et entrèrent dans la maison.

Pam les salua rapidement et marcha jusqu'à sa voiture.

— Elle ne porte déjà plus ses béquilles, remarqua Deacon en se rapprochant un peu plus de Callie.

Il ne pouvait pas s'empêcher de la toucher. En lui effleurant l'épaule, il sentit la chaleur de sa peau sous son fin T-shirt.

— Un verre ? proposa-t-elle d'une voix légèrement tremblante.

— Je prendrai la même chose que vous, dit-il en posant un baiser sur sa tempe.

— C'est de *vous* que j'ai envie.

Quand ses mots atteignirent son cerveau, le monde entier disparut. Il n'était plus que désir.

Il la prit dans ses bras, ses mains glissèrent le long de son dos, au creux de sa taille, puis s'attardèrent sur les courbes délicieuses de ses hanches et de ses fesses.

Il la serrait contre lui, de plus en plus excité.

Elle gémit doucement.

— Dans ma chambre, murmura-t-elle contre ses lèvres.

Il la souleva dans ses bras et se dirigea vers l'escalier.

— À droite, dit-elle. Au bout du couloir.

Quelques secondes plus tard, ils se retrouvèrent dans une chambre décorée dans les tons crème, où trônaient une cheminée et un immense lit à baldaquin, et qu'éclairait une petite lampe Tiffany.

Il brûlait de désir, mais il déposa doucement Callie face à lui et, un peu fébrile, caressa son visage. Il l'embrassa tendrement, luttant pour ne pas précipiter les choses. Il fallait qu'il soit doux ; elle n'avait encore jamais fait l'amour.

Les doigts tremblants de Callie luttaient avec les boutons de sa chemise.

— Est-ce que ça va ?

Il redoutait de l'avoir effrayée.

Elle le regarda. Ses yeux bleu-vert brillaient d'un éclat doux dans la lumière tamisée.

— Aidez-moi. Je n'y arrive pas. C'est normal ? demanda-t-elle en regardant ses mains trembler.

— Vous avez peur ?

— Quoi ? Non. Je… Je ne sais pas ce que je ressens exactement. Mais si vous pouviez vous déshabiller…

— À vos ordres, madame, dit-il en arrachant à moitié les boutons de sa chemise.

Elle en profita pour retirer son T-shirt, révélant un

soutien-gorge en dentelle blanche. C'était irrésistible. *Elle* était irrésistible.

Bientôt, elle se retrouva debout devant lui, vêtue de ses seuls dessous, délicieusement minuscules et légèrement transparents.

— Vous êtes merveilleuse, absolument magnifique, dit-il en l'attirant à lui.

— Vous l'êtes sûrement aussi, mais c'est difficile à dire.

Il eut un petit rire quand elle entreprit de lui enlever sa chemise. Elle était vraiment surprenante.

Il se déshabilla rapidement et, quand il ne lui resta que son boxer noir, elle eut un sourire appréciateur.

— Très beau, murmura-t-elle en lui caressant le torse.

Le contact de ses doigts sur sa peau provoquait des décharges de désir. Il ferma les yeux, tandis que la main de Callie descendait le long de son ventre.

— Doucement, dit-il d'une voix rauque.

Il enroula un bras autour de sa taille, et de l'autre main lui caressa la poitrine, ce qui lui arracha un halètement de plaisir.

Puis il dégrafa son soutien-gorge et le fit glisser pour pouvoir toucher sa peau. Il effleura du dos de sa main le bout de son sein, puis fit rouler le mamelon entre son pouce et son index et vit sa tête chavirer, les yeux fermés, la bouche entrouverte.

Il la déposa avec douceur sur le lit et s'allongea à côté d'elle.

— Laisse-moi faire, murmura-t-il, en caressant et embrassant toutes les zones sensibles de son corps pour l'amener à la lisière de la jouissance.

Elle aussi le caressait, explorait son corps. Il était au supplice.

Puis, elle le prit dans sa main et il sut qu'il ne pourrait pas résister plus longtemps.

Il plongea son regard dans le sien.

— Maintenant ?

Elle fit oui de la tête.

Rapidement, il enfila un préservatif, puis vint se placer au-dessus d'elle. Elle l'enveloppa de ses jambes et il la pénétra lentement.

Elle avait les joues en feu et sa bouche formait un *oh* parfait.

— C'est bon ?

— Oh ! Deacon.

Il prit un de ses seins dans le creux de sa main et le caressa jusqu'à ce que le mamelon durcisse entre ses doigts.

Il allait et venait en elle, en vagues successives et elle s'agrippa à lui, les doigts s'enfonçant dans les muscles de ses épaules.

— Qu'est-ce que je dois… ? fit-elle, dans un halètement.

— Rien. Tu es parfaite. Magnifique. Laisse-toi aller.

Il força ses lèvres, et tout en l'embrassant, attira ses hanches à lui et s'enfonça plus encore en elle. Il l'écoutait réagir aux mouvements de son bassin.

Guidé par ses gémissements, il accéléra, allant et venant en elle au rythme des décharges qui explosaient dans son ventre. Il ne contrôlait plus rien.

Puis, elle cria son nom et il se laissa emporter, vague après vague, dans un plaisir qui abolissait tout autour de lui.

Quand il revint à lui, il entendit son souffle un peu court dans son oreille et se souleva légèrement pour la laisser respirer.

— Ça va ? demanda-t-il entre deux halètements.

— Oh ! *oui*. Alors, c'est donc de *ça* que les gens parlaient ?

Il lutta pour ne pas rire. Elle était à la fois si drôle et si touchante. Si attendrissante.

Il roula sur lui-même pour la placer au-dessus de lui et l'enveloppa de ses bras. Il aurait voulu ne jamais devoir la lâcher.

Il ne savait pas quoi dire. Il ne trouvait pas les mots. Alors, il murmura simplement son nom en lui caressant les cheveux tandis que le corps de Callie se relâchait sur le sien.

Lorsque Callie se réveilla, elle était seule. Le ventilateur ronronnait au-dessus de sa tête, deux fenêtres étaient ouvertes et elle était enfouie sous un édredon au beau milieu de son grand lit.

Elle rejeta l'édredon, luttant contre la déception de constater que Deacon était parti pendant qu'elle dormait. La nuit dernière avait été littéralement magique. Il avait été à la fois passionné et attentif. Et il était si sexy. Quoi qu'il arrive ensuite, jamais elle ne regretterait d'avoir fait l'amour avec lui.

Il faisait étonnamment clair dans la chambre. Elle lança un regard vers son réveil et fut surprise de voir qu'il était presque 9 heures. Les garçons ne dormaient jamais aussi tard.

Elle se redressa, inquiète.

Mais elle entendit leurs voix. Ethan riait et James poussait des cris de joie.

Et puis, elle entendit une autre voix. *Deacon*. Il n'était pas parti pendant la nuit.

Elle reposa la tête sur son oreiller. Au lieu de rentrer à son hôtel, il s'était levé en même temps que ses fils pour la laisser dormir. N'était-il pas parfait ?

Elle se brossa les dents, enfila un pantalon de fitness, un T-shirt et descendit.

Les voix venaient de la cuisine et elle découvrit Deacon et les garçons affairés devant la cuisinière, James sur le marchepied, Ethan sur une chaise et Deacon, une spatule à la main. Le plan de travail était couvert de bols, d'ustensiles de cuisine et d'ingrédients à pâtisserie.

— Deacon fait des pancakes. En forme de voiture de course, s'écria James quand il s'aperçut de sa présence.

— Vroom, enchaîna Ethan.

Deacon se retourna, le sourire aux lèvres.

— Bonjour.

— Bonjour. Tu m'as l'air bien occupé.

Il parcourut la cuisine du regard et son sourire pâlit un peu.

— Ça ne prendra pas longtemps à nettoyer.

— Ça sent bon, dit-elle.

— Ils sont à la banane, expliqua James.

— Avec du sirop, chantonna Ethan.

Deacon retourna un pancake.

— Il va nous falloir des assiettes.

— Je m'en charge. Tu peux prendre les fourchettes et les couteaux, James ? dit Callie.

Elle remarqua que Deacon utilisait un des brûleurs du fond. Impossible pour Ethan de se brûler. Un bon point de plus pour Deacon.

Elle posa quatre assiettes sur la table tandis que James disposait les couverts. Puis, elle mit la cafetière en marche.

— J'espère que tu n'avais rien prévu d'autre, dit-elle à Deacon.

Il lui prit le bras d'un geste tendre, l'attira à lui et se pencha vers son oreille.

— C'est ici que j'ai envie d'être et nulle part ailleurs.

Et après un rapide coup d'œil pour vérifier que les garçons ne les voyaient pas, il déposa un baiser sur ses lèvres.

— Les pancakes un et deux sont prêts à être dégustés, annonça-t-il aux garçons.

James courut vers la table en faisant l'avion tandis que Deacon soulevait Ethan et le portait jusqu'à sa chaise haute, imitant lui aussi le bruit d'un moteur d'avion.

Puis il déposa un pancake-voiture de course dans chacune de leurs assiettes.

— Où as-tu appris à faire ça ?

— Ma mère était une artiste.

Elle étala du beurre et versa du sirop sur le pancake d'Ethan.

— Une demande particulière ?

Elle ne comprit pas la question.

— Quelle forme pour le tien ?

— Rond, ça sera parfait pour moi, dit-elle avec un sourire.

— Il va me falloir plus de détails. Une orange, un ballon, la lune ?

— Demande la lune, maman, s'écria James.

— La lune, alors, dit Callie sans pouvoir s'empêcher de rire.

— Et une lune, une !

— Et pour toi ? dit-elle en le rejoignant devant la cuisinière.

— Un énorme.

— Pour une grosse faim ?

— Oui. Cette nuit m'a ouvert l'appétit.

Les joues de Callie s'empourprèrent.

— Ne me dis pas que tu es gênée…

— Si, un peu, reconnut-elle.

Elle n'avait jamais pris de petit déjeuner avec un

amant. Elle se demanda si les enfants faisaient souvent partie de l'équation.

— Tu ne devrais pas. Moi, je me sens très bien. Tu es merveilleuse.

— Toi aussi.

Du coin de l'œil, elle vit qu'il souriait.

— Tu crois que tu pourrais prendre ta journée ?

Elle hésita. Elle n'était pas sûre d'avoir immédiatement envie de recommencer. Une part d'elle avait besoin de récupérer son souffle.

Deacon avait dû deviner le cours de ses pensées parce qu'il lui donna un léger coup de la hanche, plein de complicité.

— J'ai pensé qu'on pourrait emmener les garçons à la plage.

— Euh… Je vais voir avec Hannah.

— Bien sûr, je serais prêt à recommencer tout de suite, mais je ne parlais pas de *ça*, la taquina-t-il.

Elle se dressa sur la pointe des pieds.

— Moi aussi, lui chuchota-t-elle à l'oreille.

— Soif, maman, soif, appela Ethan.

Elle traversa la cuisine pour aller servir du jus d'orange au petit garçon.

Deacon la suivit avec les pancakes. Il les posa sur la table et tira sa chaise pour qu'elle puisse s'asseoir.

— Qui a envie d'aller à la plage ? demanda-t-elle aux garçons.

Elle était sûre que Hannah serait d'accord pour gérer la boulangerie en son absence.

— Plage, cria Ethan.

— On pourra faire un château de sable ? demanda James.

— Château, gazouilla Ethan.

Elle prit une bouchée du petit déjeuner. Délicieux.

— Tu as une recette secrète ?

— Je te la donne, si tu veux.

— Je peux prendre mon chariot orange, maman ? demanda James.

— J'ai peur que les roues s'enfoncent dans le sable.

— Pourquoi veux-tu ton chariot ? intervint Deacon.

— Il est gros. Je pourrai mettre plein de sable dedans.

— Tu as des seaux ? Ta maman a raison, les roues du chariot risquent de rester coincées. Je suis fort, je peux transporter des gros seaux.

— On peut prendre la cuve à bulles ? demanda James, rayonnant de joie à cette idée.

— La cuve à bulles ?

— C'est une bassine à linge dans le jardin. On fait des bulles dedans.

Deacon leva un sourcil d'un air interrogateur.

— Je te préviens, elle est énorme, dit-elle en riant.

— Marché conclu. Je relève le défi, répondit Deacon.

- 6 -

Rosis par le soleil, les fils de Callie étaient complètement épuisés et dormaient maintenant à poings fermés. Deacon jeta un dernier coup d'œil à Ethan dans son berceau et à James dans son lit en forme de voiture de sport. Puis, Callie et lui sortirent de la chambre.

— Ils sont vannés, chuchota-t-elle.

— Moi aussi, dit-il.

Il n'en revenait toujours pas de l'énergie des deux petits garçons. Ils avaient construit un château de sable, fait du vélo, joué au ballon et dans les vagues, cherché des coquillages et autres mollusques sans faiblir de toute la journée.

— On mange quelque chose ? proposa-t-elle.

— Tu as faim ? dit-il en l'embrassant dans le cou, comme il rêvait de le faire depuis des heures.

— Tu veux rester ?

— Cette nuit, tu veux dire ?

Il voulait s'assurer qu'il avait bien compris.

— Oui, cette nuit.

— Bien sûr.

C'était la chose qu'il désirait le plus au monde à ce moment précis.

— Donc, on peut prendre le temps de manger.

— Je peux attendre, oui.

— Oui, tu peux attendre, dit-elle don ton faussement sévère. Il est à peine 8 heures.

De fait, il *voulait* attendre. Il voulait passer la soirée tranquillement avec elle dans cette grande maison confortable. Profiter de sa compagnie, dîner légèrement, tout en sachant qu'ensuite il la tiendrait dans ses bras, qu'ils feraient l'amour et qu'il s'endormirait, collé contre son corps.

— Je peux commander à manger.

— Il reste des pancakes.

— Tu vis dans le monde des mamans depuis un peu trop longtemps. Je pensais plutôt à du canard braisé aux champignons sauvages.

— C'est possible de s'en faire livrer ?

— Bien sûr. Sans oublier la salade, le vin et un dessert.

— Je laisse ça entre tes mains expertes.

— Bien, madame, fit-il avec une petite révérence.

— Je range les jouets.

Il balaya le salon du regard. S'il pouvait supporter un peu de désordre, il savait déjà que Callie se sentait plus à l'aise quand tout était bien rangé.

— Je te rejoins, dit-il en allumant la tablette de Callie.

La commande fut vite passée, après quoi, même s'il aurait préféré oublier le monde extérieur, il fit ce qu'il avait à faire et ouvrit la page des infos politiques locales.

— On a une demi-heure, dit-il en posant la tablette sur la table basse.

— Non, répondit-elle en alignant des ours en peluche dans un fauteuil.

— Non quoi ?

— Non, on ne va pas arracher nos vêtements pour une demi-heure en attendant le dîner.

— Est-ce que j'ai dit ça ?

— Ça se voit à ton regard.

Il s'avança vers elle.

— Tu ne m'as même pas regardé dans les yeux.

— Alors, c'est le ton de ta voix.

Il l'enlaça en passant un bras autour de sa taille.

— Tout ce que je veux, c'est que tu t'assoies et que tu te reposes. Tu dois être aussi fatiguée que moi.

Elle s'assit sur le canapé et il s'éloigna d'elle autant que possible pour échapper à la tentation de la toucher. Il devait se concentrer… Son objectif du moment était de l'impressionner.

En s'asseyant à son tour, il fit mine de heurter la table. La dernière page qu'il avait consultée s'alluma. Il avait grossi son nom pour qu'elle le remarque.

Mais elle ne vit rien et la page s'éteignit rapidement.

— Tu as soif ? demanda-t-il, cherchant une autre occasion de toucher la tablette. J'ai commandé du vin mais je peux t'apporter autre chose en attendant.

— Non merci.

— Moi, j'ai envie d'eau.

En se levant, il effleura à nouveau l'écran de la tablette, qu'il fit discrètement pivoter de son côté.

— Tu es sûre que tu n'as pas soif ? demanda-t-il de la cuisine.

— En fait, si… Je veux bien une bouteille aussi.

Il prit deux bouteilles d'eau dans le réfrigérateur et revint au salon.

Bingo. Elle était en train de lire l'article.

— Ça parle de toi, fit-elle en levant les yeux vers lui.

Il posa une bouteille d'eau près d'elle et but une gorgée de la sienne.

— De moi ? Il feignit la surprise. J'ai dû taper mon nom dans la mauvaise fenêtre. C'est au sujet du pique-nique de Mobi Transport ? J'ai fait un malheur au lancer d'anneaux.

— Non. C'est le sénateur Cathers. Il parlait de toi.

— Quand ça ? fit Deacon en prenant la tablette.

— La semaine dernière, lors d'une réunion, je crois.

— Oh ! non. Je lui avais pourtant dit de ne pas le faire, dit-il en feignant de découvrir l'article.

— C'est vrai ? Tu vas te lancer en politique ?

La perspective n'avait pas particulièrement l'air de la réjouir.

— Non. Enfin, peut-être un jour. Il y a des gens qui m'y poussent.

— Pour l'amour du pouvoir ?

— Pour aider mes concitoyens. Il y a beaucoup à faire pour rationaliser les réglementations, réduire la paperasserie et créer des emplois.

C'était une réponse toute faite, presque risible, mais faute de mieux…

— Tu es sûr que tu ne cherches pas le pouvoir ?

— Pas du tout, dit-il du ton le plus détaché qu'il put. Tu as l'air d'en douter.

Il ne croyait pas à sa réaction et voulait la pousser dans ses retranchements.

— Pourquoi ? reprit-il.

Il lui fallut du temps avant de répondre.

— Je… En tout cas, ça marche pour Hank Watkins.

Deacon tenta de déchiffrer son expression, mais pour il ne savait quelle raison, elle masquait ses sentiments concernant le sujet. Deacon ne savait plus quoi dire. Il préféra attendre.

— Hank dit pouvoir faire annuler le projet de la roseraie.

Deacon tâcha de dissimuler son agacement.

— Il a proposé de régler le problème ?

— Oui.

Deacon détestait l'idée qu'elle pût être redevable de quoi que ce soit à Watkins.

— Et tu as accepté ?

Elle fronça les sourcils et son regard se durcit.

— Non.

— Bien. Je vais faire un autre don au comité.

Et cette fois, le don serait assez important pour s'assurer la loyauté de Lawrence.

— Non.

— Comment ça ? C'est la seule façon de couper l'herbe sous le pied à Watkins.

— Ce serait de la corruption.

— Mais non. Juste un jeu d'influence et de pouvoir.

— Tu as dit que tu te fichais du pouvoir…

La sonnette de la porte retentit.

Elle se leva.

— Ne bouge pas, j'y vais, dit-il en se levant aussi.

Elle hocha la tête d'un air triste et découragé. L'ambiance était gâchée.

Il s'approcha d'elle et lui prit la main.

— Je suis désolé, dit-il.

— Moi aussi.

— Je ne ferai pas d'autre don.

— Merci.

— Tu veux que je m'en aille ?

Elle hésita, puis secoua lentement la tête.

— Reste, dit-elle.

Il sentit un poids énorme libérer sa poitrine.

Callie avait attendu trop longtemps déjà. Cela faisait presque une semaine que Hank lui avait montré son vrai visage et elle devait la vérité à Hannah. Toute l'équipe avait quitté la boulangerie et il ne restait que

Callie et Hannah pour faire la comptabilité et calculer la recette du jour.

— Rentre retrouver les garçons, suggéra Hannah, tout en triant les billets avant de les déposer dans le sac pour la banque.

Callie tira une deuxième chaise vers la petite table ronde du minuscule bureau.

— J'ai quelque chose à te dire, commença-t-elle.

Hannah sourit sans lever les yeux.

— À propos d'un certain touriste canon qui passe ici tous les jours et qui te regarde avec des yeux énamourés ?

— Non, c'est au sujet de Hank.

Cette fois, Hannah leva les yeux.

— Il y a un problème ? Ça fait des jours qu'il n'est pas venu. Est-ce qu'il a attrapé la grippe qui traîne en ce moment ?

— Ça n'est pas la grippe.

— Quoi, alors ? Qu'est-ce qui s'est passé ?

— Je l'ai vu mardi, à la réunion du comité d'embellissement et il s'est opposé à moi pour la roseraie.

— Peut-être qu'il avait ses raisons.

— Tu l'aimes vraiment beaucoup, hein ? dit Callie tout en triant par couleur les stylos du pot à crayons d'un air absent.

— Tout le monde l'aime. C'est un type génial.

— En fait, il n'est peut-être pas si génial que ça.

— Juste parce qu'il est en faveur de la roseraie ?

— Ça m'a mise en colère, je reconnais. Mais…

Callie mit de côté un stylo noir qu'elle ne pouvait assortir à aucun autre.

— Mais c'est surtout ce qu'il m'a dit, reprit-elle, il… Il m'a fait une déclaration.

Le visage de Hannah s'affaissa.

Mais maintenant qu'elle avait ouvert la boîte de Pandore, Callie était décidée à aller jusqu'au bout.

— Il m'a dit qu'il était attiré par moi. Que nous pourrions former une petite famille parfaite, et que si j'acceptais, la roseraie et tous mes autres problèmes seraient réglés.

Hannah déglutit avec difficulté.

— Et qu'as-tu dit ? demanda-t-elle d'une voix mal assurée.

— J'ai répondu *non*.

— Bon.

— Je ne suis pas intéressée par Hank.

Le seul homme qui l'intéressait, c'était Deacon.

Elle ne voulait pas froisser Hannah en partageant ce qu'elle pensait de Hank, mais il fallait que son amie arrête de fantasmer sur lui.

— Je me suis fait des idées, on dirait, avoua Hannah. Mais c'était à prévoir. Les types bien choisissent toujours les femmes plus jeunes.

Callie couvrit les mains de son amie avec les siennes.

— Ça n'est pas toujours vrai. Et Hank ne fait pas partie des types bien.

— Parce qu'il te préfère à moi ? C'est tout à fait normal. Tu t'es vue ? Tu es extraordinaire.

— D'abord, je ne suis pas extraordinaire et ensuite, Hank s'intéressait plus au bénéfice pour sa carrière politique d'une famille avec des enfants qu'à moi personnellement. Il ne me connaît même pas.

— Mais moi, je te connais, dit Hannah avec chaleur. Et tu es merveilleuse.

— Toi aussi. Et tu es belle. Et ce serait une chance pour n'importe quel homme de sortir avec toi. Mais pas Hank. Tu es beaucoup trop bien pour lui.

Callie pressa la main de son amie, ne sachant quoi ajouter.

— Tu devrais rentrer, fit Hannah. James et Ethan doivent t'attendre.

— J'aurais aimé que tout ça n'arrive pas.

— Si. C'est mieux. C'est ridicule pour une vieille femme de s'enticher d'un homme qui ne l'a même jamais remarquée.

— Tu n'es pas vieille et tu as juste craqué sur le mauvais.

— Craquer, c'est bon au lycée.

— On a tous le droit de craquer. Et ça t'arrivera encore. Bientôt. Il y a de plus en plus de touristes en ville. Des nouveaux clients tous les jours. Et imagine, si Mobi Transport ouvre un terminal ici, on va crouler sous les hommes célibataires.

— Tu es une éternelle optimiste, dit Hannah en esquissant un sourire.

— Pas vraiment.

En fait, Callie était d'une nature plutôt pessimiste. Avant Frederick, sa vie avait été une succession de catastrophes et de déceptions. Mais elle avait appris à avancer, quoi qu'il arrive. On pouvait encaisser beaucoup de coups et se relever malgré tout.

— Ça va aller, dit Hannah en se remettant à compter les billets. Merci de m'en avoir parlé.

— Tu veux qu'on aille prendre un verre quelque part ?

Pour le sixième soir de suite, Callie avait prévu de retrouver Deacon après la fermeture, mais elle était sûre qu'il comprendrait.

— Non, merci, déclina Hannah. Mais ça ne t'embête pas si j'emporte deux ou trois cupcakes velours rouge ?

— Prends-en autant qu'il faudra.

— Rien de tel qu'une bonne dose de crème au beurre, dit Hannah, tâchant de faire contre mauvaise fortune bon cœur.

Le téléphone de Callie tinta.

— Sûrement un message de ton prince charmant.

C'était bien Deacon. Son message disait qu'il l'attendait dehors.

— Éclate-toi. Je vais vivre par procuration pendant quelques semaines. Tu me raconteras tout demain.

— Promis.

Callie éteignit son ordinateur et traversa la boulangerie pour gagner la sortie.

C'était bon de voir le visage de Deacon.

— Que se passe-t-il ? demanda-t-il en refermant la porte derrière elle.

— Rude journée, dit-elle avec un sourire forcé. Heureuse que tu sois là.

Il passa son bras autour des épaules de Callie et ils se mirent en route, mais au bout de quelques pas, Deacon s'arrêta.

— Raconte, dit-il.

— Raconter quoi ?

— Tu es toute tendue. Dis-moi ce qui ne va pas.

Elle n'avait pas envie de lui parler de tout ça, mais en même temps elle ne voulait rien lui cacher.

— J'ai dû parler de Hank à Hannah.

Le visage de Deacon se durcit.

— Hank ?

— Ça fait un petit moment qu'elle craque sur lui, et après ce qu'il m'a dit jeudi…

— À propos de la roseraie ?

— Pas seulement. Il…

Callie hésitait à tout raconter à Deacon.

— Il m'a en quelque sorte proposé de l'épouser.

Deacon eut un mouvement de recul. Il était complètement abasourdi.

— Il a fait *quoi* ?

— Ça n'était pas aussi clair, bien sûr, mais il semblait

penser que je serais un atout pour sa carrière politique et que de son côté, en tant que maire, il pourrait régler mes problèmes.

— Et que lui as-tu répondu ?

— Que c'était hors de question, répliqua-t-elle, surprise par la question.

— En ces termes exacts ?

— *Oui.*

Puis, elle repensa à la véhémence de sa réponse.

— Enfin, dans un premier temps, c'est ce que j'ai dit. Mais ensuite, j'ai peut-être un peu atténué le propos… Dit que j'y réfléchirais. Mais…

— Et tu y réfléchis vraiment ?

— C'était un moyen d'échapper à cette conversation. Tu es en colère ?

Il avait l'air en colère.

— Non.

— Pas très convaincant.

Il lui prit la main et se remit à marcher.

— Hank me tape sur le système. Mais tu sais quoi… on va arrêter de parler de lui, dit-il en secouant la tête. On rentre à la maison retrouver les garçons ?

Ces quelques mots la soulagèrent profondément.

— Oui, rentrons retrouver les enfants.

Il fallait qu'il accélère le mouvement. Hank n'allait pas se laisser éconduire facilement. Il utiliserait toutes les armes à sa disposition pour conquérir Callie. Peut-être qu'elle n'appréciait pas Hank plus que ça, mais on ne pouvait jurer de rien. Il fallait absolument prendre ce Watkins de vitesse.

Aussi, trois jours plus tard, même si c'était prématuré et trop risqué à ses yeux, Deacon se rendit dans une bijouterie.

L'endroit était tranquille et d'un luxe de bon goût.

— Puis-je vous aider, monsieur ? lui proposa une jeune femme d'environ trente ans à l'air très professionnel.

— Il me faut quelque chose de magnifique, dit-il.

Il n'avait pas d'idée arrêtée sur le style, mais il voulait que Callie soit éblouie.

— Une bague ?

— De fiançailles, précisa-t-il.

— Alors, vous êtes au bon endroit, dit la jeune femme avec un sourire chaleureux. Cherchez-vous quelque chose de plutôt classique ou moderne ?

— Je veux juste que ça soit magnifique.

— Et avez-vous une limite de prix ?

— Non. Le prix n'a pas d'importance.

— Je vais vous montrer ce que nous pouvons vous proposer, dit-elle en désignant d'un geste gracieux une vitrine ronde située au milieu du magasin.

La jeune femme ouvrit la vitrine et sélectionna trois bagues en diamant.

— Voici les trois formes les plus courantes. Rond, émeraude et marquise. La forme ronde est celle qui donne le plus de brillant.

Elle lui tendit une loupe.

Il devait admettre que le diamant était beau, mais il doutait que Callie le regarderait d'aussi près.

Il rendit la loupe et reposa la bague.

— Écoutez, si je vous demandais en mariage, quelle bague aimeriez-vous que je vous offre ?

La vendeuse sembla surprise par la question.

— Quel est votre message ? Au-delà de la proposition en soi, que cherchez-vous à lui dire avec cette bague ?

— Que c'est moi qu'elle doit choisir et que je prendrai soin d'elle et de ses enfants pour toujours.

La réponse avait fusé sans même que Deacon ait pris le temps d'y réfléchir.

— Alors, je sais.

La jeune femme ouvrit une autre partie de la vitrine et lui tendit une boîte en cuir blanc. À l'intérieur, il découvrit une bague, avec un gros diamant rond au centre, dont l'anneau serpentin constitué de deux brins de platine et d'or jaune, était serti de brillants.

— C'est notre plus belle bague, dit-elle d'une voix pleine de révérence. Une création à la fois intemporelle et moderne. Je vous épouserais si vous m'offriez cette bague.

— Vendu, dit Deacon avec un sourire.

— Vous ne voulez pas connaître le prix ?

— Pas vraiment, dit-il en sortant sa carte de crédit de son portefeuille.

La jeune femme rit en prenant sa carte.

— C'est décidé, je vous épouse. Si elle refuse, vous savez où me trouver.

La plaisanterie fit sourire Deacon, mais intérieurement il était très anxieux. Callie pouvait très bien refuser sa proposition.

La vendeuse sembla remarquer son angoisse.

— Vous avez deux mois pour nous la rendre, lui dit-elle gentiment.

— Je connaîtrai la réponse bien avant ça.

— Bonne chance.

— Merci.

À peine était-il sorti de la bijouterie que son téléphone sonna. C'était Tyrell, mais il n'avait pas envie de lui parler maintenant.

Les nouvelles étaient bonnes. Son milliardaire de père serait enchanté d'apprendre que Deacon s'apprêtait à faire sa demande, mais Deacon tenait à ce que Callie soit la première au courant.

Au volant de sa luxueuse voiture de location, il sortit du parking et s'engagea dans la circulation. La boulangerie n'était qu'à dix minutes de trajet, et il avait proposé à Callie de la retrouver pour déjeuner.

Bien sûr, un dîner aux chandelles aurait été plus approprié, mais il y aurait trop de monde dans un restaurant. Il aurait également pu faire sa demande à la maison, une fois les garçons couchés, mais même s'il adorait le salon confortable rempli de jouets, ça n'avait rien de très romantique.

Non, il allait l'emmener sur la terrasse du café View Stop. Ils se promèneraient le long de la rivière et s'arrêteraient dans le jardin. Là, au milieu des azalées et des saules, il pourrait lui poser la question.

Callie l'attendait sur le trottoir devant la boulangerie.

Elle était magnifique dans le soleil, avec ses cheveux lâchés, son léger chemisier blanc orné de dentelle et son pantalon noir ajusté. Elle avait échangé les talons plats qu'elle portait à la boulangerie contre une paire de sandales noires à talons hauts qui mettait en valeur ses longues jambes et ses pieds ravissants.

Avant même qu'il ait pu descendre pour lui ouvrir, elle avait sauté dans la voiture et bouclé sa ceinture.

— La journée se passe bien ? demanda-t-il.

— Hank est passé.

— Pourquoi ? Qu'est-ce qu'il voulait ?

— Je suis restée dans l'arrière-boutique et Hannah a été plutôt froide. Il ne s'est pas attardé.

— Il reviendra.

Deacon aurait pu parier là-dessus.

Il fallait que ce type débarrasse le plancher, se dit-il en tâtant la bosse que faisait l'écrin de la bague dans sa poche.

— Le café View Stop ? proposa-t-il.
— Parfait.
La circulation était fluide en ce début d'après-midi, et les feux étaient tous au vert. Il roulait tranquillement quand un pick-up blanc lui coupa la route, lui grillant la priorité, et fonça droit sur la porte passager de la voiture.
Deacon donna un coup de volant pour protéger Callie, et le pick-up percuta l'arrière de la voiture. Deacon perdit le contrôle de son véhicule, et le côté passager alla s'écraser contre un réverbère.
Deacon se tourna immédiatement vers Callie.
— Est-ce que ça va ?
Elle grogna légèrement.
— Callie ?
Il avait peur de la toucher.
Il y avait des gens tout autour de la voiture, qui criaient. Mais il les entendait à peine.
Les yeux de Callie étaient fermés, son corps s'était affaissé sur le côté et son front saignait.

Callie ne s'était évanouie que quelques secondes. Mais elle eut beau expliquer à l'ambulancier qu'elle allait bien, ce dernier insista gentiment mais fermement pour qu'elle s'allonge sur la civière et qu'elle se détende.
Elle n'entendait pas de sirènes. C'était sûrement bon signe.
Sa tête lui faisait mal, mais c'était supportable et elle tenta de se redresser. L'ambulancier la recoucha avec douceur.
— On va devoir vous mettre des agrafes.
— Oh ! non.
— Quelques-unes seulement. Vos cheveux cacheront la cicatrice. Vous avez mal autre part ? Vous pouvez bouger vos doigts et vos orteils ?

Tout semblait fonctionner normalement.

— Je crois que je me suis cogné l'épaule.

— Exact. Vous avez un hématome, mais elle n'a pas l'air démise. Ils vous feront une radio à l'hôpital.

— Je n'ai pas besoin d'aller à l'hôpital.

Maintenant que le choc était passé, elle commençait à se sentir gênée… Arriver à l'hôpital sur un brancard, c'était franchement exagéré.

— Est-ce que Deacon… le conducteur… va bien ?

Elle se rappelait qu'il lui avait parlé dans la voiture et l'avoir vu ensuite discuter avec la police pendant qu'on l'emmenait. Il avait l'air d'aller bien, mais elle voulait s'en assurer.

— Tout ce que je sais, c'est qu'une seule ambulance a été appelée répondit l'ambulancier. Voilà, on y est.

Quand les portes de l'ambulance s'ouvrirent, le soleil entra à flots. Un peu écœurée par le trajet, Callie ferma les yeux.

Dans l'hôpital, il faisait beaucoup plus frais. Elle entendit la voix d'une infirmière qui disait où l'installer. Elle ouvrit les yeux.

Une femme se tenait debout à côté d'elle.

— Bonjour madame Clarkson. Je suis le Dr Westhall. Vous avez eu un accident.

— Je m'en souviens.

— Savez-vous quel jour nous sommes ?

— Mercredi. Le 30 mai.

— Parfait, dit le médecin, en passant une petite lampe flash devant les yeux de Callie.

— Je n'ai pas perdu la mémoire.

— Ça ne m'étonne pas, mais vous allez avoir besoin de trois ou quatre agrafes.

Deacon apparut soudain à côté du médecin, le visage pâle et grave.

— Callie. Est-ce que ça va ? demanda-t-il en lui prenant la main.

— Êtes-vous M. Clarkson ?

Une expression douloureuse se peignit sur le visage de Deacon.

— Non. Je suis son petit ami.

L'expression surprit Callie. Son petit ami ? Deacon se considérait comme son petit ami ?

Elle ne put retenir un sourire.

Il s'assit sur le lit, en face du médecin, et prit les mains de Callie dans les siennes.

— Je vais bien, dit-elle.

— Je suis tellement désolé.

— Tu n'y es pour rien. C'est ce type qui a grillé le feu. Et si tu n'avais pas braqué…

Elle revit l'énorme pare-chocs du camion fonçant droit sur elle.

— Si tu n'avais pas braqué…

Elle aurait été broyée.

— Je vais devoir vous poser cinq agrafes, constata le médecin en examinant le front de Callie.

— Avec tes cheveux, on ne verra sans doute rien, dit Deacon.

— Franchement, ça m'est égal.

Elle ne comprenait pas pourquoi tout le monde s'inquiétait tant pour une petite cicatrice sur son front. Les années, les accidents de la vie laissaient des traces. C'était normal.

— Ensuite, on fera une radio pour cette épaule.

Deacon eut immédiatement l'air à nouveau inquiet.

— Tu es blessée à l'épaule aussi ?

— Je vais m'en tirer avec un simple bleu, dit Callie.

— Je serai rassuré quand on aura eu un vrai diagnostic. Tu n'as mal nulle part ailleurs ?

— Tout semble normal. Est-ce que tu as appelé Hannah ? Pam peut s'occuper des garçons ?

Callie consulta sa montre. Elle ne savait pas combien de temps prendrait la radio, mais Pam devait déposer les enfants à la boulangerie à 16 heures.

— J'ai parlé à Hannah. Et à Pam. Elle a quelque chose de prévu, mais je passerai prendre les garçons et je les ramènerai à la maison. Sauf si tu veux qu'ils viennent ici.

— Non. Pas ici. Je ne veux pas les inquiéter.

Callie ne put s'empêcher de penser que la dernière fois que ses fils étaient entrés dans un hôpital, leur père était mort.

Ethan ne s'en souvenait sûrement pas, mais James, peut-être.

— J'enverrai une voiture te chercher, dit Deacon.

— J'appellerai un taxi.

— Je me charge de tout.

Les paroles de Deacon lui réchauffèrent le cœur.

Quelqu'un prenait soin d'elle. C'était tellement inhabituel.

Très jeune, elle avait dû s'occuper de sa mère malade. Ses grands frères n'étaient d'aucune aide. À huit ans, elle faisait déjà la cuisine et le ménage pour toute la famille.

Ensuite, il y avait eu Frederick. Bien sûr, c'était un homme merveilleux, mais étant donné son handicap, elle avait dû prendre en charge les contingences de la vie de tous les jours.

Mais maintenant, Deacon était son petit ami. Et les petits amis étaient là pour ça. Pour prendre soin de leur petite amie et des fils de leur petite amie. Une fois de plus, elle ne put s'empêcher de sourire.

Deacon était son petit ami.

- 7 -

Deacon termina l'histoire qu'il lisait à James et Ethan. Il leur avait dit que leur maman avait mal à la tête et qu'elle était allée se coucher tôt. Les petits garçons n'avaient posé aucune question, apparemment ravis que Deacon leur donne leur bain et les mette en pyjama avant de les border.

Ethan s'était endormi avant même la fin de *Wilbur le petit poney*, et les paupières de James commençaient déjà à se fermer.

Deacon quitta la chambre sans faire de bruit.

Il remonta le couloir jusqu'à la chambre de Callie. Elle était assise dans son lit, une tablette sur les genoux.

— Tu es réveillée, dit-il doucement.

— Il n'est que 20 heures.

— Un peu de sommeil te ferait du bien, suggéra-t-il en s'asseyant au bord du lit.

— C'est juste un bobo. Je ne suis pas malade.

— Tu as failli avoir une commotion cérébrale, dit-il en écartant avec délicatesse ses cheveux de sa blessure.

— Mais non. Et c'est grâce à toi.

— Je suis si heureux que tu ailles bien.

Il se rapprocha et l'attira vers lui.

Elle posa sa tablette et se serra contre lui. Elle se sentait parfaitement bien dans ses bras.

— Les garçons dorment ? chuchota-t-elle contre son épaule.

— Ethan, oui. Et James ne devrait pas tarder. Je leur ai lu l'histoire du poney.

— Ils l'adorent, dit-elle, ravie.

— Et moi, je les adore, eux.

— J'ai tellement de chance de les avoir, dit-elle, en se serrant davantage contre lui.

Mais soudain, elle se recula.

— Qu'est-ce que c'est ? demanda-t-elle en désignant la poche de sa chemise.

Les circonstances étaient loin d'être idéales. Il savait qu'il aurait mieux valu attendre quelques jours qu'elle aille mieux. Et qu'il ferait mieux de faire sa demande dans un endroit plus romantique.

Parce qu'il voulait par-dessus tout qu'elle dise oui.

Mais voilà qu'il ne pouvait plus attendre une seconde de plus. Emporté par l'émotion, il prit la petite boîte dans sa poche et la lui tendit.

L'air un peu intrigué, elle l'ouvrit.

En voyant la bague en diamant, son expression se figea.

Il sut immédiatement qu'il avait fait une erreur et qu'il fallait la réparer.

— Je sais que ça semble précipité, mais ces dernières semaines, les choses sont devenues très claires pour moi. Je suis fou de toi. J'adore tes fils. On est bien ensemble. On est faits l'un pour l'autre. Nous pourrions avoir une vie merveilleuse.

Elle leva les yeux vers lui.

— Est-ce que tu…

— Veux-tu m'épouser, Callie ? Faire de moi le plus heureux des hommes ?

— Deacon, c'est…

Elle n'avait pas dit oui, mais elle n'avait pas dit non, non plus. Elle hésitait.

Jouait-elle simplement son rôle de femme que son récent veuvage arrêtait ou pensait-elle qu'un autre homme, Hank par exemple, pourrait mieux lui convenir ?

— Est-ce que tu m'aimes, Deacon ? demanda-t-elle d'une voix à la fois douce et inquiète.

Il ne put se résoudre à lui mentir.

— Je suis follement épris de toi, préféra-t-il répondre.

— Moi aussi, je t'aime.

Apparemment, elle n'hésitait pas à s'engager. Il trouvait ça admirable, mais il était un peu désarçonné.

— Ça veut dire oui ?

— Oui. Ça veut dire oui.

Elle passa ses bras autour de son cou et il l'enlaça étroitement.

— Je ne veux pas te faire mal, dit-il en tentant de se contenir.

— Tu ne me fais pas mal, dit-elle.

Elle se détacha de lui. Puis elle tendit sa main. Elle tremblait légèrement.

Quand il lui passa la bague au doigt, il ressentit une crampe au creux de l'estomac.

Ça y était. Elle allait l'épouser, et son rêve d'enfance allait enfin pouvoir se réaliser.

Il aurait dû être aux anges, sur un petit nuage. Mais non. Quelque chose n'allait pas. Ou plutôt, tout allait trop bien.

Callie jouait si bien son rôle qu'il ne pouvait s'empêcher d'éprouver des sentiments pour elle.

— Fais-moi l'amour.

Il hésitait, assailli par des émotions contradictoires.

— Je ne veux pas te faire mal, prétexta-t-il pour refuser.

— Tu ne vas pas me faire mal, dit-elle en se dénudant.

Elle était belle. Bien plus que belle. Parfaite.

Il désirait plus que tout la tenir dans ses bras. Il aurait voulu que tout ça soit vrai. Mais où était le mal ? *s*e demanda-t-il une fois de plus. Elle allait obtenir ce qu'elle voulait. Et lui aussi.

Pourquoi ne pas s'abandonner totalement à l'illusion ?

Il l'embrassa. Longtemps. Profondément. Referma une main sur son sein. Il pouvait sentir son cœur palpiter contre la paume de sa main. Puis il l'allongea sur le lit.

Les mots « je t'aime » se formèrent dans son esprit, mais il ne s'autorisa pas à aller aussi loin.

Son téléphone sonna. Il savait que c'était Tyrell, mais il raccrocha sans même regarder, puis se déshabilla et s'allongea à côté de Callie.

— Les garçons t'adorent, dit-elle en lui caressant tendrement le visage.

— Je me comporterai bien avec eux, promit-il, à lui-même autant qu'à Callie.

Jamais il n'aurait pensé qu'il s'attacherait tant à ses fils. À partir de maintenant, il serait responsable d'eux. En tant que neveux et oncle, ils étaient de toute façon liés par le sang. Quoi qu'il arrive, il veillerait à ce qu'ils soient aimés et protégés pour toujours.

Elle l'embrassa.

— Je n'arrive pas à croire que tout ça est réel.

— Moi non plus.

Et *ça*, c'était la stricte vérité.

Les choses se précipitèrent.

Le projet Mobi Transport n'était pas encore très avancé, alors Deacon tenait à ce que Callie et les enfants s'installent à Hale Harbor.

Au départ, l'idée de quitter Charleston lui fit un

peu peur, mais elle fut vite gagnée par l'enthousiasme de Hannah, qui lui proposait de gérer la boulangerie.

Elle s'attendait à ce qu'ils célèbrent, même discrètement, leur mariage, mais Deacon préférait que tout se passe rapidement à la mairie. Elle trouva que ça n'était pas très romantique.

Deacon argumenta que l'important pour lui était le mariage et non les noces, et qu'il voulait concrétiser au plus vite leur relation.

Elle dut s'avouer qu'il avait réussi à retourner la situation et qu'elle admirait son sens pratique. Finalement, elle aussi avait hâte que leur nouvelle vie commence.

C'est donc mariés depuis peu qu'ils débarquèrent dans le petit aéroport de Hale Harbor. Deacon avait affrété un avion pour éviter les nombreux changements aux garçons.

Jamais auparavant elle n'avait réfléchi à la fortune de Deacon. Elle savait qu'il avait de l'argent, mais pas à ce point. Des billets de première classe et des hôtels cinq étoiles, peut-être, mais un avion privé ? Une fois de plus, elle ressentit un léger malaise. Tout allait si vite.

Mais quand ils arrivèrent chez lui, elle fut soulagée. C'était joli. Beau, même. Grand. Mais ça n'était pas un château. Elle avait fini par redouter qu'il ait du personnel de maison et une dizaine de voitures de luxe à l'abri dans des garages climatisés.

Quand il lui montra la chambre des garçons, son cœur faillit exploser. Elle était plus grande que leur ancienne chambre et elle possédait sa propre salle de bains, mais sinon, elle était identique à celle de Charleston.

— Je tenais à ce qu'ils se sentent chez eux.

— Mais comment as-tu fait ? s'étonna-t-elle.

Même le lit de James et les photos de trains sur le mur étaient pareils.

— J'ai pris des photos et je les ai envoyées à ma femme de ménage.

James traversa la chambre à quatre pattes jusqu'à l'armoire.

— C'est pour nos habits.

— Ne me dis pas que tu as changé la moquette, s'exclama Callie, réalisant qu'elle était exactement du même bleu que chez elle.

— Elle était usée, de toute façon, dit Deacon. Puis à l'attention des enfants : si votre maman veut vous donner un bain, je vais monter vos bagages et les défaire.

— Tu es génial, dit-elle.

Elle aurait aimé lui demander combien il avait dépensé pour toutes ces frivolités, mais ça attendrait. La journée avait été longue, et elle voulait coucher les garçons avant qu'ils deviennent grognons.

La chambre de maître était magnifique. Très haute de plafond, c'était une véritable suite dotée d'un petit salon, d'une immense salle de bains et d'un dressing si grand que les vêtements de Deacon en occupaient à peine un tiers.

— C'est splendide.

— C'est une des choses qui m'ont plu dans cette maison. J'aime l'espace.

— Quand l'as-tu achetée ?

Callie n'avait encore rien vu qui ait l'air ne serait-ce *qu'un peu* usé.

— Je l'ai fait construire il y a trois ans. L'entreprise avait fait une bonne année, et les dividendes avaient été très élevés. J'avais déjà le terrain, il m'a suffi de choisir les plans.

— Je peux visiter ?

— Tu peux faire tout ce qui te plaît.

Elle descendit l'escalier. Sur l'avant de la maison, le hall distribuait une bibliothèque d'un côté et une salle à manger de l'autre. Sur l'arrière, le salon cathédrale était relié à une cuisine ouverte et à un autre salon plus intime.

— Le petit salon donne sur une terrasse, dit Deacon en allumant une lumière extérieure.

Sur la terrasse de bois, trônaient un salon d'extérieur en cuir et un jacuzzi.

— J'ai fait poser un verrou sur le jacuzzi pour les enfants.

Toute la maison était meublée avec goût et respirait le luxe.

— Je ne sais pas comment te demander ça, commença-t-elle.

— Vas-y, dit-il.

— Je ne pensais pas… Enfin, on n'en a jamais parlé… Mais es-tu très riche ?

L'expression de Deacon se ferma légèrement.

— J'ai de quoi nous faire vivre.

Il avait botté en touche.

Elle chercha comment exprimer son inquiétude.

— C'est un peu… Ça n'est pas exactement ce à quoi je m'attendais.

Il croisa les bras, l'air un peu contrarié.

— Tu ne perds pas de temps, dis-moi. Et si on commençait par toi ?

La question la prit de court.

— Pourquoi as-tu caché l'argent de Frederick ?

— Comment ça ?

Voulait-il dire en achetant la boulangerie ? Ça n'était pas caché. Et caché de qui ?

— Pour faire clair, à combien s'élève ton patrimoine ?

Elle n'y comprenait plus rien. Il avait vu sa maison, son entreprise. Il savait comment elle vivait.

— Tu parles de la maison et de la boulangerie ?

— Je parle de l'argent de Frederick, répliqua Deacon d'un ton impatient.

— Il n'avait pas d'assurance-vie. À cause de sa lésion aux poumons.

— Je parle de l'argent de sa famille.

— De quoi parles-tu ?

Elle aussi commençait à perdre patience.

— De la fortune de la famille Clarkson.

Il plaisantait. Oui, bien sûr, il plaisantait.

Elle attendit qu'il se mette à rire, mais son expression restait fermée.

Deacon ne comprenait pas ce que Callie avait à gagner en continuant à faire semblant. Ils étaient mariés maintenant. C'était réglé.

— Je sais tout au sujet de la famille de Frederick, dit-il. Alors, jouons cartes sur table.

Elle feignait toujours de ne pas comprendre.

— La famille de Frederick ?

— J'ai grandi à Hale Harbor.

Elle semblait vraiment ne pas saisir.

— Tout le monde à Hale Harbor connaît les Clarkson. Le château, le port, leur histoire, leur *argent*.

— Les parents de Frederick vivent à Miami.

Deacon n'en revenait pas. On aurait vraiment juré qu'elle croyait à ce qu'elle venait de dire. Et d'ailleurs pourquoi inventer ce mensonge ? Ça n'avait aucun intérêt.

— Ils ne sont pas riches et ils ne vivent sûrement pas dans un château.

Deacon commençait à se sentir un peu mal à l'aise. Était-il possible que Callie n'ait rien su au sujet de l'argent de Frederick ?

— Alors, tout ça n'est qu'une mascarade ? demanda-t-elle, le visage dur. Tu es un escroc ? Tu as cru qu'en m'épousant, tu allais mettre la main sur une fortune ? Tu as des dettes, c'est ça ?

— *Non !*

— Tu as refusé d'établir un contrat prénuptial et j'ai trouvé ça bizarre. J'aurais dû écouter mon instinct.

Il ne comprenait rien à ce qui était en train de se passer.

— Il y a un problème, Callie.

— Ah, tu crois ? railla-t-elle en quittant la pièce.

— Frederick t'a menti.

Elle eut un rire amer.

— C'est *toi* qui m'as menti, Deacon. Tu n'as qu'à divorcer et chercher une femme riche à épouser.

— Je me fiche de ton argent.

On sonna à la porte.

— Je m'en irai dès demain matin, dit-elle en s'engageant dans l'escalier.

— Deacon ? cria-t-on de dehors.

Deacon reconnut la voix de Tyrell et jura tout bas. Il ne savait que faire. Courir pour rattraper Callie ou se débarrasser de Tyrell ? La dernière chose dont il avait besoin, c'est que le père de Frederick se retrouve mêlé à leur conversation.

— Qu'est-ce que vous venez faire ici ? dit-il en ouvrant la porte.

Il constata alors que la femme de Tyrell, Margo, était là également.

— Où sont mes petits-fils ? demanda-t-elle.

— Ils dorment, répondit Deacon.

— Vous étiez censé appeler, intervint Tyrell.

— Il faut que vous partiez, dit Deacon en empêchant Margo d'entrer tout en jetant un œil derrière lui.

— Je veux les voir, implora Margo.

— Ramenez-la chez vous ou vous allez tout gâcher, dit Deacon.

Il vit que Tyrell hésitait.

— Il y a si longtemps que j'attends, s'écria Margo. Et *lui*, ajouta-t-elle en désignant Deacon du doigt, il n'a aucun droit de m'empêcher de voir mes petits-fils.

Une fois de plus, Deacon lui fit barrage.

— Peut-être que vous ne m'appréciez pas, que vous me détestez, même. Mais vous êtes ici chez moi, et Callie est ma femme, et je ne vous laisserai pas voir ces enfants.

— Comment osez-vous…

Il entendit un bruit derrière lui et son estomac se noua.

— Ses petits-enfants ? demanda Callie. Qui sont ces gens ?

Deacon mit quelques secondes avant de répondre.

— Les parents de Frederick. Il ne t'en a pas parlé parce qu'ils ne se voyaient plus depuis des années.

Callie pâlit d'un seul coup. Elle semblait sur le point de s'évanouir.

Il se précipita vers elle et passa un bras autour de sa taille pour la soutenir.

Margo en profita pour entrer, suivie de Tyrell.

— Êtes-vous Callie ? interrogea-t-elle. Il y a si longtemps que j'attends. Je voudrais tant voir mes petits-fils.

Margo avait l'air si désespérée que même Deacon se sentait désolé pour elle.

— Vous êtes leur grand-mère ? demanda Callie.

Il était évident que la situation la dépassait.

— Et tu le savais ? lança Callie à Deacon.

— Je ne savais pas comment te le dire. Alors…

Deacon s'interrompit. Il ne voulait pas avoir cette conversation en présence de Margo et Tyrell.

— Je t'expliquerai, mais pas maintenant.

— Je n'ai pas l'argent de Frederick.

— Je ne veux pas de son argent.

— Qu'est-il devenu ? demanda Tyrell.

— Il l'a donné à une fondation. Qui finance la recherche sur la moelle épinière.

— Tout son fonds fiduciaire ? insista Tyrell d'un air sceptique. Des millions de dollars ?

— Il n'a jamais précisé la somme. Il m'a juste dit qu'il regrettait d'avoir fait cette donation. Il ne savait pas qu'il aurait des enfants un jour.

Elle se tourna vers Margo.

— Vous pouvez monter les voir. Mais juste une minute et sans faire de bruit.

Margo hocha la tête.

Callie se dégagea des bras de Deacon et s'engagea dans l'escalier, suivie de Margo.

— Je t'écoute, dit Callie en rejoignant Deacon dans le petit salon.

Il était assis dans un fauteuil en cuir, près de la cheminée, un verre d'un alcool ambré posé sur la table basse. Elle s'installa dans l'autre fauteuil.

— Tu veux boire quelque chose ? proposa-t-il.

— Non.

— Bon, commença-t-il. Quand je suis arrivé à Charleston, je savais déjà qui tu étais. Je voulais te rencontrer. Tyrell voulait connaître ses petits-fils, mais il avait peur que Frederick t'ait montée contre eux, donc il ne voulait pas prendre contact directement avec toi.

— Pourquoi toi ?

Deacon hésita.

— Parce que je ne suis lié à la famille qu'à la marge. Tyrell pensait que tu les connaîtrais, *eux*, mais pas moi.

À la marge ? Elle détestait cette façon de s'exprimer par énigmes. Deacon lui cachait quelque chose, elle le sentait. En songeant à tout ce qu'elle avait perdu ce soir, elle avait du mal à retenir ses larmes.

— Je suis le fils illégitime de Tyrell.

— Tu es le *frère* de Frederick ?

— Son demi-frère. Et on ne s'est jamais rencontrés. Je ne pense pas qu'il connaissait mon existence.

— Mais son père savait.

— Oh ! oui. Tyrell sait que j'existe depuis toujours.

Callie se renfonça dans son fauteuil, essayant de digérer l'information.

— Tu ne m'aimes pas, dit-elle.

Parmi tout ce qu'elle avait appris ce soir, c'était ce qui lui faisait le plus mal.

Deacon ne répondit pas immédiatement.

— J'ai été étonné de tant tenir à toi.

— Et je devrais t'en être reconnaissante ?

Elle se sentait humiliée. Elle avait sincèrement cru qu'elle l'aimait. Qu'il était l'amour de sa vie. Alors que lui faisait semblant depuis le début.

— J'ai cru que tu en voulais à mon argent, dit-il.

— Eh bien, non.

— Tu avais reconnu avoir épousé Frederick pour son argent. Je me suis dit que j'étais l'étape suivante.

— Et pourtant, tu es resté. Je ne comprends pas pourquoi.

Elle savait qu'elle était épuisée. Émotionnellement vidée. Que son cerveau était sûrement un peu embrumé après cette journée atroce, mais malgré tout, il n'était pas logique qu'il soit resté s'il pensait qu'elle se servait de lui.

— Il existe toutes sortes de relations, dit-il. Ça ne me dérangeait pas que tu sois pragmatique et que tu cherches à améliorer ta condition.

— Tu croyais que je faisais semblant de tomber amoureuse ?

Mais quel genre d'homme était-il ? Elle repensa aux moments qu'ils avaient passés ensemble, aux nuits dans sa maison, à la plage avec les garçons. Et tout ce temps-là, il avait cru qu'elle le manipulait ?

— Je t'aimais beaucoup, dit-il, en faisant distraitement tourner son verre sur le dessous-de-verre en bois. Je voulais savoir où ça allait nous mener.

— Donc, tu m'as *épousée* pour le savoir ? dit-elle d'un ton incrédule.

— Je savais que Watkins te courtisait, et… je ne pouvais pas me permettre d'attendre.

— Hank ne m'intéressait absolument pas.

Jamais elle n'aurait pu embrasser Hank, sans parler de s'engager dans une relation avec lui.

— Je ne sais pas à quoi tu t'attendais, mais je m'en vais demain. Je vais demander le divorce.

— J'aimerais que tu renonces à cette idée.

— Pas question.

— Je pense qu'on peut y arriver.

— *Y arriver* ? Mais à faire quoi ? Il n'y a rien à sauver dans tout ça.

— Je me suis trompé. Je croyais te donner ce que tu voulais ; un autre mari avec de l'argent.

— Ça n'avait rien à voir avec l'argent.

Mais à quoi bon lui expliquer ? Elle se moquait de l'opinion qu'il avait d'elle.

— Frederick m'a suppliée de l'épouser. Il savait que

je n'étais pas amoureuse de lui. Mais il était gentil, il disait que je le rendais heureux et je voulais des enfants. Je ne voulais pas rester à Grainwall et… et je déteste ce que tu penses de moi.

— Les Clarkson voulaient leurs petits-fils. J'ai cru que tu voulais de l'argent. On s'entendait bien. Mieux que bien, même.

Les souvenirs de ces moments merveilleux où ils avaient fait l'amour la submergèrent d'un seul coup. Elle sentit une onde de chaleur traverser son corps.

— Ne pars pas demain, dit-il. Ça restera toujours une possibilité. Mais il y a beaucoup de gens qui…

Elle attendit, se demandant comment il allait achever sa phrase.

— Tu as vu ce que ressentait Margo ? reprit-il, en lui servant un verre de brandy.

Bien sûr. Callie repensa à l'expression qu'elle avait lue sur le visage de Margo quand cette dernière avait vu ses petits-fils endormis. Les larmes aux yeux, elle s'était agenouillée à côté du lit de James et était restée juste là, à le regarder.

— Tyrell et moi ne nous aimons pas, mais il est leur grand-père. Et ils ont deux oncles, Aaron et Beau. James et Ethan leur ressemblent comme deux gouttes d'eau.

— Ça m'est égal.

Peu importaient leurs oncles, son cœur se serra à la perspective du chagrin de ses fils. Ils adoraient Deacon.

Ils se remettaient à peine de la perte de leur père et elle les avait arrachés à leur vie à Charleston. Et voilà que tout allait à nouveau s'écrouler.

— Que s'est-il passé entre Frederick et sa famille ?

— Tout ce que je sais, c'est que Frederick est parti pour ses études et n'est jamais revenu. Une dispute avec son père, paraît-il.

— Tu ne lui as pas demandé ?

— À Tyrell ? On ne se parle jamais. Sauf quand il m'a demandé d'aller à Charleston. J'étais sûrement le dernier recours.

— Je vais partir, dit Callie

Elle n'avait pas le choix.

— Je sais, répondit-il. Je te demande juste quelques jours. Je resterai en dehors de ton chemin. Laisse les petits rencontrer leurs grands-parents. Fais le meilleur choix pour vous trois, sans te précipiter.

Elle l'observa attentivement. Est-ce qu'il était encore en train de la manipuler ?

— Et toi, qu'est-ce que tu y gagnes ?

— Je t'aime beaucoup. J'adore les garçons. Nous… Nous sommes compatibles. Ça pourrait marcher.

La lueur sensuelle dans son regard en disait long sur ses pensées.

Il n'avait pas tort. Ils s'entendaient bien à tous les niveaux. Mais rester avec lui après tout ce qu'elle venait d'apprendre ? C'était impossible.

— C'est impossible, dit-elle d'une voix brisée.

- 8 -

Il était 4 heures du matin. Deacon était dans son lit, mais il ne trouvait pas le sommeil.

Comment avait-il pu se tromper à ce point sur son compte ? Callie n'avait cherché à utiliser personne, ni lui ni Watkins, pour progresser socialement.

Au bout du couloir, Ethan pleura dans son sommeil.

Deacon était déjà debout quand il comprit qu'il ne pouvait pas y aller. C'était à Callie de s'en charger. Lui n'en avait plus le droit.

Assis sur son lit, il entendait indistinctement Callie tenter de consoler Ethan. Puis retentit la voix de James. Ethan avait réveillé son grand frère.

Peu importait que Callie lui en veuille, elle avait besoin de son aide.

Il entra dans la chambre des garçons, se dirigea directement jusqu'au lit de James, et le petit garçon vint s'asseoir sur ses genoux. Il le serra dans ses bras puis interrogea Callie du regard.

— Il est brûlant de fièvre.

— Faut-il appeler un médecin ?

— Il y a du paracétamol en gouttes dans une des valises.

— Je l'ai rangé dans l'armoire à pharmacie, dit Deacon, en se dirigeant vers la salle de bains, James dans les bras.

Derrière lui, Ethan toussait bruyamment et continuait à pleurer. Deacon sentit son cœur se serrer de compassion pour le petit garçon.

Il mesura une dose et apporta le médicament à Callie.

— On peut appeler le médecin, dit-il.

— Voyons d'abord ce que ça donne.

Deacon aurait préféré appeler le médecin sans attendre, mais la décision revenait à Callie.

Elle posa la pipette sur les lèvres d'Ethan.

— Avale, mon chéri.

— Beurk.

— Après, tu vas aller mieux.

— Non, maman, non, gémit Ethan en détournant la tête.

— Ethan…

— Papa, cria Ethan en se jetant vers Deacon avant qu'elle puisse le retenir.

Sans lâcher James, Deacon le rattrapa et serra le petit garçon en pleurs contre sa poitrine.

Il croisa le regard stupéfait de Callie.

— Je vais essayer, lui dit-il doucement. Je peux te poser sur ton lit, James ?

Les sanglots d'Ethan se transformèrent en une violente quinte de toux.

— Maman ? demanda James d'une voix tremblante. Est-ce que Ethan va mourir ?

Les yeux de Callie se remplirent de larmes. Elle prit James dans ses bras :

— Mais non, chéri. Ethan va très vite guérir. Il faut juste lui donner un médicament.

Deacon s'était assis sur le lit de James, Ethan dans les bras.

— Est-ce que ta gorge te fait très mal ?

Ethan hocha la tête.

Deacon l'embrassa sur le haut du front.

— Je suis désolé, mon pote. Tu as envie que ça s'arrête ?

Ethan hocha à nouveau la tête.

— Je crois que j'ai une idée, dit-il en caressant les cheveux du petit garçon. Tu aimes le miel ?

— Sur un toast, fit Ethan d'une voix rauque.

— Sur un toast, pas maintenant. Sur une cuillère. Tu crois que tu pourrais avaler une cuillère de miel ?

Ethan hocha la tête.

— Il y en a à la cuisine, dit Deacon en se levant, Ethan dans les bras.

— Bobo, gémit Ethan, tandis qu'ils descendaient l'escalier.

— Tu sais ce qui marchera encore mieux que le miel pour ton bobo ? Le médicament beurk. Le truc, c'est d'en avaler juste un tout petit peu et, hop, tu verses le miel dans ta bouche.

— Je peux avoir du miel aussi ? demanda James, qui suivait dans les bras de Callie.

Dans la cuisine, Deacon alluma une petite lampe et sortit du miel et une cuillère.

— Tu en dis quoi, mon pote ? Un petit peu de médicament beurk et après une grosse cuillère de miel ?

Ethan n'avait pas l'air très partant, et Deacon avait peur que son petit stratagème échoue. Dans ce cas, il appellerait le médecin, que ça plaise ou pas à Callie. Ethan était brûlant. Il fallait faire tomber cette fièvre.

— 'cord, finit par dire doucement Ethan.

Deacon fut envahi par le soulagement. Il posa la pipette dans la bouche d'Ethan qui fit la grimace mais avala le médicament. Puis ce fut le tour du miel, et l'expression du petit garçon se détendit lentement.

— Bravo, le félicita Deacon.

Une larme coula sur la joue de Callie. Il croisa

son regard et elle le remercia d'un petit mouvement de la tête.

Callie posa James, et Deacon déposa dans ses bras le petit corps d'Ethan à présent détendu.

Puis, il s'accroupit à côté de James.

— Du miel pour toi aussi ? Mais après, il faudra te rebrosser les dents.

Deacon sortit une autre cuillère, y versa du miel et la tendit à James, qui la dégusta en souriant.

Callie était assise à la table du petit déjeuner et berçait doucement Ethan.

— Allez, on retourne se coucher.

— D'accord, dit James.

Après l'avoir remis au lit, il rejoignit Callie dans la cuisine. Ethan avait cessé de pleurer, mais il gardait les yeux ouverts et avait du mal à déglutir.

— Merci, dit Callie d'une voix faible.

— Je t'en prie.

Deacon était tellement heureux d'avoir été là pour l'aider.

— Tu veux t'installer dans le petit salon ? Ça sera plus confortable.

Il tendit la main pour l'aider à se lever mais résista à la tentation de l'entourer de son bras. Même s'il savait que leur relation avait changé, il avait toujours envie de la protéger. Il se sentait toujours proche d'elle. Il était toujours son mari.

— Tu veux une couverture ? demanda-t-il.

— Il t'a appelé papa.

— Oui, dit Deacon encore ému.

Callie avait l'air terriblement triste.

— Qu'est-ce que je vais faire ? murmura-t-elle dans un soupir.

*
* *

Une fois Ethan guéri, les choses semblèrent se liguer contre Callie. Le lien entre les garçons et Deacon se renforçait chaque jour un peu plus, et au téléphone, Hannah débordait d'enthousiasme, pleine d'idées pour la boulangerie. De son côté, Margo préparait une surprise et avait hâte de la montrer à ses petits-fils.

C'est ainsi que le samedi suivant Deacon les emmena tous jusqu'au château.

— On dirait un hôtel, dit-elle, impressionnée par l'imposant bâtiment.

— C'est là que Frederick a grandi.

— Papa était un prince ? demanda James, émerveillé.

— Non. Juste un petit garçon très chanceux.

La voix de Deacon s'était faite un peu sourde.

— Et il y a une tour ! J'aimerais être un prince avec une épée, s'écria James.

Callie s'efforça de ne pas sourire. C'était la première fois depuis plusieurs jours qu'elle en avait envie. Depuis qu'elle avait appris la vérité, elle ne pensait plus qu'à leur prochain départ de Hale Harbor. Plus vite les garçons retourneraient à leur ancienne vie, mieux cela vaudrait.

Le parc du château était immense, et sa pelouse d'un vert émeraude était parsemée de dizaines de parterres de fleurs. Callie dénombra au moins trois jardiniers qui s'affairaient autour des massifs.

Deux statues de lion gardaient un large escalier menant à l'énorme porte de bois en ogive du château, qui comptait trois étages, et une tour à chaque angle.

Ethan s'agita dans ses bras et elle le posa par terre. Il s'élança vers la pelouse.

— Ne touche pas aux fleurs.

James rejoignit plus tranquillement son frère, qui se roulait déjà dans l'herbe.

Quand la porte du château s'ouvrit, Callie s'attendait

presque à y voir apparaître un majordome en livrée, mais ce n'était que Margo et Tyrell, accompagnés d'une jeune femme blonde d'une vingtaine d'années.

— Qui est-ce ? demanda Callie, tout en surveillant les garçons du coin de l'œil.

— Je ne sais pas. Pas la femme d'Aaron, en tout cas.

Leurs hôtes descendirent à leur rencontre.

Bien que la journée fût chaude, Tyrell portait un costume. Margo, elle, était en pantalon de cuir et chemisier sans manches en soie, ses cheveux gris lâchés et une paire de lunettes de soleil de marque sur le nez. La jeune femme était simplement en jean, T-shirt et sandales plates, les cheveux ramenés en queue-de-cheval.

— Je n'arrive toujours pas à y croire, dit Margo à Callie tandis que les deux petits garçons approchaient. Il faudra que je vous montre des photos.

Callie avait appris de Deacon que James et Ethan ressemblaient étrangement à leurs oncles, Aaron et Beau.

Si elle avait accueilli Callie assez chaleureusement, Margo faisait comme si Deacon n'existait pas. Il était clair qu'elle ne l'aimait pas, et facile de deviner pourquoi. Elle semblait décidée à lui faire porter la responsabilité de la liaison de sa mère avec Tyrell.

— Callie, je vous présente Dee Anderson. Elle a un diplôme d'éducatrice spécialisée dans la petite enfance et nous venons de l'embaucher.

— Bonjour, madame Holt, dit Dee en lui tendant la main.

— Appelez-moi Callie, répondit-elle en évitant de regarder comment Deacon réagissait.

Il avait passé beaucoup de temps au bureau ces jours derniers, et le soir il l'aidait avec les garçons.

Mais quand ils étaient seuls, le malaise s'installait et ils n'avaient pas reparlé de son projet de repartir.

— Mamie a une surprise pour vous, dit Margo aux enfants.

— Bonbons ? demanda Ethan.

— Non. Pas des bonbons, dit Margo avec un sourire.

— Et si on allait voir ce que mamie veut nous montrer ? proposa Callie en leur prenant la main.

Ethan tenta immédiatement de lui échapper.

— Tu as besoin d'aide ? proposa Deacon.

— Ça ira, répliqua Margo en le congédiant d'un geste de la main.

— Je m'appelle Dee, est-ce que vous aimez les toboggans ?

— Moi, j'aime les tours, répondit James, tandis qu'ils prenaient la direction du château.

Mais au lieu d'entrer, ils contournèrent le bâtiment et arrivèrent devant un parc à jeux doté de balançoires, de toboggans, de ponts et d'échelles de toutes les couleurs.

Dee ouvrit le portail et les enfants se précipitèrent.

Ethan prit une échelle d'assaut.

Callie observa le petit parc et ne vit aucun endroit d'où il risquait de tomber, et Dee était à côté de lui, de toute façon.

— Ça semble leur plaire, dit Margo.

— C'est le paradis des enfants.

— Allons nous asseoir, dit Margo en désignant une table sous un parasol. Je vais nous faire apporter du thé glacé.

Callie avait l'impression qu'on la tenait éloignée de Deacon. Mais les garçons étaient heureux, Margo était très aimable et Callie préférait de toute façon rester à distance de Deacon. Peu importait où il se trouvait et ce qu'il faisait. Elle n'avait pas l'intention de lui accorder ne serait-ce qu'une pensée.

Tandis que Deacon signait les documents dans le grand bureau du château, Beau fit irruption dans la pièce.

— Tu n'as pas le droit, hurla-t-il à l'intention de son père.

Tyrell le toisa du regard :

— Bonjour, Beau.

— Aaron vient de me dire ce qui se passait.

— Si tu n'avais pas manqué les trois dernières réunions du conseil d'administration, tu l'aurais su plus tôt, répliqua sèchement Tyrell.

Beau se précipita vers les documents qui se trouvaient devant Deacon, mais quand il voulut s'en saisir, Deacon se leva de son siège, l'attrapa par le revers de sa veste et le plaqua contre le mur.

Beau serra les poings, et Deacon se tint prêt à recevoir un coup.

— Assez ! rugit Tyrell.

— Il te faut la majorité des deux tiers, cracha Beau tout en défiant Deacon du regard.

Deacon tenta de deviner si Beau bluffait ou pas.

— Faux, dit Tyrell sans bouger de son siège qui trônait au bout de la longue table. C'est à *toi* qu'il faut la majorité des deux tiers pour faire annuler la décision.

Aaron apparut alors à la porte, ce qui ne rassura pas Deacon sur la suite des événements.

— Je ferai intervenir des avocats, dit Beau à son père. Pas question que ce *type* remplace Frederick.

— Ça n'a rien à voir avec ça, répliqua Tyrell.

— Ah, non ? dit Aaron d'un ton posé en prenant place à la droite de son père. Tu lui donnes les parts de Frederick dans l'entreprise, il a épousé la femme de Frederick. Et il est ici. Mais je vais lui coller un procès qui durera si longtemps qu'il sera à la retraite avant de pouvoir profiter de ses parts.

Deacon se rassit et signa les derniers documents.

— Si vous faites ça, vous ne verrez plus jamais mes fils.

Deacon savait que Callie pouvait s'en aller à tout moment et alors, ce serait *lui* qui ne verrait plus jamais Ethan et James. Mais pour l'heure, ils étaient son meilleur atout contre les Clarkson.

— C'est trop cher payer, dit Beau à son père.

— Ce sont mes petits-fils. L'avenir de notre famille.

— Tu as gagné, je vais me marier et te donner des petits-enfants légitimes, dit Beau en s'affalant sur une chaise.

Deacon ne put s'empêcher de regarder Aaron. Il était marié, lui. Pourquoi n'avait-il pas d'enfants ? Les motivations de Tyrell lui semblaient plus claires, maintenant. James et Ethan n'étaient pas seulement les aînés de ses petits-enfants, ils pourraient bien demeurer *les seuls*.

— Est-ce que nous avons terminé ? Je vous rappelle que je suis le tuteur légal des deux garçons et que leur mère est folle amoureuse de moi.

Ce dernier point était très exagéré, mais Deacon jugea opportun de le faire peser dans la balance.

Tyrell se leva :

— Je veux vous montrer quelque chose. Venez.

Il s'adressait clairement uniquement à Aaron et Beau, mais curieux, Deacon leur emboîta le pas.

Ils se rendirent dans la salle à manger d'apparat dont les baies vitrées donnaient sur une terrasse. En sortant, ils entendirent les cris de James et Ethan. Et le rire d'une femme aussi. Sans doute Dee, se dit Deacon.

Le parc à jeux se trouvait dans le prolongement de la terrasse, et Deacon observa la réaction de Beau et Aaron en découvrant les enfants. Ils avaient de toute évidence l'impression de voir des clones d'eux-mêmes.

Le pari de Tyrell semblait avoir payé.

Deacon aperçut alors Callie. Elle bavardait en riant avec Margo, apparemment très détendue. Elle semblait heureuse et il eut un pincement au cœur. Il avait beau la voir tous les jours, elle lui manquait terriblement.

Il aurait tellement voulu pouvoir la tenir dans ses bras. Chaque fois qu'elle souriait à ses fils, il avait envie de l'embrasser. Et la nuit, il ne parvenait pas à trouver le sommeil tant il était frustré.

Elle n'était qu'à quelques pas de lui, dans la chambre d'amis, et il ne pouvait s'empêcher de l'imaginer. Sa chemise de nuit en soie, ses épaules douces. Dans son esprit, il la voyait, endormie, les yeux fermés et les lèvres entrouvertes. Et lui, il la réveillerait d'un baiser et ensuite…

Il serra les dents et s'obligea à revenir à la réalité. La réalité, c'était que pour avoir les garçons, c'est de Callie dont les Clarkson avaient besoin. Si elle le quittait, ils l'accueilleraient à bras ouverts. Lui, Deacon, n'était pas indispensable.

Dix jours avaient passé. D'abord, il y avait eu la maladie d'Ethan, et ensuite, Margo avait demandé à passer un peu de temps avec ses petits-enfants.

Callie voulait s'en aller, bien sûr, mais cela signifiait avouer à Hannah et à tous les gens à Charleston qu'elle s'était trompée, dire à Margo qu'elle emmenait les garçons, et peut-être devoir affronter Deacon pour pouvoir divorcer.

Or, elle n'avait pas envie de se battre contre lui.

Ce qu'elle voulait, c'était à nouveau rire avec lui, discuter de tout et de rien. Elle voulait être dans ses bras, l'embrasser, faire l'amour avec lui, s'endormir blottie contre lui. Il lui manquait tellement.

Elle retourna sur la terrasse. La soirée était fraîche. Elle avait joué avec les garçons dans le jacuzzi avant de les mettre au lit, et maintenant, elle venait ranger. Rassembler les serviettes mouillées et les jouets qui flottaient dans l'eau.

Elle avait un peu froid et le contact de l'eau tiède sur ses mains était merveilleux.

La lune était pleine, le jardin avait une vue magnifique sur la ville et, au-delà, sur l'océan. Elle réalisait que jusqu'à ce soir, elle n'avait pas vraiment pris le temps d'apprécier ce somptueux paysage et la belle maison de Deacon.

Dans le bar extérieur, elle prit un verre et se servit un peu de brandy, puis elle baissa les lumières, se laissa glisser dans l'eau chaude et s'assit confortablement, face à la vue.

— Tu m'as l'air bien installée, dit Deacon d'une voix douce.

Entendre sa voix derrière elle lui provoqua un frisson.

— Je ne savais pas que tu étais là, dit-elle en tournant la tête vers lui.

— Je viens de rentrer.

— Beaucoup de travail ?

La banalité de cette conversation était un peu ridicule. On aurait dit un couple normal, se retrouvant après une journée comme les autres.

Il se baissa et effleura l'eau de la main.

Elle le regarda faire, captivée, imaginant cette main sur sa peau.

— C'est compliqué. Le port s'agrandit et il y a des décisions à prendre.

Elle était surprise qu'il lui parle de son travail. Il lui avait menti au sujet de l'emménagement de Mobi Transport à Charleston. Mais c'était peu de chose au regard du reste.

Bien sûr, il avait des parts dans Mobi, mais il travaillait surtout dans l'entreprise familiale, Hale Harbor Port.

— Est-ce que je peux me joindre à toi ?

Le cœur de Callie bondit dans sa poitrine.

— Je t'en prie. C'est très agréable.

— Je vais chercher un maillot.

Elle le regarda s'éloigner. Comme elle aurait aimé lui dire qu'un maillot n'était pas nécessaire. Elle l'avait vu nu des dizaines de fois. Et il l'avait vue nue aussi.

Elle s'immergea un peu plus dans l'eau et laissa son imagination vagabonder… Elle s'imaginait faisant l'amour avec Deacon.

Il fut vite de retour avec son propre verre de brandy et la bouteille, qu'il posa sur le rebord, avant d'entrer dans le jacuzzi.

— Margo a parlé d'un bal aujourd'hui, dit Callie.

— Pour le solstice d'été ? C'est le grand événement de l'année par ici. Tout le monde rêve d'être invité au château pour danser dans la salle de réception.

— Apparemment, les Clarkson ont un tailleur et elle veut faire faire des costumes assortis pour les garçons.

Tous les deux connaissaient la question qui resta en suspens. Le bal n'avait lieu que dans une semaine, James et Ethan seraient-ils toujours là pour porter leurs costumes sur mesure ?

— Je ne sais pas quoi faire, avoua Callie.

— Tu sais ce que *je* veux.

Sa voix était profonde, sincère, comme si ces paroles venaient du plus profond de son cœur.

Elle demeura sans rien dire, ne pouvant détacher son regard du sien.

Quand il s'approcha d'elle, sa respiration s'accéléra et elle eut l'impression que la température de l'eau augmentait de plusieurs degrés.

— Reste, dit-il. Aussi longtemps que tu veux. Je saurai garder mes distances.

Pourtant, il semblait se rapprocher de plus en plus. Et soudain, il l'embrassa. C'était merveilleux. Elle en avait le souffle coupé. Elle lui rendit son baiser, il l'enveloppa de ses bras et elle vint plaquer son corps contre le sien.

Tout à coup, un bruit retentit dans la nuit et, surprise, elle fit tomber son verre qui se brisa sur la terrasse.

— Je vais ramasser.

— Tu es pieds nus.

Il se tourna vers elle et posa les mains sur ses épaules.

— Je saurai garder mes distances, promit-il. Qu'est-ce que tu veux ? Dis-le-moi et je le ferai.

Ce qu'elle voulait était impossible. Elle voulait que leur mariage soit une réalité et non une mascarade.

— Je ne pense pas que ce soit possible, murmura-t-elle.

— Ça ne m'empêchera pas d'essayer.

Elle le regarda sortir de l'eau, les gouttes ruisselant le long de ses épaules puissantes jusqu'à ses bras qui la tenaient si fermement un instant plus tôt. Puis l'eau caressa chaque parcelle de son corps nu et musclé, ce corps qu'elle avait si souvent embrassé lorsqu'ils faisaient l'amour.

Que pouvait-il faire ? C'était impossible. Il ne pouvait pas transformer ses mensonges en vérité.

- 9 -

Deacon avait travaillé dur pour tout apprendre sur Hale Harbor Port. Callie pensait qu'il y travaillait depuis des années et il n'avait rien dit pour la détromper.

Aaron et Beau n'avaient rien fait pour lui faciliter la tâche, mais il s'était obstiné, avait épluché les comptes, les horaires des terminaux, les volumes de trafic et jusqu'aux bordereaux de transport. Après des heures de travail, il en était arrivé à la conclusion que Hale Harbor Port perdait de l'argent.

Quand il présenta les chiffres à Tyrell, Aaron et Beau, Tyrell lui répondit simplement :

— Nous le savons.

— C'est un problème passager, ajouta Beau.

Mais Deacon n'en croyait pas un mot. Son travail à Mobi lui avait enseigné que le secteur du transport avait énormément évolué ces dix dernières années. Il fallait changer de stratégie.

— Il faut revoir notre politique tarifaire.

— Et devenir trop chers ? La concurrence est rude par ici, dit Beau.

— Qu'entendez-vous par là ? demanda à son tour Aaron.

— Il n'y connaît rien et tu lui demandes son avis ? s'insurgea son frère.

— Personne ne lui demande son avis, trancha Tyrell.

Deacon se balança sur sa chaise.

— Vous avez raison. Continuez à faire l'autruche et…

Il avait aperçu du mouvement à travers la fenêtre.

Dans une autre partie du château, de l'autre côté de la cour, on aurait dit… Mais oui. Callie était dans l'autre aile.

Puis Deacon repéra James. Il était anormalement grand, et Deacon réalisa qu'il se tenait debout sur quelque chose, les bras écartés.

Entre Tyrell et ses deux fils, la discussion avait continué :

— On a des comptables pour ça, disait Beau d'une voix lasse.

Un homme s'approcha de James. C'était le tailleur. Il prenait les mesures pour les costumes des garçons. Ils restaient pour le bal. Callie aussi.

Une vague de soulagement traversa Deacon.

— C'est le fait que nous ayons des comptables qui vous amusent ? demanda Tyrell.

— Comment ? Non, bien sûr. Mais je suggère qu'on réunisse plus de données et qu'on étudie différentes options.

— Quel genre d'options ? demanda Aaron.

— Ne te prête pas à son jeu, intima Beau.

— Intégration verticale.

Aaron eut l'air intéressé mais Beau leva les bras au ciel :

— Il n'y connaît rien.

— Je suis dans le transport depuis des années. Et il y a de l'argent. Les chaînes logistiques mondiales et les accords commerciaux internationaux se développent. La livraison a le vent en poupe, et Hale Harbor Port pourrait profiter de la conjoncture.

— Intégration verticale, répéta pensivement Aaron.

— Je pense à un accord d'exclusivité, poursuivit Deacon. Avec une entreprise comme Mobi.

— Nous y voilà, s'exclama Beau. Il veut nous utiliser pour booster Mobi.

— Ça n'était qu'un exemple, répliqua Deacon. Et il s'agirait plutôt d'utiliser une entreprise comme Mobi pour relancer Hale Harbor Port.

— Bon, ça suffit, explosa Beau en se levant.

— Nous avons d'autres sujets à discuter, dit Tyrell. Mais nous ferons ça après déjeuner.

Beau et Tyrell quittèrent la pièce, mais Aaron n'avait pas quitté sa chaise.

— Vous pouvez développer votre idée ?

Deacon savait que Aaron lui était aussi hostile que Beau. Il cachait mieux son jeu, voilà tout. Mais il se dit qu'il n'avait rien à perdre :

— Acheter ou acquérir 50 % du capital de Mobi ou d'une autre entreprise, dans le transport maritime par exemple. Je citais Mobi parce que c'est une boîte locale, pas trop grosse, et donc un bon point de départ pour tester la méthodologie. Leur appliquer des tarifs préférentiels pour qu'ils utilisent exclusivement Hale Harbor Port.

— *Baisser* les prix ? Perdre de l'argent ?

— Ça permettrait d'augmenter les volumes, de rationaliser les procédures, puis de faire du profit sur les activités annexes au port lui-même.

— C'est ridicule.

— Vous avez une meilleure idée ?

— Je suis sûr qu'il y en a des dizaines de meilleures, déclara Aaron en se levant. Beau a raison, vous n'y connaissez rien.

Ravalant son dépit, Deacon regarda de l'autre côté de la cour. Il avait peut-être perdu une partie contre

Tyrell et ses fils, mais Callie restait, au moins pour une semaine de plus. De ce côté-là, c'était une victoire.

Entre voir Callie et aller déjeuner, son choix fut vite fait.

Mais le château était grand et tortueux, et il dut même monter à l'étage supérieur pour pouvoir redescendre dans l'autre aile et se retrouver de l'autre côté de la cour, au même niveau que Callie.

Enfin, il entendit les voix des garçons. Il les trouva dans un salon d'essayage de la taille d'une salle de bal.

— Papa, s'écria Ethan en sautant du tabouret où le tailleur l'avait perché.

— Qu'est-ce qui se passe ici ? demanda gaiement Deacon.

— On va avoir de nouveaux habits, répondit James en venant à sa rencontre.

— Vous allez au bal, dit Deacon en croisant le regard de Callie.

De son côté, Margo s'affairait avec le tailleur, comme si Deacon n'était pas là.

Combien de temps allait-elle continuer à l'ignorer ? Quoi qu'elle fasse, il était bien décidé à rester.

Il s'approcha de Callie :

— Tu as pris une décision ? demanda-t-il à mi-voix. Je suis heureux que tu restes.

— Ne va pas te faire des idées.

— Mais non.

— Ça n'est pas pour toi.

Il s'en doutait, malheureusement.

— C'est Margo, reprit Callie. Elle s'est beaucoup attachée aux garçons.

Deacon n'aurait jamais cru être un jour reconnaissant de quoi que ce soit à Margo, mais il ne put s'empêcher de la remercier en silence.

*
* *

Tout en couchant les enfants, Callie se demandait si elle avait raison de rester jusque après le bal. C'était une telle torture de vivre aux côtés de Deacon, de le désirer si intensément tout en essayant de garder intacte sa colère contre lui.

— Tu sais, maman, mamie confond tout, dit James tandis qu'elle le bordait.

— Comment ça ?

— Elle appelle Ethan Beau.

Callie se figea, troublée sans trop savoir pourquoi.

— C'est parce qu'Ethan ressemble à oncle Beau quand il était petit.

— Oncle Beau ressemble à un chien en colère. Il fronce tout le temps les sourcils.

— Il te fait peur ?

— Oh non, dit James, l'air totalement indifférent.

Callie poussa un soupir de soulagement.

— Bonne nuit, chéri.

— Bonne nuit, maman.

Elle sortit en laissant la porte entrouverte.

Elle avait entendu Deacon rentrer pendant qu'elle lisait leur histoire aux garçons. Il était plus tôt que d'habitude et elle avait songé aller se coucher directement pour l'éviter. Elle préférait garder ses distances.

Mais il restait de la vaisselle sale dans l'évier, son livre était dans le petit salon et elle mourait d'envie d'une tasse de thé.

Elle s'engagea donc dans l'escalier.

Deacon parlait et elle crut qu'il était au téléphone, mais elle entendit une autre voix qu'il lui semblait reconnaître. Tout était assez confus.

En entrant dans le salon, elle trouva les deux hommes, debout face à face.

Deacon la vit. L'homme se retourna. Il portait un vieux jean, des bottes noires usées et un T-shirt bleu marine. Plus petit et trapu que Deacon, il avait les cheveux longs et emmêlés, une barbe de trois jours et des yeux bleus qui lui rappelaient quelqu'un.

— Salut, Callie.

En entendant sa voix, elle ressentit comme une décharge. Elle l'avait reconnu.

— Trevor ?

C'était l'aîné de ses frères, mais il ressemblait atrocement à leur père.

— Ça fait un bail, petite sœur.

— Qu'est-ce que tu fais ici ?

Elle n'avait plus jamais entendu parler de lui depuis le jour où il avait quitté leur misérable maison à Grainwall.

Il avait dix ans à l'époque, et elle à peine neuf.

Elle était trop choquée pour bouger et il la prit dans ses bras.

Soudain, elle fut ramenée à son enfance, aux cris de ses frères et de son père, quand ils lui ordonnaient de leur faire à manger ou de *nettoyer cette foutue cuisine*.

Après ce qui lui parut une éternité, il finit par la lâcher.

— Paraît que tu t'es mariée.

— Comment m'as-tu retrouvée ? demanda-t-elle d'une voix faible.

Et pourquoi l'avait-il cherchée surtout ?

Après la mort de son père, ses trois frères avaient quitté la maison l'un après l'autre, la laissant seule avec sa mère. Et ils n'étaient jamais revenus. Ils ne l'avaient pas aidée pendant la maladie de leur mère, ni quand elle était morte alors que Callie n'avait que seize ans.

— Les réseaux sociaux. C'est génial, ce truc.

— Puis-je vous offrir à boire ? proposa Deacon. Asseyez-vous donc.

Callie aurait voulu hurler *non*. Si Trevor commençait à boire, il ne s'arrêterait plus.

— Pourquoi pas, répondit Trevor en s'affalant sur un canapé.

— Qu'est-ce que je vous sers ?

— Une bière, si vous avez.

— Un verre de merlot, Callie ? demanda Deacon, qui savait que c'était un de ses vins préférés.

— J'allais me faire du thé.

— D'accord.

Deacon se dirigea vers la cuisine.

— Tu t'es bien débrouillée, dit Trevor d'une voix traînante.

Maintenant que Deacon avait quitté la pièce, il semblait évaluer avidement ce qui l'entourait.

Les images, les sons et les odeurs de son enfance déferlaient dans la tête de Callie. Elle n'avait pas pensé à son père depuis des années. Pas plus qu'à ses frères ou à sa mère. Mais maintenant, elle revoyait son père en train de hurler, tandis que sa mère pleurait dans un coin et que Trevor riait d'un rire d'ivrogne.

Elle ne se rappelait pas qui avait frappé qui cette fois-là. Les garçons se battaient souvent entre eux et son père giflait souvent sa mère. Callie, elle, avait échappé aux coups. Ils lui hurlaient dessus, la bousculaient, mais elle ne se souvenait pas avoir été frappée.

Par contre elle était terrifiée.

— T'as perdu ta langue ?

Elle aurait voulu lui dire de partir, de ne jamais revenir, mais elle n'en avait pas la force. La petite fille effrayée qui sommeillait en elle n'avait pas le courage de s'opposer à lui.

— Ce n'est pas grave. Pas besoin que tu me dises. Ça se voit. Moi, je suis dans la mouise, mais toi, t'es retombée sur tes pattes.

— Vous êtes venu visiter Hale Harbor ? demanda Deacon, en rapportant deux bouteilles de bière et le thé de Callie.

— Je cherchais Callie. Sinon, je vis en Alabama depuis quelque temps, répondit Trevor avant d'engloutir la moitié de sa bière.

— Et que faites-vous dans la vie ?

— Bof. Je bricole.

Deacon jeta un œil vers Callie.

Elle était pétrifiée. C'était ridicule, elle le savait, d'avoir peur de Trevor. Surtout en présence de Deacon. Mais sa peur était viscérale.

— Vous avez épousé ma sœur ?

— Exact.

— Pas reçu de carton d'invitation.

— C'était un petit mariage.

Ça n'était pas juste d'obliger Deacon à faire la conversation à son frère. Callie prit sur elle :

— Tu es marié ?

Trevor avala une nouvelle gorgée de bière.

— Jamais rencontré la bonne.

Intérieurement, Callie s'en réjouit pour la gent féminine.

— Et j'ai pas de gosses, non plus.

Callie ne voulait *pas* parler de ses fils :

— Des nouvelles de Joe ou de Manny ?

Elle porta son mug de thé à sa bouche, s'efforçant de ne pas trembler.

— Non. Mais on devrait peut-être les chercher et organiser une petite réunion de famille.

Callie regretta instantanément d'avoir posé la question.

Deacon termina sa bière et reposa ostensiblement sa bouteille vide sur la table basse.

— C'est gentil à vous d'être passé, dit-il à Trevor en se levant. Laissez-nous votre numéro, qu'on puisse vous appeler.

Il tendit un stylo et une feuille à Trevor, qui s'exécuta, l'air contrarié.

Deacon le raccompagna jusqu'à la porte puis rejoignit Callie. Il avait l'air inquiet pour elle :

— Ils sont *ignobles*, dit-elle, tremblant de tout son corps. Tous. Ils sont méchants et violents.

— Il t'a fait du mal ?

— Pas à moi. Pas physiquement.

Deacon la prit dans ses bras et la serra contre lui.

Elle ne put s'empêcher de poser sa tête contre son épaule et de fermer les yeux, puisant dans sa force de quoi chasser la peur et le dégoût.

— Je croyais que c'était fini, dit-elle.

— Raconte-moi.

Deacon brûlait de partir à la poursuite de Trevor, de lui faire payer les souffrances qu'il avait infligées à Callie.

Mais elle avait besoin de lui.

Il s'assit dans un large fauteuil et la prit sur ses genoux.

— Raconte, répéta-t-il en la berçant tendrement.

Il l'écouta lui raconter les conditions de vie abjectes de sa famille. Il n'y avait jamais assez d'argent pour la nourriture et les vêtements. On leur coupait souvent l'électricité, ils ne se chauffaient pas ou peu l'hiver. Et Callie avait dormi des années sur un matelas humide à même le sol.

Elle décrivit à Deacon la terreur qu'elle ressentait

quand ses parents se disputaient, quand son père frappait sa mère. Elle lui dit aussi son soulagement quand son père était mort d'une attaque.

Mais elle n'avait connu un peu de paix qu'une fois ses frères partis de la maison. Et puis, sa mère était tombée malade. À quatorze ans, elle avait dû prendre un petit boulot. Et quand sa mère était morte et qu'il avait fallu payer les notes de l'hôpital, Callie avait dû quitter l'école.

À mesure qu'elle parlait, son corps se détendait :

— Frederick a été la première personne à prendre soin de moi. Il était si gentil. Si doux. Jamais je n'ai eu peur de lui.

Deux larmes coulèrent sur ses joues.

— En as-tu déjà parlé à quelqu'un ? lui demanda doucement Deacon.

— À qui ? Frederick avait déjà son lot de problèmes. Je n'ai pas eu envie de lui en parler. C'était le passé pour moi. Je voulais croire que je n'étais plus cette petite fille sans défense.

— Je suis heureux que tu m'aies parlé, dit Deacon en l'embrassant sur la tempe puis sur ses joues trempées de larmes. Puis, ses lèvres se posèrent sur les siennes et il l'embrassa tendrement pour chasser son chagrin.

Elle lui rendit son baiser.

Puis elle détourna la tête :

— Deacon.

— Je sais.

Il aurait voulu l'embrasser encore, mais elle avait besoin de son réconfort. Et seulement de ça pour l'instant.

Il la garda sur ses genoux une heure peut-être et elle finit par se calmer et s'endormir.

Il n'avait pas envie de la laisser, mais il avait quelque chose à faire.

Il la porta jusqu'à son lit, où il la coucha avec douceur, et la recouvrit d'un plaid.

Puis il redescendit, récupéra le papier où Trevor avait noté son numéro et le composa tandis qu'il rejoignait sa voiture.

— Ouais, répondit Trevor.

— C'est Deacon Holt.

Il y eut un court silence.

— Monsieur Holt. Il ne vous a pas fallu longtemps.

— Je veux vous voir, dit Deacon, se représentant Trevor dans un bar miteux et bruyant.

— D'accord. Quand ça ?

— Maintenant. Où êtes-vous ?

Il y eut de nouveau un silence, puis Trevor marmonna :

— Au Waterstreet Grill.

Deacon connaissait l'endroit. C'était un bouge.

— Je serai là dans dix minutes.

Deacon raccrocha et sortit de la propriété. Il était plus de 10 heures et il y avait peu de circulation. Il baissa sa vitre, pour laisser entrer un peu d'air frais et se calmer. Mais il ne pouvait chasser de son esprit l'image d'un Trevor d'un mètre quatre-vingts, hurlant sur la petite Callie pour qu'elle lui apporte sa bière.

Il jura tout haut et appuya sur la pédale d'accélérateur. Une fois arrivé devant le Waterstreet Grill, il ne prit même pas la peine de chercher une place pour se garer.

Il sauta de sa voiture et s'élança vers la porte du bar.

Il faisait sombre à l'intérieur. Les haut-parleurs crachaient de la musique country, et la salle était envahie par la fumée de cigarette.

Il repéra Trevor. Accoudé au bar, il discutait avec deux hommes.

— Salut, Deacon, dit Trevor avec un large sourire en lui tendant la main.

Deacon lui indiqua la porte d'un mouvement de la tête.

— On peut parler devant mes amis.

Il tapa dans le dos d'un des hommes :

— Lui, c'est…

— Je ne veux pas parler en présence de vos amis.

Le visage de Trevor se figea :

— On se calme, mec.

— Est-ce qu'on peut aller dehors ?

— Pour se battre ? demanda Trevor avec un rire forcé.

— Ça dépendra de vous.

Deacon sortit par la porte latérale, certain que Trevor allait le suivre.

Il s'éloigna de quelques pas dans la ruelle et Trevor le rejoignit :

— Qu'est-ce que vous me voulez ?

— Callie ne sera pas votre poule aux œufs d'or.

Le visage de Trevor se durcit.

— C'est ma sœur, ma famille, dit-il d'un ton agressif.

— Vous et elle n'avez jamais été une famille.

— J'ai un certificat de naissance qui dit le contraire.

— Je vous interdis de la revoir ou de lui parler.

— C'est une menace ?

Deacon fouilla dans sa poche et en sortit un chèque. Il savait parfaitement pourquoi Trevor refaisait irruption dans la vie de Callie.

— Voilà la carotte, dit-il en plaquant le chèque sur la poitrine de Trevor. Si ça ne marche pas, j'emploierai le bâton.

Trevor recula et ses yeux s'agrandirent de surprise quand il lut le montant du chèque.

— Allez-vous-en et ne revenez jamais.

Puis il repartit vers sa voiture en espérant s'être bien fait comprendre.

- 10 -

James et Ethan étaient adorables dans leurs costumes assortis, et Callie était terriblement fière d'eux.

Deacon était magnifique lui aussi, et Callie se sentait très belle dans sa robe de créateur, au corsage à sequins décolleté dans le dos et jupe en mousseline de soie. Deacon avait insisté pour qu'elle l'achète, et elle avait été heureuse de lui faire plaisir pour le remercier de son soutien le soir de la visite de Trevor.

Deacon lui avait dit qu'il avait parlé à son frère et lui avait promis qu'il ne reviendrait jamais. Elle n'avait pas cherché à en savoir davantage. Tout ce qu'elle voulait, c'est être débarrassée de ce poids à jamais.

— Maman, mamie nous a donné du gâteau, s'écria James quand il arriva avec Dee.

— Au chocolat ? demanda Callie.

— On a fait très attention à leur chemise blanche.

— C'est juste qu'il est déjà tard.

Callie ne donnait jamais de sucre, et surtout pas de chocolat aux garçons après 17 heures.

— Quelle importance ? dit Margo d'un ton désinvolte.

Elle venait de les rejoindre et balaya l'inquiétude de Callie d'un geste de la main.

— Il vaudrait mieux que nous rentrions.

Callie chercha Deacon du regard. Elle rentrerait seule avec les enfants s'il avait envie de rester.

— Vous n’êtes pas pressés.

— Ils vont être fatigués.

— Mais non. Et leur grand-père et moi avons envie de les présenter à tout le monde.

Callie hésitait. Les garçons lui semblaient très excités, mais elle comprenait Margo, qui s’était donné beaucoup de mal pour organiser la soirée.

— Bon. Encore un petit moment.

— Je m’occupe d’eux, dit Dee.

— Je vais rester avec vous.

Callie savait bien que l’humeur des garçons pouvait se dégrader à tout instant.

— Mais non. Allez plutôt danser avec Deacon, dit Margo.

Sous l’assaut généralisé, Callie céda. Elle avait très envie de danser dans sa nouvelle robe. Et très envie *aussi* d’être avec Deacon.

Même si elle savait que ça n’était pas prudent.

Mais c’était apparemment la soirée de tous les dangers. Ses petits garçons ne venaient-ils pas de manger du chocolat à 20 heures ?

Elle repéra Deacon de l’autre côté de la salle. Leurs regards se croisèrent et il lui sourit.

Elle lui rendit son sourire et s’avança vers lui. C’était comme s’ils étaient aimantés l’un par l’autre.

Il avait dû percevoir quelque chose dans son regard parce qu’il eut d’abord l’air perplexe avant de paraître plus insouciant. Presque heureux.

— On danse ? proposa-t-elle.

— Avec plaisir.

Il lui prit la main et la guida jusqu’à la piste. Deacon dansait merveilleusement bien et elle adorait la sensation de son bras autour de sa taille.

— Quelle fête, dit-elle.

— Une tradition vieille de deux cents ans.

— Tu plaisantes ?

— Les Clarkson aiment les traditions. Regarde ces épées et ces boucliers sur les murs. Ils ont débarqué du *Mayflower* et se sont battus pendant la guerre civile.

— Dans quel camp ?

— On est en Virginie, madame. Dans les deux.

La musique se fit plus lente, et Deacon se tut, une main posée au creux de sa taille, son pouce effleurant sa peau dévoilée par le dos-nu.

Elle savait qu'elle aurait dû résister, mais c'était plus fort qu'elle. Elle se rapprocha de lui jusqu'à ce que leurs corps soient soudés. Il posa la tête sur ses cheveux et elle enfouit son visage dans son cou.

Elle sentait les pulsations de désir monter en elle. Elle n'entendait plus que la musique, les voix autour d'eux s'évanouirent et les autres danseurs n'étaient plus qu'un tourbillon de couleurs.

Tout à coup, elle entendit quelque chose. C'était Ethan. Il était en train de crier.

Elle s'élança dans sa direction aussi vite que le lui permettaient ses talons hauts.

— Non, hurlait Ethan.

Elle voyait Margo qui parlait à Ethan, et le petit garçon qui secouait la tête de plus belle.

Puis, Tyrell dit quelque chose, et Ethan leva la tête. D'abord, il eut l'air effrayé, puis il se laissa tomber par terre en poussant un cri perçant.

Tyrell le releva sans ménagement et lui intima l'ordre de se tenir tranquille.

Callie s'accroupit près de son fils et le prit dans ses bras.

— Qu'est-ce qu'il y a, mon chéri ?

Ethan se mit à pleurer.

— Ça ne sert à rien de le surprotéger, dit Tyrell.

Callie lui lança un regard noir. Elle se moquait qu'il

soit chez lui, Ethan était son fils, et ses choix éducatifs ne regardaient absolument pas le vieil homme.

Elle était fautive, pas Ethan. Il était beaucoup trop tard.

James assistait à toute la scène, les yeux écarquillés.

— Il est temps de rentrer à la maison, chéri, dit-elle en lui prenant la main.

— Ça n'est pas la peine, dit Margo d'un ton apaisant.

C'est alors que Deacon arriva :

— Est-ce que tout va bien ?

Margo s'adressa directement à lui. C'était la première fois que Callie la voyait faire ça :

— Je disais justement à Callie qu'elle n'était pas obligée de s'en aller aussi tôt. On a organisé la garderie pour les garçons.

Callie ne voulait pas de la garderie. Elle voulait quitter cet endroit et coucher les enfants à la maison, dans leur lit.

— Ethan ? lança Dee en s'approchant du petit garçon. Tu veux que je te lise une histoire ? Et tu veux prendre un bain avec des bulles ?

— Quelle histoire ? demanda Ethan d'une voix encore pleine de sanglots.

— *Le Cochon et le Canard.*

— J'aime bien cette histoire, intervint James. Et aussi les bulles.

Ethan cessa de pleurer et leva la tête vers Callie.

— Veux-tu que Dee te lise une histoire ?

Il hocha la tête.

Deacon lui effleura l'épaule et murmura à son oreille :

— C'est à toi de décider.

— Il y a aussi une chambre pour vous, dit Margo. Juste en face de la garderie. Vous n'auriez pas à les réveiller à la fin de la fête.

Callie décida de choisir la solution de facilité. La

chambre des enfants se trouvait sur place, alors qu'il faudrait au moins une demi-heure pour ramener les garçons jusque dans leur lit, chez eux. D'ici là, Ethan serait vraiment à bout de forces.

— D'accord, dit-elle. Dee peut te mettre au lit.

Elle déposa Ethan dans les bras de la jeune femme, qui s'éloigna, suivie de James.

— Vous ne devriez pas encourager un tel comportement, commenta Tyrell.

— Taisez-vous, intervint Deacon. Callie est une excellente mère.

— Si on retournait danser ? proposa-t-il à Callie.

Elle accepta son invitation. Sans doute n'était-ce pas raisonnable, mais les bras de Deacon lui manquaient et elle voulait s'éloigner de Margo et Tyrell.

Elle savait bien que Tyrell avait un caractère trempé, qu'il était autoritaire, mais c'était la première fois qu'il s'en prenait à elle personnellement. Et juste après la visite de son frère, c'était plus qu'elle ne pouvait en supporter.

Deacon entendit que Callie refermait la porte de la chambre. Elle venait de quitter les enfants qui dormaient à poings fermés.

Il était plus de minuit, et la fête touchait à sa fin. Mais, même si en bas il restait des dizaines d'invités plus le personnel de service, les murs du château étaient épais, et ici, au deuxième étage, tout était silencieux.

L'atmosphère de leur vaste chambre était réchauffée par les murs habillés de bois et une épaisse moquette de laine. Au centre, trônait un immense lit à baldaquin. Deux fauteuils confortables et une petite table étaient disposés près d'une cheminée. De l'autre côté de la pièce, deux portes donnaient accès à la salle de bains et à un dressing.

Callie semblait fatiguée mais elle était toujours aussi belle dans sa jolie robe et avec son chignon un peu décoiffé. Quand elle retira ses escarpins, Deacon ressentit une poussée de désir. C'était ridicule, mais il trouvait ses pieds nus terriblement sexy.

— Les enfants vont bien ? demanda-t-il pour entamer la conversation.

Il ne voulait pas aborder d'emblée la question du couchage.

— Tu n'as pas trouvé ça bizarre ? Tout à l'heure, je veux dire, dit-elle tout en glissant ses chaussures sous le petit banc capitonné qui se trouvait au pied du lit.

— Qu'est-ce qui était bizarre ?

Tout ce qu'il se rappelait de cette fête, c'était de l'avoir tenue dans ses bras pendant qu'ils dansaient et de l'avoir regardée bavarder et sourire aux autres invités, incapable de détacher son regard d'elle durant toute la soirée.

— Margo avec les garçons. Je ne te parle pas de Tyrell. Je ne veux pas qu'il reste seul avec eux, notamment avec Ethan. Mais Margo ? Elle ne te paraît pas un peu possessive ?

— Elle adore ses petits-fils.

Pour Deacon, ça avait été évident dès la première minute.

— Cette garderie. Elle est pleine de jouets et de vêtements. C'est comme si les enfants vivaient ici.

Deacon se rapprocha de Callie.

— J'ai une drôle de sensation. Et puis, James m'a dit qu'elle appelait Ethan *Beau*.

— Ils se ressemblent beaucoup.

— Oui. Tu as raison. Je dois me faire des idées.

— Ça te dérange de rester dormir ici ?

— Ça serait ridicule de réveiller les enfants.

Deacon regarda vers le lit, l'unique endroit où ils pouvaient dormir :

— Je parlais de…

— Oh ! fit-elle comme si elle n'avait pas remarqué ce détail avant. Je suis tellement épuisée que ça m'est égal. Et toi, ça te dérange ?

— Pas du tout.

Elle se tourna vers l'immense lit :

— De toute façon, il y a de quoi se perdre, tellement il est grand.

Il se dit qu'il pourrait la retrouver en une demi-seconde. Mais c'était bien sûr hors de question.

Il avait déjà suspendu sa veste et retiré sa cravate. C'était au tour de sa chemise blanche, et il lui sembla que le regard de Callie s'attardait sur son torse. Mais ça ne signifiait sûrement rien.

— Tiens, dit-il en lui tendant la chemise.

— Quoi ?

— Mets-la pour dormir, si tu veux.

— Oh. D'accord. Merci.

Il indiqua la salle de bains :

— Vas-y d'abord.

Elle prit la chemise et se leva.

Dès qu'elle eut refermé la porte, il l'imagina en train de se déshabiller. Pour chasser cette vision, il se leva pour aller tirer les rideaux des quatre grandes fenêtres, allumer une lampe de chevet et éteindre le plafonnier. Puis, il retapa les oreillers du lit, plia le couvre-lit et le posa sur le banc.

La porte de la salle de bains s'ouvrit sur Callie. Il aurait voulu ne pas regarder, mais il ne put s'en empêcher.

À contre-jour sa chemise blanche, dont elle avait roulé les manches et ouvert les premiers boutons, était légèrement transparente et elle la recouvrait à peine jusqu'à mi-cuisses.

Le monde sembla se figer.

— Il y a des cintres ? demanda-t-elle en décrochant sa robe de la porte.

Le mouvement plaqua la chemise sur ses seins.

Il se retint de pousser un gémissement.

— Le dressing est juste là. Je m'en occupe, dit-il en prenant la robe.

— Merci.

Il devait résister pour ne pas la toucher, pour ne pas la prendre dans ses bras comme tout à l'heure, dans la salle de bal. Elle s'était démaquillée, et elle était encore plus belle comme ça. Au naturel.

Dire qu'elle lui avait déclaré un jour qu'elle l'aimait. Et lui, il avait tout gâché. Il aurait tout donné pour pouvoir remonter le temps et réparer ses erreurs. Pour qu'ils puissent redevenir ce qu'ils avaient été à Charleston.

Au lieu de quoi, il devait tenir sa promesse de ne pas la toucher.

— Deacon…

— Je vais y arriver, se jura-t-il à mi-voix.

Elle regarda la robe, se méprenant visiblement sur le sens de ses paroles.

— Va te coucher, lui dit-il avec douceur. Tu as besoin de dormir.

Pendant qu'il rangeait la robe, elle se glissa dans le lit.

Deacon retira son pantalon, se coucha à ton tour et éteignit la lampe de chevet, ce qui plongea la chambre dans l'obscurité.

Il la sentit bouger à côté de lui.

— Ça ne me plaît pas, dit-elle.

— Tu veux que je m'en aille ?

Il y eut un bref silence.

— Non. Je voulais dire que je n'aimais pas cet endroit. Le château. Il est… si sombre.

— C'est vrai.

Peut-être qu'il n'aurait pas dû tirer tous les rideaux. Si jamais les garçons se réveillaient, Callie et lui se cogneraient sûrement aux meubles pour aller les rejoindre.

— Je veux dire triste. Comme si les murs voulaient aspirer toute joie de vivre.

Il ne la voyait pas, mais il l'entendit se tourner vers lui et se redresser sur son coude. Il fit de même et ils se retrouvèrent face à face. Dans la pénombre, il distinguait à peine sa silhouette.

— Tu crois qu'il est hanté ? demanda-t-elle d'un ton malicieux.

— Par les huit générations de Clarkson ? rit-il. Ça fait un peu froid sans le dos.

— Tu me protégerais ?

— Contre le fantôme de l'amiral Frederick Baines Clarkson ? demanda Deacon, en donnant un accent dramatique à sa voix. La légende veut qu'il ait été assassiné.

— Ici, entre les murs du château Clarkson ? fit-elle, en imitant son ton théâtral.

— Je crois que nous sommes en danger. Chut… Tu entends ?

Le vent soufflait entre les remparts.

— Tu cherches à me faire peur ?

— C'est lui qui appelle ses hommes. Fou de colère qu'ils ne l'aient pas sauvé.

— Quelle imagination débordante, fit-elle en lui donnant une tape sur l'épaule.

Il se figea.

Elle aussi.

Puis sa main vint effleurer la peau de son cou et remonta le long de sa joue.

— Callie, haleta-t-il. Il ne faut pas…

— Je sais.

Elle s'approcha. Il sentit son souffle sur son visage. Ses lèvres sur les siennes.

Il ne put se retenir davantage. Sa bouche força un peu celle de Callie et il lui donna un profond baiser.

Il la fit s'allonger et il sentit ses mains dans ses cheveux, ses bras s'enrouler autour de son cou. Il était ivre de sa chaleur, de la douceur de sa peau, de son odeur.

Il embrassa longuement sa bouche, puis descendit le long de son cou, de ses épaules, jusqu'à ses seins.

Elle gémit son nom.

Il arracha sa chemise, se débarrassa de son caleçon, et ils se retrouvèrent nus, peau contre peau, leurs corps emmêlés.

— Tu m'as tellement manqué souffla-t-il.

— Oh ! Deacon…

Il la souleva légèrement, et ses jambes vinrent s'enrouler autour de lui.

Puis il s'arrêta, dressé au-dessus d'elle. Il ne voulait pas aller trop vite. Il voulait faire durer cet instant magique.

— Deacon, s'il te plaît…

Il l'embrassa fiévreusement, caressant ses seins, l'arrière de ses cuisses, ses fesses.

Elle l'enserra plus fort encore et ils laissèrent la passion les emporter. Son corps réagissait en accord parfait avec le rythme qu'il lui imprimait et l'entraînait vers la jouissance. Il était au paradis.

Le passé n'avait pas d'importance, seul comptait l'avenir. Et l'avenir, c'était Callie.

*
* *

En rentrant le lendemain, Callie réalisa à quel point elle aimait la maison de Deacon. Elle était si accueillante, confortable et fonctionnelle. À la fois grande et intime.

Deacon avait eu l'idée de mettre le coffre à jouets des enfants dans le petit salon, et elle pouvait les surveiller pendant qu'elle s'affairait dans la cuisine après le déjeuner.

Deacon vint la rejoindre après avoir passé quelques coups de fil de son bureau. Il lui avait parlé d'un léger différend avec Beau, qu'il lui fallait régler.

Il lui effleura doucement l'épaule. Et après la nuit qu'ils venaient de passer, elle se laissa aller à apprécier la caresse.

Elle savait bien que rien n'était réglé et qu'il lui faudrait vite redescendre sur terre. Mais pas aujourd'hui.

— Et si j'allais jouer un peu avec eux dehors ? Leur faire dépenser un peu d'énergie ? proposa Deacon. Tu veux faire une petite sieste ?

C'était évidemment une façon à peine voilée de lui rappeler qu'ils avaient peu dormi la nuit précédente. Elle avait somnolé dans les bras de Deacon, mais ils avaient surtout fait l'amour, parlé, puis refait l'amour. Il lui avait dit combien elle lui manquait. Lui aussi, il lui manquait. Plus qu'elle ne l'aurait cru possible.

— Non. Ça va, dit-elle.

Et c'était vrai. Elle se sentait pleine d'énergie.

— Je vais plutôt téléphoner à Hannah.

— Comme tu veux, dit-il en lui plantant un léger baiser sur la tempe.

Puis il appela les garçons :

— Qui veut jouer au foot ?

Ethan bondit.

— Je vais chercher mes baskets rouges, dit James.
— C'est parti, lança gaiement Deacon en jetant Ethan sur son épaule.

Callie prit le téléphone de la cuisine et alla sur la terrasse, d'où elle pouvait voir Deacon et les garçons jouer au fond du jardin. Le soleil était chaud et elle s'allongea sur un des canapés d'extérieur.

— Boulangerie Downright Sweet, bonjour.

C'était Hannah.

— Tu es occupée ?
— Callie ! Bonjour ! Comment ça va ?

En arrière-fond, Callie entendait les bruits familiers de l'heure du déjeuner.

— Je venais un peu aux nouvelles.
— On va faire une bonne saison. Il y a pas mal de touristes. Le chantier de la roseraie a commencé, mais apparemment le maire a changé son fusil d'épaule pour l'emplacement. Je ne sais pas ce que tu lui as dit…
— C'est Deacon.
— Quel magicien.

Callie savait que la baguette magique avait en fait été un chèque. Ça ne lui plaisait pas, mais le plus important, c'était que Hannah puisse continuer à bien travailler.

— Au fait, on teste un nouveau produit.
— Raconte.
— J'ai trouvé un fournisseur de baies de miel dans le Colorado. On en met dans les muffins, dans le feuilleté au citron et on en fait un coulis pour le cheesecake à la vanille.
— J'ai hâte de goûter ça.
— Comment vont les garçons ?
— Très bien. Ils sont en train de jouer au ballon avec Deacon.
— Tu as vraiment trouvé le mari idéal.

— Oui.

En effet, Deacon avait d'énormes qualités.

S'il n'avait pas menti sur qui il était, ce qu'il voulait et ses sentiments pour elle, tout aurait été parfait. En le voyant rire avec James et envoyer le ballon à Ethan, elle sentit son cœur se serrer. C'était tellement triste que tout doive s'arrêter.

— Pas tout de suite, murmura-t-elle.

— Pardon ?

— Rien. Il est génial.

Tôt dans la matinée, avant l'arrivée de Beau et de Tyrell, Deacon retrouva Aaron dans son bureau. Comme celui de Beau et désormais celui de Deacon, il avait une vue sur le port, dans le lointain.

— J'ai peaufiné le dossier, annonça Deacon.

— Toujours l'intégration verticale ? Sans l'appui de Beau ou de mon père, tu n'arriveras à rien, dit Aaron en ouvrant malgré tout le dossier qu'avait apporté Deacon.

— J'arriverai peut-être à convaincre Tyrell.

— C'est mal le connaître.

En effet, Aaron connaissait mieux son père et son frère que lui, mais les choses s'arrangeaient avec Callie. Il recommençait à envisager l'avenir. Avec elle. Avec les Clarkson. Et à la tête de Hale Harbor Port.

Plus tard, il lui faudrait le transmettre à James et Ethan. Et pour ça, il fallait avoir une vision à long terme. Viser le meilleur pour l'entreprise.

— Ces chiffres m'ont l'air optimistes, dit Aaron après avoir feuilleté le dossier.

— Ils sont réalistes. On a fait des simulations tirées des chiffres de…

Tyrell fit irruption dans la pièce.

— Je dérange ? dit-il d'un ton ostensiblement réprobateur.

— Pas du tout, dit Aaron en refermant le dossier. Nous étions en train de vérifier quelques chiffres.

Ce n'était pas l'entière vérité, mais Deacon remercia intérieurement Aaron de sa discrétion. Et il en fut rassuré. Cela signifiait qu'il n'était pas totalement hostile à son projet.

— Je veux vous parler. Dans mon bureau, dit Tyrell à Deacon.

La pièce était vaste, et les sons y résonnaient, car contrairement au reste du château, les murs n'y étaient pas doublés de bois ni le dallage de pierre recouvert de moquette.

Tyrell s'assit et Deacon fit de même.

— Vous avez eu le temps de vous installer, commença Tyrell.

— Oui.

— Ainsi que Callie et les enfants.

— Oui.

Deacon se demandait où Tyrell voulait en venir. Il n'était pas du genre à s'inquiéter du confort d'autrui.

— Bien. Il est temps d'opérer quelques changements.

— Quels changements ?

Tous les sens de Deacon étaient en alerte.

— Margo et moi avons discuté. Vous allez venir vivre au château.

— Ça n'a jamais fait partie du contrat.

Et c'était hors de question. D'abord parce que Callie ne s'y plairait pas et ensuite parce que Deacon tenait à son indépendance. Mais surtout parce que ça ne serait pas bon pour James et Ethan, qu'il voulait soustraire au maximum à l'influence de Tyrell.

— Vous ne pouvez pas nous y obliger. Nous avons signé un contrat, et les parts m'appartiennent.

L'avocat de Deacon lui avait assuré que Tyrell ne pouvait plus revenir en arrière.

— Peut-être, mais j'ai le pouvoir de changer la classe de vos parts. Avec un vote à la majorité des deux tiers, je peux les passer de la classe A à la classe D. Donc, plus de droit de vote, plus de rôle dans l'entreprise et plus de dividendes.

Deacon prit sur lui pour ne pas laisser paraître à quel point il était perturbé par l'annonce.

— Je pourrais les vendre.

Tyrell ne pourrait rien faire contre ça et il pourrait en outre menacer de vendre à un concurrent.

— Vous oubliez la clause de rachat. Hale Harbor Port serait ravi de racheter vos parts au prix où vous les avez payées.

— Je pourrais vous traîner en justice.

— Vous perdriez, mon pauvre. Sans compter que ça prendrait des années et vous ruinerait en frais d'avocat.

Tyrell était vraiment sans pitié, mais même si ses efforts étaient sans doute vains, il fallait tenter de le raisonner :

— Je vous ai donné ce que vous vouliez.

— Je voulais mes petits-fils.

— Et ils sont là.

— Non. Pas *ici*. Ils sont avec vous.

— Ils sont avec leur mère.

— Et elle peut vivre ici.

— Elle n'acceptera jamais.

Ça, Deacon en était absolument certain. Et elle plierait probablement bagage à la minute où il lui en parlerait.

— C'est *votre* problème.

— Et si je ne réussis pas à la convaincre ?

Tyrell lui lança un regard dur par-dessus ses lunettes :

— Alors, je convertirai vos parts.

Deacon se leva d'un bond :

— Le vrai bâtard de la famille, c'est vous.

— C'est un oui ?

— Apparemment, je n'ai pas le choix.

— Heureux que vous partagiez mon point de vue, dit Tyrell avec un sourire narquois.

- 11 -

En voyant son frère devant sa porte, Callie se décomposa. Deacon lui avait promis que Trevor ne reviendrait jamais. Et elle l'avait cru.

Les garçons jouaient avec leurs petites voitures dans l'escalier derrière elle.

— Tu n'as rien à faire ici, dit Callie.

Elle se sentait seule et vulnérable. Deacon ne serait pas de retour avant des heures.

— Y'a un truc qu'il faut que je te dise, fit Trevor de sa voix traînante.

— Je n'ai pas envie de t'écouter, dit-elle en commençant à refermer la porte.

Mais il la bloqua du bras.

— Qu'est-ce que tu veux ?

Elle sentait que la peur était perceptible dans sa voix et elle détestait ça.

— Il m'a payé pour partir. Un gros paquet.

Callie ne savait pas que Deacon avait donné de l'argent à Trevor, mais ça n'aurait pas dû la surprendre. Et en l'occurrence, elle lui en était reconnaissante.

— Alors, va-t'en. Tu as eu ce que tu voulais.

Trevor éclata d'un rire glacial, poussa la porte violemment et pénétra dans le hall.

— Ce sont eux, tes gamins ? dit-il en apercevant James et Ethan.

— Les enfants, allez dans le petit salon. Vous pouvez regarder des dessins animés.

— Ils peuvent rester, fit Trevor en s'avançant vers les garçons.

Oubliant toute peur, Callie vint se placer entre son frère et ses fils.

— James, chéri, emmène Ethan. Vous pouvez manger chacun un cookie en regardant les dessins animés.

— Oui, maman.

— Merci, chéri.

Une fois que les enfants eurent quitté le hall, elle foudroya Trevor du regard :

— Qu'est-ce que tu veux ?

— Plus de fric.

— Deacon ne voudra pas t'en donner plus.

— J'ai rencontré un type au bar. On a bu un pot ensemble, dit Trevor en avançant de quelques pas. Il est jardinier au château, et là-bas, tout le monde est au courant pour votre petite combine.

— Je ne comprends rien à ce que tu racontes.

Elle voulait qu'il s'en aille. Elle n'avait plus vraiment peur, mais elle voulait qu'il sorte de la maison.

— Oh ! mais si. Vous deux et les millions de la famille.

Ça suffisait comme ça. Elle s'élança jusqu'à la porte et l'ouvrit en grand :

— Dehors.

— Pas question.

— Il n'y a pas de combine, dit-elle.

— Ben alors, pourquoi Deacon était jamais venu au château avant ? Pourquoi personne prononçait jamais son nom avant qu'il se pointe avec toi ? Et maintenant, le voilà qui commande tout. Grâce à tes gosses, dit Trevor en regardant en direction du petit salon.

— Ce sont les petits-fils de Tyrell. Il n'y a aucune ruse.

— Disons un *marché*, alors. Et moi, je veux en être.

— Mais…

Le mot *marché* résonnait désagréablement dans la tête de Callie. C'était la manière de fonctionner typique de Deacon.

— T'as fait un marché avec le vieux.

Callie n'avait fait de marché avec personne. Mais Deacon ? Se pouvait-il qu'il ait utilisé ses enfants pour se faire une place dans la famille Clarkson ?

Si tel était le cas, tout devenait clair.

La voix de Deacon explosa à travers la pièce :

— Qu'est-ce que vous faites ici ?

Il saisit Trevor par le col et le poussa dehors.

— Hé ! Ça va pas…

— Vous êtes sur une propriété privée.

Deacon claqua la porte au nez de Trevor puis courut vers Callie :

— Est-ce que ça va ? Où sont les enfants ?

— Est-ce que je fais partie d'un marché ? demanda-t-elle d'une voix tremblante.

L'énormité de l'accusation de Trevor et l'éventualité qu'elle soit fondée lui coupaient littéralement les jambes.

— Quoi ?

— Trevor a dit…

— Parce que tu écoutes *Trevor* ?

— Il a dit que tu nous avais utilisés, moi et les garçons, pour t'imposer dans la famille Clarkson.

L'expression qu'elle lut sur le visage de Deacon lui confirma que c'était la vérité.

Elle recula de deux pas et il tendit un bras vers elle.

— Non ! Ça explique tout. Qu'on se soit rencontrés, que tu aies fait semblant de m'aimer, que tu m'aies menti, manipulée.

— Écoute-moi, Callie.

— Non. C'est fini.

James surgit dans le hall en faisant l'avion, suivi d'Ethan.

— Coucou, papa.

Puis les enfants disparurent dans le couloir.

— Mais qu'est-ce que tu as fait ? murmura Callie d'une voix étranglée par l'émotion.

— Tyrell m'a fait une proposition. Il m'a promis de reconnaître mon droit de naissance, et j'avoue que j'ai été tenté. C'est ce que j'avais toujours voulu. Depuis tout petit.

— Tu as accepté, dit-elle. Tu as *accepté*.

— Non. J'ai seulement accepté de te rencontrer.

— Tu m'as menti pour m'épouser et tu nous as ramenés ici comme un trophée.

— À l'époque, je croyais que tu voyais un intérêt à m'épouser.

— Ton argent. Oui, je me souviens de ce mensonge-là aussi.

— Tout a horriblement mal tourné.

— Pas pour toi. Pour *toi*, tout se déroule parfaitement.

— Plus maintenant.

Elle ne voulait plus entendre parler de tout ça. Elle allait faire ses bagages, prendre ses enfants et quitter Hale Harbor pour toujours.

Deacon était un menteur et elle ne voulait plus le voir. Jamais.

— Il veut que nous vivions au château.

Callie secoua la tête sans dire un mot. Pas question. Ça n'arriverait *jamais*.

— Il m'a posé un ultimatum. Soit tu t'installes au château, soit je perds tout.

— Ils veulent les enfants, murmura-t-elle malgré elle. Ils veulent me voler mes fils.

— Et j'ai dit oui.

— *Quoi ?*

— Pour gagner du temps. Je suis rentré ici pour tout te dire. Et pour te dire de t'en aller.

— Je m'en vais, oui.

— Aujourd'hui. Tout de suite. Je voulais tout te raconter et te dire de ramener les enfants à Charleston et de ne jamais remettre les pieds ici. J'ai fait un pacte avec le diable et je n'aurais pas dû.

— *Non*, tu n'aurais pas dû !

— Ce qu'il y a…

— Tais-toi.

— J'ai essayé de rester logique. Détaché.

— Tant mieux pour toi.

Elle, elle n'avait pas eu le luxe de rester logique et détachée, parce qu'elle avait été piégée. Depuis le début.

— Mais je n'ai pas réussi.

— Tais-toi.

— Il m'a fallu bien trop longtemps pour l'admettre, mais je suis tombé amoureux de toi.

Son cœur acheva de se briser.

— Ne fais pas ça, s'écria-t-elle. Ne dis pas ça. Tu n'as pas le droit d'attendre que tout le reste ait échoué et puis mettre ça dans la balance.

— Je sais.

— Tu n'as pas le droit.

— C'est vrai. Pardon de t'avoir trahie, Callie.

Sans Callie et les enfants, il régnait un silence sinistre dans la maison au point que Deacon errait comme une âme en peine depuis leur départ, vingt-quatre heures plus tôt. Si les coups frappés à la porte n'avaient pas été aussi insistants, Deacon n'aurait même pas pris la peine d'ouvrir.

À travers la vitre de la porte, il reconnut Aaron. Il n'avait pas particulièrement envie de lui parler, mais il préférait encore se débarrasser de la corvée maintenant que de se voir dérangé à nouveau plus tard.

En ouvrant, il fut surpris de constater que Beau était là aussi.

— Qu'est-ce que vous voulez ? demanda-t-il d'un ton peu aimable.

— Parler, répondit Aaron.

Deacon eut un rire dubitatif :

— Je ne vois pas de quoi.

— Nous, si, insista Beau.

Ils avaient l'air décidés, aussi Deacon s'effaça-t-il pour les laisser entrer.

La bibliothèque était la pièce la plus proche, mais elle était trop petite et intime au goût de Deacon. Il préférait les recevoir dans le grand salon, à la fois plus imposant et moins chaleureux.

Il désigna un canapé de cuir et s'installa dans un fauteuil, de l'autre côté d'une large table basse en verre. Il tenait à marquer la distance.

— Nous vous avons apporté quelque chose, dit Aaron en posant un document sur la table.

— Vous ne comptez quand même pas me faire signer la conversion de mes parts ? dit Deacon, choqué qu'ils osent venir pour ça.

Il commençait à s'échauffer.

— Après notre dernière discussion, j'ai fait quelques recherches, dit Aaron. Ça m'a rappelé un projet sur lequel Frederick avait travaillé il y a six ans. C'est un peu daté, mais il y a beaucoup de points communs avec vos idées. Il y est même question de Mobi Transport, et Frederick suggérait de vous accueillir au sein de la famille.

Deacon ne comprenait pas bien tout ce que cela voulait dire.

— Voilà. Il écoute enfin, dit Beau.

— Il ne me connaissait même pas, dit Deacon.

— Il connaissait votre existence. Après l'université, il est revenu avec des principes de justice sociale et de grands projets pour le port. Quand il en a parlé à père, il s'est fait envoyer sur les roses, mais il lui a tenu tête.

— Il disait qu'il fallait se moderniser, enchaîna Beau. Et aussi que la famille avait le devoir de vous accepter en son sein, en tant que fils de notre père.

Deacon resta sans voix.

— J'aurais dû le soutenir à l'époque, dit Aaron.

— *On* aurait dû le soutenir, renchérit Beau.

— Il avait raison de vouloir moderniser l'entreprise. Et à votre sujet aussi.

— C'est pour ça qu'il est parti ? demanda Deacon.

— Il avait plus de courage que nous, dit Beau.

— À l'époque, nous n'avons pas soutenu Frederick, reprit Aaron. Mais nous n'allons pas refaire la même erreur avec notre autre frère.

Deacon n'était pas sûr d'avoir bien entendu.

Mais Beau se leva et lui tendit la main.

— On est avec toi sur ce coup-là, mon frère. On va te soutenir.

Deacon se leva, imité par Aaron.

— Tyrell ne vous a rien dit ? Je refuse de m'installer au château, alors il va convertir mes parts.

— Callie ne doit pas s'installer au château, dit Aaron. Il y a longtemps que Miranda veut s'en aller. Elle n'en peut plus de devoir supporter mère et père. Je n'en avais jamais eu le courage, mais nous allons déménager.

— Et moi, je ne vais pas rester là-bas tout seul, dit Beau.

— Qu'est-ce que Tyrell va faire ?

— Il ne peut rien faire si on se serre les coudes.

— Je propose qu'on se serre la main, dit Beau en tendant la sienne d'un air plus décidé encore.

Cette fois, Deacon accepta son geste :

— Je suis flatté. Et très ému. Mais il est trop tard.

Aaron sourit. Il serra à son tour la main de Deacon :

— Tu n'as pas bien compris.

Il s'interrompit pour ménager son effet.

— Notre père a besoin de la majorité des deux tiers pour convertir tes parts, mais nous n'allons pas la lui accorder.

— À nous trois, nous disposons de plus que des deux tiers, ajouta Beau. Et nous sommes pour l'intégration verticale.

Deacon n'en croyait pas ses oreilles :

— Et nous trois, nous allons nous dresser contre Tyrell ?

— Il est en voyage, mais il sera de retour dans deux jours, expliqua Aaron. Et je pense qu'il faut le lui dire de vive voix. Tu viendras ?

— Il va être furieux, dit Beau avec un large sourire.

— Au fait, Callie n'est pas là ? s'étonna Aaron.

— Elle est rentrée à Charleston.

— Pourquoi ?

Deacon ne voyait pas l'intérêt de cacher la vérité :

— Elle m'a quitté. Elle n'a pas apprécié d'avoir été utilisée comme un pion et que je me sois servi de ses enfants dans mon propre intérêt.

— Mais je croyais que vous deux, vous étiez…

— Pas tant que ça, dit Deacon, en luttant pour cacher sa peine.

— Les deux petits gars vont me manquer, dit Beau.

Ils lui manquaient tellement à lui, que Deacon avait du mal à respirer.

Et Callie. Oh ! Callie…

Bien sûr, ses droits étaient désormais reconnus et il se découvrait deux frères. C'était très important pour lui. Mais ça ne compensait pas la perte de Callie.

Mais il avait accumulé les erreurs et l'avait cruellement blessée. Il méritait de souffrir à son tour.

Son retour à la boulangerie lui faisait un effet étrange. Les deux derniers mois avaient ressemblé à un rêve et elle avait l'impression qu'on lui avait arraché le cœur. Mais en surface, tout semblait normal. Physiquement, elle était la même. Elle s'exprimait, se comportait de la même façon qu'avant. Et le monde autour d'elle n'avait pas changé d'un iota.

Hannah lui donna un léger coup de coude, et Callie réalisa qu'elle était debout derrière le comptoir, à regarder dans le vide, alors qu'un client attendait.

— Nancy ? appela Hannah en désignant le client.

Pendant que Nancy servait le client, Hannah prit un plateau et y déposa deux énormes cupcakes à la vanille recouverts d'une montagne de crème au beurre et d'éclats de caramel.

— Il faut qu'on parle, dit-elle à Callie.

— De quoi ?

— Viens.

Hannah contourna le comptoir et se dirigea dans le restaurant.

Quand Callie s'assit en face d'elle, Hannah lui tendit une fourchette et poussa un des cupcakes devant elle.

— Toi, tu as un urgent besoin de crème au beurre…

Callie devait reconnaître que le cupcake avait l'air particulièrement appétissant.

— Il y a une éternité que je n'en ai pas mangé, dit-elle en portant à sa bouche un morceau du gâteau.

— Il y a une éternité que tu n'as pas été aussi déprimée, répliqua Hannah en plongeant sa fourchette dans son propre cupcake.

— Je ne suis pas déprimée, dit Callie en tentant de donner le change.

Il y avait trois jours que Deacon ne faisait plus partie de sa vie, mais elle avait l'impression que ça faisait un an et elle avait perdu le compte du nombre de fois où les enfants l'avaient réclamé.

— Qu'est-ce qui s'est vraiment passé ? demanda Hannah avec douceur.

— Ça n'a pas marché.

Callie préférait ne pas se lancer dans les explications.

— Tu étais raide dingue de lui.

Callie masqua son envie de pleurer en prenant une nouvelle bouchée.

— C'était une erreur.

— Ça n'est jamais une erreur de tomber amoureux.

— Si, quand c'est de la mauvaise personne.

Hannah avait l'air franchement étonnée :

— Deacon était le bon. Pas comme Hank, qui…

— Il était pire que Hank, la coupa Callie un peu trop vite.

— Alors là, il faut que tu m'expliques.

Callie s'arrêta de manger. Elle en était incapable.

— Tout ça n'était qu'une mise en scène, Hannah. Le père biologique de Deacon, Tyrell Clarskon, un homme très riche… Et le père de Frederick aussi, en l'occurrence…

Maintenant, elle ne pouvait plus s'arrêter de parler :

— Frederick était son fils légitime, mais pas Deacon. Mais comme Frederick détestait son père, il ne m'avait jamais parlé de sa famille. Et il a bien fait. Il a eu raison de se tenir éloigné d'eux. Il aurait mieux valu que je ne les rencontre jamais. Mais Tyrell a promis à Deacon une partie de la fortune familiale s'il me ramenait à Hale Harbor.

— Combien ?

— Qu'est-ce que c'est que cette question ? Bref… Beaucoup.

— Des millions ?

— Des centaines de millions. Mais ça n'était pas pour moi. C'était pour les enfants. Les petits-fils de Tyrell. Ses seuls petits-enfants.

— Oh ! ma chérie… Deacon a fait semblant d'être amoureux de toi ?

Callie hocha tristement la tête.

— Je suis désolée.

— Il m'a dit qu'il ne m'aimait pas.

— C'est brutal.

— Oui…

Callie se repassa plusieurs scènes dans la tête.

— Et après… À la fin… Quand tout était fichu, il a même essayé de s'en servir.

— Je ne comprends pas.

— Quand Deacon s'est avéré incapable de tenir sa part du contrat, à savoir me faire emménager au château avec les garçons, Tyrell lui a repris ses parts dans l'entreprise. Et là, bien sûr, Deacon m'a dit qu'il m'aimait.

Elle claqua des doigts.

— Tout à coup, il était tombé amoureux de moi, finit-elle d'une voix pleine d'amertume.

— Le château ?

Callie haussa les épaules :

— Les Clarkson vivent dans un véritable château. Si tu avais vu ça. Un château digne du Moyen Âge. Jamais je ne pourrais vivre là-dedans.

Alors qu'elle parlait, son esprit dériva vers la nuit qu'elle avait passée dans les bras de Deacon, à faire l'amour avec lui dans ce fameux château. Leurs conversations à voix basse, les rires, sa chaleur, son odeur… Pendant ces quelques heures, elle avait cru que cela pourrait marcher. Qu'ils allaient pouvoir construire une vie ensemble.

— Callie ? dit Hannah interrompant le cours de ses rêveries. Je suis un peu perdue.

Callie revint à la réalité :

— C'est simple, tout était faux.

— Il a reconnu qu'il ne t'aimait pas.

— Oui, dit Callie en piochant avec détermination dans son cupcake.

Elle n'allait pas laisser Deacon, ni personne d'autre gâcher de la crème au beurre.

— Et après, il a dit qu'il t'aimait…

— Pour me convaincre d'aller vivre au château.

— Explique-moi.

— Comment ça ?

— J'essaie de comprendre pourquoi il a changé de version.

— C'est simple. Quand Tyrell l'a menacé de tout perdre si je n'habitais pas au château, Deacon a soudainement *compris* qu'il m'avait aimée depuis le début.

— Et donc, il a essayé de te convaincre de déménager au château ?

— Non, répondit Callie se rejouant intérieurement la scène. Il m'a dit de ramener les garçons à Charleston et de ne jamais revenir.

Elle crut s'être trompée et refit défiler la scène une deuxième fois dans sa tête. Mais non. C'était bien ce qui s'était passé.

— C'était avant ou après t'avoir dit qu'il t'aimait ?

— Avant. C'était avant.

— Donc, il avait déjà renoncé à l'argent.

Convaincue d'avoir marqué un point, Hannah s'accorda une nouvelle bouchée de son cupcake.

— Sauf qu'il avait toujours la possibilité d'essayer de me faire changer d'avis.

— Ce qu'il n'a *pas* fait. Tu as dit qu'il n'avait même pas essayé.

Au sens strict du terme, Callie savait que c'était vrai. Mais c'était plus compliqué que ça.

— Il n'a pas essayé parce qu'il savait que ça n'aurait servi à rien.

— Ça n'est pas ce que je comprends.

— Et qu'est-ce que tu comprends ?

— Qu'il a renoncé à des centaines de millions de dollars. Il t'a dit de rentrer à Charleston. Et *ensuite* seulement il t'a dit qu'il t'aimait.

— Si je l'avais laissé faire, il aurait cherché à me convaincre d'habiter au château.

— Peut-être, dit Hannah d'un air peu convaincu.

— J'y étais, quand même.

— Mais tu étais bouleversée. Tu ne sais pas ce qui aurait pu se passer, dit Hannah en terminant son assiette. Mange.

Callie prit une bouchée.

— Quand tu auras fini ce cupcake, je voudrais que tu acceptes d'imaginer qu'un homme qui renonce à des centaines de millions de dollars pour toi et qui ensuite te dit qu'il t'aime puisse effectivement…

Callie ne voulait *pas* imaginer ça. Elle ne survivrait pas à un autre rêve brisé, à une nouvelle déception.

— T'aimer, conclut Hannah.

Bouchée, après bouchée, le cupcake de Callie finit par disparaître.

— Alors ? dit Hannah.

— Je ne peux pas y retourner. Je ne peux pas me permettre d'espérer…

— Alors, n'y retourne pas.

Callie était surprise. Et même un peu déçue. Elle comprit qu'elle avait envie que Hannah réussisse à la convaincre de retourner auprès de Deacon. C'était effrayant.

— Appelle-le. Ou envoie-lui un texto.

— Pour lui dire quoi ?

C'était vraiment une idée ridicule.

— N'importe quoi. Envoie-lui : « Quoi de neuf ? Où es-tu ? Qu'est-ce que tu fais ? » C'est juste histoire de briser la glace.

— Pas question que je fasse ça.

— Et ensuite, tu lui envoies : « Est-ce qu'on peut parler ? » Si j'ai raison, il sautera dans le prochain avion. Si j'ai tort, il t'enverra une réponse bidon, et au moins tu seras sûre.

— Il n'aurait pas besoin d'attendre le prochain avion, il affréterait le sien, dit Callie, elle-même surprise d'envisager une seconde cette éventualité.

Tyrell entra dans la salle de réunion, l'air sombre.

— Qu'est-ce que vous voulez ? demanda-t-il d'un ton arrogant.

Le téléphone de Deacon tinta.

— Nous avons des informations à partager avec toi, dit Aaron.

Deacon vit que le doute s'installait chez Tyrell. Il n'en tirait aucune satisfaction, juste le sentiment que justice se faisait enfin.

Son téléphone tinta à nouveau, et son cœur s'arrêta quand il vit s'afficher le nom de Callie. Autour de lui, la pièce disparut.

Est-ce qu'on peut parler ?

Oui, ils pouvaient parler. Bien sûr qu'ils pouvaient. C'était évident. Il se leva d'un bond et repoussa sa chaise.

— Deacon ? entendit-il Aaron demander.

Les trois hommes le regardaient d'un air stupéfait.

— Je dois y aller, dit-il.

— Quoi ? s'exclama Beau.

— Je… fit Deacon en s'élançant vers la porte. Je vous expliquerai.

Il ignorait ce qui se passerait dans la salle du conseil après son départ, mais ça lui était égal.

Tout en marchant, il envoya un texto.

Je suis en route. Où es-tu ?

Il bondit dans sa voiture, jeta son téléphone sur le siège passager et le surveilla en attendant une réponse. C'était trop long. Il lui fallait beaucoup de temps pour répondre.

Arrêté à un feu rouge, il se saisit du téléphone, en se disant qu'il devait y avoir un problème. Il allait renvoyer son message.

Mais l'appareil tinta signalant une réponse.

À la boulangerie. Mais je rentre à la maison.

Vérifiant que le feu était toujours rouge, il lui répondit alors.

J'arrive dans une heure.

Il y avait un jet disponible immédiatement. Sans même demander le prix, il tendit sa carte de crédit à l'enregistrement et embarqua aussitôt.

C'est à peine s'il remarqua les luxueux sièges de cuir blanc. Il accepta un single malt en espérant que ça l'aiderait à se calmer un peu. Pendant le vol, le pilote réserva une voiture, et Deacon sut qu'il arrivait à peu près à l'heure qu'il avait prévue.

Une heure et vingt minutes plus tard, il était devant la porte de Callie.

Elle ouvrit et il dut lutter contre l'envie de la prendre immédiatement dans ses bras.

— Salut, dit-il, le souffle court.

— Salut.

Il entendait les garçons dans la cuisine.

— Est-ce que tout va bien ? demanda-t-il, essayant de deviner son humeur.

Au début, il avait pensé que son message était de bon augure. Mais à mesure que les minutes passaient dans l'avion, il avait été assailli par le doute. En fait, il n'avait aucune idée de ce qu'elle voulait.

— Tu es venu, dit-elle.

— Bien sûr.

Rien n'aurait pu m'empêcher de te rejoindre.

— Comment vont les garçons ?

— Bien. Tout le monde va bien. Enfin, peut-être pas si bien que ça.

Deacon ne savait plus à quoi s'en tenir. Il était passé de l'espoir à l'inquiétude et maintenant, il était complètement perdu.

— Entre, lui dit-elle, en s'effaçant.

Dès qu'il fut dans la maison, il se sentit apaisé. Il ne s'était pas senti aussi à l'aise depuis des semaines.

— Je te préviens, je n'irai pas vivre au château, dit-elle.

Une vague d'espoir le submergea :

— Jamais je ne te demanderai de vivre là-bas.

Ce château était un endroit horrible. Lui non plus n'avait aucune envie d'y habiter.

— Je sais que c'est beaucoup d'argent.

— Peu importe l'argent.

Quelle importance, l'argent ?

— Ce qui compte, c'est toi. Et les garçons.

— Tu m'as dit que tu m'aimais.

— Et c'est vrai.

— Qu'est-ce que tu aimes chez moi ?

— Tout, dit-il en se rapprochant inconsciemment d'elle.

— Ce n'est pas parce que tu t'es fait une raison ? En prenant en compte tous les avantages qu'il y a à m'aimer ?

Il ne put retenir un sourire.

— Je n'ai pas eu à me convaincre de quoi que ce soit. Quand tu es partie, si j'avais pu me convaincre de ne plus être amoureux de toi, je l'aurais fait sans hésiter pour ne pas devenir fou.

Elle pencha la tête d'un air perplexe :

— Je n'ai pas bien compris ce que tu voulais dire, mais je veux croire que c'était positif.

— Mais bien sûr que c'est positif, dit-il cédant enfin à son désir de la toucher, de lui caresser tendrement la joue. Je t'aime, Callie, plus que tout au monde.

— Tu es prêt à renoncer à l'argent, à ces centaines de millions de dollars ?

— Ce qu'il y a, c'est que…

Elle posa ses doigts sur ses lèvres :

— Il ne doit y avoir aucune équivoque. Tu dois faire un choix.

— Il n'y a aucune équivoque. C'est toi, Callie. Et James et Ethan. Rien n'est plus important pour moi.

— Bien. Alors, on s'en sortira. On a la boulangerie. On travaillera aussi dur qu'il faudra.

Il ouvrit la bouche pour lui expliquer, puis il se ravisa :

— Oui, on s'en sortira.

— Bien, répéta-t-elle.

— Alors ? demanda-t-il en essayant de déchiffrer ce qu'exprimait son visage. On se lance ? On fait en sorte que ça marche ?

— Je t'aime, se contenta-t-elle de dire.

Son cœur bondit dans sa poitrine :

— Oh merci, mon Dieu !

Il se pencha et l'embrassa avec ardeur.

— Papa ! s'écria Ethan en s'accrochant à sa jambe.

— Papa ! renchérit James.

Deacon déposa un baiser rapide sur les lèvres de Callie :

— Je suis à toi tout de suite, dit-il en se penchant pour embrasser les garçons.

— Les trois font la paire, lança Callie en éclatant d'un rire joyeux.

— Je prends tout le lot, répondit Deacon sur le même ton.

— Papa, viens voir le nouveau château, dit Ethan en tirant sur sa main.

— Il y a des douves, ajouta James. On l'a construit avec maman dans la cuisine.

— Maman est très intelligente, déclara Deacon en levant les yeux vers Callie.

Puis, il suivit les garçons, *ses* garçons, dans la cuisine pour admirer leur œuvre.

Quelques minutes plus tard, debout contre le plan de travail près de Callie, il lui prit la main, lui caressa la joue et lui donna un autre baiser.

— Il faut que je te dise quelque chose.

— Quelque chose qui va me faire plaisir ?

— Je ne sais pas. Ça concerne l'argent et les Clarkson.

— Ça risque de ne pas me plaire.

Les garçons précipitaient de malheureux alligators en plastique au fond des douves de leur château.

— C'est Aaron et Beau. Ils tiennent à ce que nous soyons vraiment frères.

— Et c'est ce que tu veux, toi ? demanda-t-elle.

— Oui.

Oui, c'était ce qu'il voulait. Il était surpris de le vouloir à ce point.

— Dans ce cas, c'est merveilleux, dit-elle en enroulant ses bras autour de sa taille.

Mais Deacon tenait à ce que tout soit clair :

— Il y a autre chose. Ils veulent qu'on dirige Hale Harbor Port tous les trois. Ils ont bloqué la tentative de Tyrell de m'expulser de l'entreprise.

Elle eut un mouvement de recul.

— Et l'argent ?

— Il est à moi. À nous. Nous possédons les parts de Frederick. Et un jour, elles reviendront à James et à Ethan.

Il retint son souffle. Allait-elle se mettre en colère ? Elle n'avait pas l'air ravie, mais elle n'avait pas l'air fâchée non plus.

— Ça ne t'ennuie pas ? finit-il par demander. Que nous soyons riches et liés aux Clarkson ? Je te promets que tu ne dois pas t'inquiéter au sujet de Tyrell, de Margo ou de qui que ce soit d'autre. Ce sera à toi de dicter tes conditions avec eux.

— De toute façon, nous serons toujours liés aux Clarkson, dit Callie d'un ton résigné. C'est juste que pendant un moment, je l'ai oublié.

— Maintenant que mes frères et moi sommes ensemble contre lui, Tyrell ne martyrisera plus jamais personne.

— L'alligator a mangé la princesse ! cria James.

— Méchant gator, commenta Ethan.

— Tyrell ne me fait pas peur, dit Callie en se

blottissant contre lui. Plus jamais je ne me laisserai martyriser par des hommes agressifs.

— Bien.

— Je te les enverrai, dit-elle avec un rire léger.

— Parfait.

— Comme ça, tu pourras leur donner de l'argent.

— Aïe, fit-il.

— Je plaisante. Je sais très bien que tu sauras nous protéger.

— Oui. Toujours, répondit Deacon, en la serrant plus fort contre lui. J'ai une famille. Une merveilleuse famille. Et je vous aime tous tellement.

— Nous aussi, nous t'aimons, Deacon. Nous t'aimons tous les trois.

KATHERINE GARBERA

L’étau du passé

Traduction française de
ÉDOUARD DIAZ

Passions

HARLEQUIN

Titre original :
CRAVING HIS BEST FRIEND'S EX

- 1 -

Crissanne Moss se tenait devant lui, plantée sur le seuil de sa porte. En allant ouvrir, Ethan Caruthers était loin de s'imaginer qu'il la trouverait là. Elle était pâle et visiblement soucieuse. Elle portait sa sacoche de photographe en bandoulière, et une valise était posée à côté d'elle. Le taxi qui venait de la déposer repartait déjà.

Crissanne repoussa ses lunettes de soleil sur le sommet de sa tête, et la brise qui soufflait doucement en cette fin d'été fit voler une mèche de ses longs cheveux blonds et soyeux. Entrouvrant les lèvres, elle expira une bouffée d'air pour l'écarter de son visage. Comme à chaque fois qu'elle faisait ce geste habituel, Ethan dut déployer un effort considérable pour détourner le regard de sa bouche.

Avec la plupart des femmes, il parvenait très bien à rester détaché. Mais, depuis l'instant où son meilleur ami lui avait présenté sa compagne, Ethan menait un combat sans répit pour contrôler l'intense désir qu'elle faisait naître en lui.

Une attirance brûlante qu'il lui était totalement impossible de contrôler, même s'il avait le sentiment d'être déloyal envers Mason. Il avait désiré Crissanne au premier regard qu'il avait posé sur elle, et avait été tenté de…

Mais Crissanne vivait à Los Angeles avec son meilleur ami depuis presque trois ans.

— Bonjour, dit-il en s'écartant pour la laisser entrer avant de ramasser sa valise. Que fais-tu là ? Cole's Hill, au Texas, n'est pas précisément dans ton quartier.

— Je sais que tu ne m'attendais pas, répondit-elle. Et, lorsque tu sauras pourquoi je suis ici, je ne t'en voudrai pas si tu m'ordonnes de repartir sur-le-champ.

Crissanne s'exprimait avec ce charmant accent de la côte Ouest qu'Ethan avait toujours trouvé irrésistible. Comment aurait-il pu lui demander de s'en aller ?

— Je suis avocat, rappela-t-il. J'ai entendu toutes sortes d'histoires extravagantes au cours des années. Je doute que tu parviennes à me choquer.

Le doux sourire qu'elle lui adressa paraissait feint, mais elle s'approcha pour le serrer dans ses bras.

— Tu as toujours été le meilleur, Ethan. Pour être franche, je ne savais pas vers qui d'autre me tourner...

Intrigué, il reposa la valise contre le mur de l'entrée et alla refermer la porte avant de se tourner à nouveau vers Crissanne. Il était tenté de lui demander où était Mason, mais il lui semblait se souvenir que son ami devait partir au Pérou pour les prises de vues de son émission sur le thème de la survie dans la nature sauvage.

— Viens dans la cuisine, suggéra-t-il. Ma gouvernante a préparé du thé et des cookies aux pépites de chocolat avant de rentrer chez elle. Nous pourrons en déguster quelques-uns, et tu m'expliqueras pourquoi tu es ici.

Il lui fit signe de le précéder dans le couloir. C'était ce qu'aurait fait un gentleman mais en observant, fasciné, le doux balancement des hanches de Crissanne à chacun de ses pas, il sut que sa suggestion ne devait rien à la politesse. *Il la désirait*. Prenant une profonde inspiration, il s'efforça de se ressaisir.

Il avait rompu depuis quelque temps déjà avec une jeune femme de Midland qu'il voyait occasionnellement, ce qui signifiait qu'il traversait une période d'abstinence sexuelle un peu trop longue à son goût.

— Je vais aller chercher mon téléphone dans mon bureau, déclara-t-il. Goûte ces cookies, ils sont délicieux.

Il entra dans son cabinet de travail et demeura immobile un instant, les yeux fermés, s'efforçant de se remémorer tous les principes sacrés qu'on lui avait inculqués. Et notamment qu'on ne devait pas convoiter ce qui était à autrui. Puis il prit son smartphone sur la table de travail et ressortit, certain d'avoir retrouvé le contrôle de ses émotions.

C'est alors qu'il vit Crissanne, plantée devant les portes-fenêtres donnant accès à l'arrière de la maison, son front appuyé contre la vitre.

Elle avait l'air perdue.

Soudain, Ethan refoula ses pensées érotiques dans un recoin de sa conscience. Crissanne avait besoin de lui.

— Crissanne ?

Elle se retourna. Ôtant ses lunettes de soleil, elle les posa sur la table de la cuisine et fourra ses deux mains dans les poches arrière de son jean, ce qui eut pour effet de faire saillir ses seins sous l'ample blouse qu'elle portait.

Ethan se tétanisa.

— Mason et moi avons rompu, annonça-t-elle d'une voix qui tremblait un peu. Nous avons eu une très violente dispute, et il m'a dit que je pouvais rester dans son appartement de Los Angeles jusqu'à son retour du Pérou, mais je n'en ai pas eu la force. Je… J'avais besoin de prendre mes distances. Le problème, c'est que je n'ai pas de famille. Arrivée à l'aéroport, je me suis rendu compte que je ne savais pas où aller. Puis j'ai pensé à toi.

Mais Ethan ne l'entendait déjà plus. Il était resté bloqué sur sa première phrase : *Mason et moi avons rompu*.

Crissanne était libre.

Elle souffrait et elle se sentait seule. Ethan savait déjà qu'elle n'avait pas de famille. Elle avait grandi dans des centres d'accueil, et n'avait que quelques amis proches… qu'elle partageait pour la plupart avec Mason. Ils vivaient en couple depuis leur première année à l'université. Alors Ethan enfouit son désir au plus profond de lui-même, comme il l'avait toujours fait, et lui sourit.

— Il va sans dire que tu peux rester ici aussi longtemps que tu le souhaites, déclara-t-il, désireux de la mettre tout de suite à l'aise.

— Merci, murmura-t-elle. Je me rends compte que ma présence ici pourrait te placer dans une situation quelque peu embarrassante, mais je ne savais vraiment pas où aller.

Ethan fronça les sourcils. Bien sûr, la situation serait délicate à expliquer, lorsque Mason l'appellerait. Mais il n'était pas question de mettre Crissanne dehors. Il aurait pu se convaincre que l'éducation de son père avait fait de lui un gentleman – ce qui était vrai. Crissanne se trouvait dans une situation difficile et avait clairement besoin d'un soutien. Mais la vérité, c'était qu'il *désirait* qu'elle soit ici, et qu'il était prêt à tout supporter pour qu'elle reste sous son toit.

— Embarrassante ? se récria-t-il. Pas du tout ! Es-tu certaine qu'il s'agisse d'une rupture définitive ? Je sais que Mason est souvent de mauvaise humeur lorsqu'il s'apprête à partir en tournage.

Il voulait sincèrement la voir heureuse et, jusqu'à

aujourd'hui, il trouvait que Mason et elle formaient le couple idéal. En dépit du désir qu'il éprouvait pour elle, le bonheur de Crissanne passait avant tout. Mason était peut-être un peu obtus avec les femmes mais, les années passant, Ethan avait remarqué qu'ils semblaient assez bien assortis, tous les deux. C'était Mason qui avait encouragé Crissanne à créer son vlog de voyages, une activité qui lui avait apporté une certaine sécurité financière et une belle carrière.

— Oui, j'en suis consciente, répondit-elle. Lui et moi nous sommes beaucoup éloignés, ces derniers temps. Je sais qu'il est ton ami, alors je ne t'en dirai pas davantage à ce sujet, sinon que nous attendons des choses différentes de la vie.

Ethan garda le silence. Depuis quelque temps, il évitait le plus possible de fréquenter le couple : il lui était devenu trop difficile de se trouver en présence de Crissanne sans avoir envie d'elle.

— Souhaites-tu m'en parler ?

Elle secoua la tête et, ce faisant, fit glisser quelques longues mèches de cheveux sur son épaule.

— Pas maintenant, répondit-elle.

— Très bien, dit-il, la gorge serrée. Et si je te montrais ta chambre ? Tu pourrais faire un brin de toilette. Ensuite, je t'invite à dîner. Comme je n'avais pas demandé à ma gouvernante de préparer quoi que ce soit, nous irons au restaurant.

— C'est une merveilleuse idée, répondit-elle. Es-tu sûr que cela ne te dérange pas ?

— Absolument certain.

— Je commencerai dès demain à chercher un appartement, déclara-t-elle. Habiter à Los Angeles a toujours été le choix de Mason, et je pensais aller m'installer loin de la côte Ouest. J'avais le choix entre Chicago et ici, et, puisque je te connais… Mais je peux aussi aller m'installer dans un hôtel. D'ailleurs, c'est sûrement ce que j'aurais dû faire.

— Arrête, s'il te plaît, la coupa-t-il. Tu peux rester ici. Il n'y a aucune urgence à ce que tu te mettes à chercher un appartement. Cette maison est suffisamment grande pour nous deux.

Au demeurant, Mason allait encore rester à l'étranger durant plusieurs semaines. Ethan aurait tout le temps de décider de ce qu'il dirait à son meilleur ami lorsque celui-ci rentrerait au pays.

— Tu es vraiment le meilleur ami dont une femme puisse rêver, murmura-t-elle.

Ethan fit de son mieux pour se convaincre qu'il pouvait se contenter de son amitié, mais il savait déjà depuis longtemps qu'il se mentait à lui-même à ce sujet. Et la présence de Crissanne dans sa maison allait encore aggraver la situation.

Crissanne comptait sur cette réponse. Elle aurait menti en affirmant qu'elle n'avait pas remarqué qu'Ethan avait toujours eu un petit béguin pour elle, mais elle avait espéré qu'il lui offrirait l'hospitalité en toute amitié. Elle n'était pas le genre de personne à se lier facilement avec les gens. Surtout parce qu'elle n'avait jamais vraiment appris à faire confiance aux autres. La psychologue que sa dernière famille d'accueil l'avait envoyée consulter après son dix-huitième anniversaire lui avait prédit que cette attitude serait toujours un obstacle à son bonheur.

C'était peut-être cela qui avait fini par les séparer, Mason et elle. En tout cas, elle disait la vérité en avouant qu'elle n'avait nul autre endroit où aller. Elle avait appelé son amie Abby, qui vivait à San Francisco, mais celle-ci venait tout juste de se mettre en couple avec le nouvel homme de sa vie, et lui avait répondu qu'elle ne pouvait l'héberger.

Crissanne entretenait une excellente relation avec la responsable marketing d'une grande marque de bagages qui sponsorisait la plupart de ses vlogs, mais elle n'avait pas envie de l'appeler pour lui demander son aide. Elle avait besoin d'un ami, de quelqu'un qui ne la jugerait pas. Et Ethan correspondait exactement à cette description.

Mieux encore, Ethan était un homme très occupé. Avocat, il serait souvent au tribunal et elle aurait beaucoup de temps pour réfléchir tranquillement à la direction qu'allait prendre sa vie. Elle allait réussir. Parce que rester dans la maison qu'elle avait partagée avec Mason après cette horrible dispute était tout simplement inenvisageable. Les paroles d'amertume qu'ils avaient échangées l'avaient marquée à jamais.

Il fallait qu'elle parte, pour aller là où elle se sentirait acceptée. Or Ethan lui avait toujours fait sentir qu'elle était importante à ses yeux.

— Voici ta chambre, annonça Ethan en ouvrant la troisième porte dans le couloir du premier étage.

Elle demeura un moment plantée sur le seuil de la chambre la plus luxueuse qu'elle ait jamais vue. Elle n'était jamais venue chez Ethan : c'était toujours lui qui leur rendait visite sur la côte Ouest. Tout respirait l'influence espagnole dans cette maison, des carrelages de terre cuite du hall d'entrée à la grande arche majestueuse qui donnait accès au salon. Mais l'ambiance de cette chambre évoquait plutôt l'Ouest des pionniers. Le sol était recouvert d'un épais tapis, et Crissanne regretta de ne pas s'être déchaussée avant d'entrer, afin de sentir sa douceur sous ses pieds nus. Un immense lit à baldaquin tendu de voilages bleu nuit trônait au centre de la pièce. Des tables de chevet encadraient le lit et, dans un coin, deux confortables canapés de cuir étaient séparés par une table basse. Le tableau accroché au mur représentait un paysage du Hill Country, l'une des régions les plus spectaculaires du Texas.

— Cette chambre est fabuleuse ! s'exclama-t-elle.

— Je suis heureux qu'elle te plaise. Tu trouveras un bureau, dans l'alcôve là-bas, et juste derrière, un dressing et ta propre salle de bains. Si tu as besoin de quoi que ce soit d'autre, n'hésite pas à me le demander.

— Je ne prends pas beaucoup de place, tu verras. Je ne pense pas avoir besoin de quoi que ce soit d'autre.

— Sait-on jamais ? Je parie que dès que Mason aura atterri à Lima, il courra jusqu'au premier téléphone pour te demander pardon.

Elle en doutait fort. Mason avait détalé comme un lapin lorsqu'elle avait suggéré qu'ils devraient se marier et songer à fonder une famille. Comme leur vie commune se réduisait à de brèves retrouvailles dans les aéroports et à des nuits passées dans l'une des nombreuses résidences que Mason possédait partout dans le monde, elle s'était attendue à ce qu'il lui fasse quelques objections. Mais son refus brutal l'avait blessée.

Au cours de cette dernière conversation, il lui avait annoncé qu'il n'avait aucune intention d'avoir des enfants. Or… Cela changeait tout pour elle. Elle avait toujours rêvé d'avoir une famille à elle, après l'enfance misérable et solitaire qu'elle avait connue.

— Je ne compterais pas trop là-dessus, répondit-elle.

— En tout cas, comme je te le disais, tu es la bienvenue ici, déclara Ethan. Prends tout ton temps pour t'installer. Je serai dans mon cabinet de travail. Je dois plaider devant le tribunal, demain matin, et j'ai besoin de revoir mes notes.

— Nous ne sommes pas obligés de dîner ensemble, si cela t'arrange.

— Bien sûr que si, répondit-il avec ce sourire en coin qui lui donnait un charme fou. J'avais prévu de dîner dehors, de toute façon. Et papa me ficherait une raclée s'il apprenait que je t'ai obligée à dîner d'un bol de céréales après que tu as traversé la moitié du pays pour venir me voir.

— Comment va-t-il ?

— Pas trop mal, répondit-il en haussant les épaules. Il est à la retraite, mais cela ne signifie rien pour lui. Il fourre continuellement son nez dans toutes les opérations du ranch, ce qui rend Nate complètement dingue.

Ethan faisait partie d'une fratrie de quatre garçons. Nate, l'aîné, avait repris la direction du ranch familial Rockin' C, et était également le P-DG d'une société d'exploitation pétrolière et de droits miniers. Un autre de leurs frères, Hunter, un ancien footballeur de la ligue nationale, avait récemment été blanchi dans un scandale remontant à ses années d'université. Enfin il y avait Derek, qui était chirurgien à l'hôpital de Cole's Hill.

Ethan était beaucoup trop sexy pour un avocat, et Crissanne n'avait pas honte de le penser. D'épais cheveux blonds retombaient en boucles sur son front, quels que soient les efforts qu'il déployait pour les coiffer en arrière. Sa chemise taillée sur mesure mettait en valeur ses bras musclés et son ventre plat.

— Et toi ? s'enquit-elle pour s'empêcher de le dévorer des yeux. Ton père te stresse-t-il ?

— Quelquefois, oui, reconnut Ethan. Heureusement, la fille de Nate, Penny, concentre maintenant une grande partie de son attention. L'arrivée d'une petite-fille a eu un effet apaisant sur lui. Au fait, je ne suis pas seul dans cette maison. Outre ma gouvernante, j'emploie aussi un homme à tout faire. Il s'appelle Bart et il vit ici, lui aussi. Il s'occupe de la maison, de la piscine et du jardin.

— As-tu vraiment besoin de deux employés pour tenir ta maison ? s'étonna-t-elle.

— Probablement pas, mais je suis souvent absent. De plus, Bart avait besoin d'un emploi et personne n'acceptait de l'embaucher parce qu'il a un casier judiciaire. Mme Yarnall travaillait pour mes parents mais, depuis qu'ils ont emménagé dans la petite maison, ils n'ont plus besoin d'elle. Elle ne prendra sa retraite que d'ici cinq à six ans et, entre-temps, elle m'aide beaucoup ici.

— N'étais-tu pas inquiet à l'idée d'engager Bart ?

— Pas du tout. Bart est un type bien qui a grandi entouré des mauvaises personnes. Et je l'ai vu changer de jour en jour depuis qu'il a été libéré sur parole.

Ethan était adorable. Il se préoccupait des autres. Il s'intéressait à ses interlocuteurs sans prêter attention aux détails secondaires, tels que le milieu familial, le CV ou l'âge. Pour lui, tout être humain avait une place dans la vie.

Crissanne était venue ici en sachant qu'il avait un petit faible pour elle, mais elle doutait que cet intérêt dépasse la simple curiosité. Ethan était loyal, et Mason était son meilleur ami. Même s'il la désirait, il ne le lui avouerait jamais.

Mais, bien sûr, il était possible qu'il ne l'ait désirée que parce qu'elle représentait le fruit défendu. Cette idée l'attristait, car elle souhaitait ardemment qu'Ethan soit l'homme parfait qu'il avait toujours été dans son imagination.

Il fit quelques pas vers la porte, puis elle le vit hésiter.

— La terrasse offre une jolie vue sur la piscine et les jardins, observa-t-il. Elle relie toutes les chambres.

— Où est la tienne ? s'enquit-elle.

— Deux portes plus loin.

Et, là-dessus, il sortit, refermant la porte derrière lui.

Crissanne resta seule dans cette jolie chambre, faisant de son mieux pour ne pas se sentir perdue. Elle n'avait pas éprouvé ce sentiment depuis très longtemps mais, tout à coup, les souvenirs de son enfance resurgissaient : les familles d'accueil successives, la sensation d'être une naufragée à la dérive, ignorant où le flot allait l'emporter.

Désormais, voilà qu'elle se retrouvait de nouveau seule. Avec Mason, elle s'était habituée à faire partie d'une famille, mais elle savait aujourd'hui que tout cela n'était qu'illusion. Mason se satisfaisait du côté informel de leur relation, alors qu'elle-même avait eu la faiblesse de se convaincre qu'un lien plus étroit les rapprochait. En tout cas, elle avait retenu la leçon et ne commettrait jamais plus la même erreur.

Ethan entra dans son bureau, le front barré d'un pli songeur, et, refermant la porte derrière lui, s'adossa au vantail. Ses frères se rangeaient les uns après les autres, mettant de l'ordre dans leurs vies. Mais lui, qu'avait-il dans la sienne qui compte vraiment ? Son travail, certes. La carrière qu'il adorait et à laquelle il n'accepterait jamais de renoncer. Et puis il y avait aussi une femme qui le considérait comme un simple ami.

Hélas.

Il s'avança jusqu'à sa table de travail et, s'affalant sur le confortable fauteuil de cuir que sa mère l'avait aidé à choisir, il posa le regard sur une photo de ses frères et lui au mariage de Nate. Vue de l'extérieur, sa vie pouvait paraître idéale, parfaite, mais il connaissait ses faiblesses. Il savait qu'ignorer ce qu'il ressentait pour

Crissanne n'était pas la solution : il devait faire face, gérer la situation avec lucidité et passer à autre chose.

Il avait envoyé un SMS à Bart pour l'informer que Crissanne était son invitée, et il se demanda s'ils avaient déjà fait connaissance. Se relevant aussitôt, il se dirigea vers la cuisine, depuis laquelle s'échappait de la musique. Il n'était pas dans les habitudes de Bart de travailler ainsi, mais il avait peut-être succombé au charme de Crissanne, lui aussi. Il y avait quelque chose chez elle, une tristesse dans ses yeux, qui avait toujours éveillé en Ethan une irrésistible envie de lui redonner le sourire.

Mais Bart n'était pas dans la cuisine. C'était Crissanne qui chantait à l'unisson avec Jack Johnson tout en tapotant le clavier de son ordinateur portable. Elle lui tournait le dos, et il l'observa pendant un moment.

Il s'efforça de se convaincre que c'était la douceur de la jeune femme qui le charmait, et qu'il n'y avait absolument rien d'érotique dans cette scène. Pourtant, Crissanne était l'image même de la tentation. Il décida aussitôt que l'unique solution consistait à penser à elle comme à l'une de ses belles-sœurs.

Elle leva les yeux de son ordinateur et tourna la tête. Lorsqu'elle le vit planté sur le seuil, elle se tut instantanément.

— Désolée, s'excusa-t-elle. Je crois que je me suis laissée aller à chanter tout haut.

— C'est vrai, dit-il. Et j'ai adoré.

— Ah bon ?

— Tu chantes beaucoup mieux que Hunter, déclara-t-il, faisant référence à son jeune frère. Ce garçon a beaucoup de talents, mais le chant n'en fait pas partie.

— Ta famille semble tellement…

— Grande et ennuyeuse ? suggéra-t-il.

— Ils ont l'air gentil. Moi, je n'ai ni frère ni sœur.

— Il leur arrive d'être très pénibles, remarqua Ethan en s'adossant au plan de travail. Je ne compte pas le nombre de fois où j'ai souhaité être enfant unique.

— Mais ce n'est plus le cas aujourd'hui, n'est-ce pas ?

Ethan secoua la tête. Il était heureux d'avoir ses frères, et d'entretenir une telle proximité avec sa famille.

— Je me suis dit que tu pourrais profiter de ton séjour ici pour faire de Cole's Hill le sujet d'une de ces vidéos de voyage qui sont ta spécialité, remarqua-t-il. Tu as sans doute envie de t'occuper. Je me souviens très bien de ce que je ressentais, autrefois, lorsque mes relations se terminaient.

— Vraiment ? fit-elle, étonnée. Je pensais que tu étais l'homme des aventures d'une nuit.

— Je devine qui t'a raconté cela. C'était l'expression favorite de Mason. Mais j'ai aussi vécu quelques relations qui ont duré plus longtemps.

— Je me demande vraiment pourquoi tu ne t'es jamais engagé sur le long terme, le taquina-t-elle. J'ai bien envie de creuser le sujet. Mais, bien sûr, ce serait indiscret de ma part.

— Oui, assura-t-il. Extrêmement indiscret.

Si elle s'entêtait à passer sa vie au microscope, il allait devoir inventer une histoire, songea Ethan, car elle ne tarderait pas à comprendre qu'elle était justement la raison pour laquelle il n'avait jamais pu s'engager sérieusement avec une autre femme. Crissanne l'obsédait.

Elle lui adressa un de ces sourires qui le laissaient ébloui, puis fit le tour de l'îlot central pour le serrer dans ses bras. D'abord paralysé d'émotion, Ethan se détendit peu à peu et lui rendit son étreinte, pleinement conscient qu'il commettait une erreur. Fermant les yeux, il s'autorisa à respirer la fragrance florale de sa chevelure, puis s'obligea à reculer d'un pas.

— Je te permets de conserver tous tes secrets pour le moment, déclara-t-elle.

— Dois-je te remercier ?

— Oui, dit-elle. Tu peux.

— Prête à sortir dîner ?

— Laisse-moi prendre mon sac et mon téléphone.

Elle sortit de la pièce et, une nouvelle fois, il la suivit des yeux, conscient qu'il se mentait à lui-même en prétendant être son ami. Il connaissait ses points faibles, et Crissanne lui apparaissait comme l'exemple même d'une dangereuse vulnérabilité. Jamais il ne pourrait poser les yeux sur elle sans désirer davantage, sans avoir envie de sentir ses lèvres sous les siennes, et son corps brûlant étroitement uni au sien, nuit après nuit.

- 2 -

Le Peace Creek Steak House était un petit restaurant situé près du centre-ville de Cole's Hill. Lorsque Ethan était enfant, sa famille réservait la cave à vins à l'arrière de l'établissement pour célébrer les grandes occasions. Alors que Crissanne et lui attendaient près du bar qu'une hôtesse les accompagne à leur table, il se souvint de toutes ces fois où il avait emprunté de l'argent à Babs, l'une des employées de maison de ses parents, pour acheter des bonbons à la menthe au distributeur situé près de la porte du restaurant. Ses frères et lui se bousculaient pour y arriver le premier.

C'est dès cette époque-là qu'Ethan avait appris à faire valoir ses droits avec des mots, et non avec ses poings. De toute façon, il n'aurait jamais pu battre Nate, qui le dépassait d'une demi-tête.

— À quoi penses-tu ? s'enquit Crissanne.

— Mes frères et moi nous battions pour arriver le premier à ce distributeur de friandises, expliqua-t-il.

— L'idée que tu aies vécu toute ta vie au même endroit me paraît vraiment étrange, murmura-t-elle. Je suis sûre que partout où tu vas en ville, tu retrouves de vieux souvenirs.

— C'est vrai. N'y a-t-il aucun lieu où tu aimerais retourner ?

— Je ne sais pas trop, répondit-elle. Le premier

foyer où j'ai vécu étant enfant a été démoli il y a quelques années. J'ai passé mon adolescence chez une famille dans le nord de la Californie, mais je ne me suis jamais vraiment sentie chez moi parmi ces gens. Je crois que je me sens plus à l'aise lorsque je me concentre sur l'avenir.

Ethan faillit poser la main sur l'épaule de Crissanne mais y renonça, laissant retomber son bras. Dès qu'il se trouvait à proximité de la jeune femme, l'atmosphère se chargeait de désir. Lorsque Mason était un obstacle absolu, il s'était parfois permis quelques contacts amicaux, mais cela lui semblait bien plus dangereux aujourd'hui. Il devait rester prudent.

Crissanne représentait toujours le fruit défendu.

Même s'il avait de plus en plus de mal à s'en convaincre.

— C'est une excellente attitude à adopter, répondit-il d'un ton approbateur. On ne peut pas changer le passé.

Crissanne s'éloigna de quelques pas pour examiner les affiches sur le mur tandis qu'il donnait leur nom à l'hôtesse, qui était la fille de l'un de ses cousins. Il échangea quelques plaisanteries avec elle et elle lui promit de leur réserver la première table qui se libérerait.

Ethan n'avait jamais prêté une grande attention aux affiches encadrées qu'observait Crissanne. Celles-ci représentaient toutes des cow-boys, et dataient d'une bonne trentaine d'années. Il le savait, car l'une d'elles était une photo de son père peu après qu'il avait hérité le ranch, posant devant son vieux pick-up arborant le logo du Rockin' C. Son père avait fait du domaine l'un des ranchs les plus grands et les plus prospères de la région. La société familiale était propriétaire de droits miniers qui avaient assuré une grande partie de leur fortune, mais Winston Caruthers avait fait de l'élevage de bétail une entreprise aussi profitable que le reste.

— J'adore le mélange d'assurance et de bravade qu'on décèle dans les yeux de cet homme, remarqua Crissanne lorsque Ethan la rejoignit.

— C'est mon père, expliqua-t-il. Une de ses devises favorites était : « Celui qui hésite est perdu. » Il menait toujours ses projets jusqu'au bout.

— Tu as hérité de ce trait de caractère, observa-t-elle en se tournant vers lui. Tu n'hésites jamais, n'est-ce pas ?

Il n'avait hésité qu'une seule fois, et il le regrettait encore.

Le jour où Mason et lui avaient rencontré Crissanne et qu'il était resté là à se demander s'il devait lui demander de sortir avec lui. Entre-temps, Mason, toujours prêt à prendre des risques, s'était avancé vers elle, et c'était lui qui avait obtenu un rendez-vous.

— J'ai mes hauts et mes bas, répondit-il en soupirant.

— Il me semble que les hauts prédominent largement, remarqua-t-elle. Tu mènes une brillante carrière.

— C'est assez vrai. Mais je n'aime pas plastronner.

Elle lui asséna une tape amicale sur l'épaule et ce contact provoqua une sorte de décharge électrique dans tout son corps. Décidément, Crissanne l'envoûtait.

Il se considérait comme un homme calme et pondéré, mais Crissanne mettait à mal toutes ses défenses. Ce qui le contrariait beaucoup.

S'il avait tiré une leçon de ses trente années d'existence sur Terre, c'était qu'il réussissait toujours mieux lorsqu'il s'imposait certaines limites.

Une longue mèche de cheveux glissa sur la joue de la jeune femme, et il tendit la main pour la repousser derrière son oreille. Il vit ses lèvres s'entrouvrir et, notant qu'elle cessait de respirer, il ne put s'empêcher de laisser glisser son doigt le long de son joli cou. Elle avait une peau très douce.

Mais, très vite, il laissa retomber sa main.

— Ethan…

— Oui ?

— Monsieur Caruthers ? les interrompit l'hôtesse. Votre table est prête.

Crissanne le contourna pour suivre l'hôtesse dans la salle.

L'ambiance avait changé, entre eux, songea Ethan. Et c'était à cause de lui. Il avait fait de son mieux pour afficher un air détendu en posant la main sur elle, mais il lui était difficile de continuer à dissimuler ses sentiments. Et plus encore depuis que Mason ne faisait plus partie du tableau.

S'il savait qu'un vrai gentleman aurait fait preuve de retenue dans une telle situation, l'égoïste en lui considérait seulement que la femme qu'il avait toujours désirée marchait devant lui vers une table servie pour deux, balançant doucement ses hanches à chaque pas.

Mais ils étaient amis.

Cela, au moins, était vrai. Il songea à son frère Derek et à Bianca, qui avaient réussi, contre toute attente, à transformer leur amitié en amour. Entre Crissanne et lui, la situation était différente. Mason avait toujours fait partie de l'équation. Et il aurait été absurde de penser qu'il n'allait pas réapparaître un jour prochain pour la lui reprendre.

C'était ce qu'Ethan aurait fait à sa place.

Cela signifiait que, ce soir, Crissanne et lui seraient deux vieux amis qui se retrouvaient pour échanger les derniers potins.

Rien de plus.

***

Alors qu'ils sortaient du restaurant, Crissanne resta en retrait tandis qu'Ethan s'arrêtait pour bavarder avec l'une des innombrables personnes qu'il connaissait à Cole's Hill. Il était visiblement très populaire, en ville.

Cette petite communauté rurale au centre historique charmant était en pleine croissance. D'ailleurs, l'interlocuteur d'Ethan lui parlait d'un nouveau lotissement en construction au sud de la ville.

Son appareil photo lui manquait en cet instant, songea Crissanne. Il lui arrivait d'utiliser celui de son smartphone, mais elle préférait capturer ses sujets à travers l'œil de son objectif. Elle aurait peut-être alors mieux compris l'attirance qu'elle éprouvait subitement pour Ethan. Mais elle en doutait.

La vitrine éclairée du plus grand magasin de la ville projetait des ombres sur son visage énergique, soulignant sa beauté. N'y tenant plus, elle sortit son smartphone et alluma l'appli photo.

Oubliant tout le reste, elle chercha le bon angle pour un premier portrait, puis, réglant son zoom, elle agrandit l'image sur l'écran. Elle repéra une cicatrice qu'elle n'avait jamais remarquée auparavant sur son sourcil gauche.

Ethan parlait avec l'homme d'un ton animé, lui accordant toute son attention. C'était un trait de caractère qu'elle adorait chez lui : il écoutait réellement les gens. Elle prit quelques clichés et, lorsqu'elle se déplaça pour changer d'angle, elle bouscula quelqu'un.

— Désolée.

Lorsqu'elle releva les yeux, elle découvrit un cow-boy devant elle. Pas un cow-boy de cinéma comme on en croisait parfois à Los Angeles : un vrai de vrai. Il avait une crinière de cheveux bruns striés de gris, des rides au coin des yeux, certainement causées par le soleil, et une peau tannée au grand air. Il n'était plus tout jeune, mais la maturité lui allait bien. Quelque chose dans ce visage rude lui paraissait étrangement familier. Elle savait qu'il aurait été grossier de le photographier, mais ce visage racontait une histoire.

— Il n'y a pas de mal, répondit l'inconnu. Mais je suis sûr que vous trouverez facilement un plus joli sujet à photographier.

— Plus joli que qui ? s'enquit Crissanne.

— Plus joli que ce requin-là, précisa le cow-boy. Parce que ce gars est toujours prêt à vous prouver qu'il a raison. C'est normal, il est avocat.

— Je le sais, répondit-elle. Il est le champion des arguments sans fin sur n'importe quel sujet.

— Ce garçon a toujours été plus têtu qu'une mule, convint le cow-boy.

— Seule une personne connaissant très bien Ethan pourrait affirmer cela, remarqua-t-elle. Qui êtes-vous ?

— Salut, papa, dit Ethan en venant les rejoindre au même instant.

Il se tourna vers Crissanne, avant d'ajouter :

— Je t'avais bien dit que ma famille pouvait être envahissante.

— Je suis Winston Caruthers, se présenta le cow-boy en lui tendant une main calleuse. Mais vous pouvez m'appeler Pa – c'est ce que tout le monde fait.

Crissanne savait que c'était une suggestion sans conséquence, que le père d'Ethan répétait probablement une douzaine de fois par jour, mais elle n'avait jamais eu de figure paternelle dans sa vie. Aucun homme ne lui avait jamais proposé de l'appeler «Pa» comme s'il avait été son père. Pour elle, cela comptait beaucoup. Peut-être même un peu trop.

— Merci, répondit-elle, serrant sa main offerte. Je suis Crissanne Moss.

— Ravi de faire votre connaissance, Crissanne.

Ethan, tu vas devoir ramener ta petite amie à la maison un soir prochain pour la présenter à Ma.

— Euh… Pa ? l'interrompit Ethan. Nous ne sommes pas un couple. Mason et Crissanne sont…

— *Étaient*, corrigea Crissanne, reprenant le contrôle de la situation. Mason et moi avons rompu, et je suis ici pour travailler. Ethan m'a gentiment proposé de m'installer chez lui durant quelques jours. Nous étions amis à l'université.

— Ma sera tout de même contente de la rencontrer, insista Winston Caruthers d'un ton ferme.

— Oui, bien sûr, marmonna Ethan sans enthousiasme.

— Comme je vous le disais, Pa – pourquoi éprouvait-elle un tel plaisir à dire ce mot ? – je suis venue pour travailler mais, si mon emploi du temps le permet, nous essaierons de venir.

Winston acquiesça, puis il se recoiffa de son stetson.

— Alors à samedi, Ethan.

— À samedi, Pa.

Le père d'Ethan salua Crissanne d'un hochement de tête, puis s'éloigna sur le trottoir.

— Il me prend encore pour un adolescent, observa Ethan.

— Je trouve cela très gentil, répondit-elle.

— Gentil ? répéta-t-il, étonné. Pa est un horrible grincheux. Tout le monde le dit.

— Disent-ils aussi que tu es exactement comme lui ? remarqua Crissanne.

— Oui, c'est vrai, convint Ethan en riant. Mais cela ne signifie pas qu'ils aient raison.

Après quelques secondes de silence, il reprit :

— As-tu pu faire de bonnes photos de la ville ?

Crissanne se sentit rougir, Elle était presque certaine qu'Ethan avait été le seul sujet de toutes ses photos.

— Oui, je crois. J'ai fait des plans de la rue et des gens qui s'y trouvaient.

— Très bien.

Ils se remirent à marcher en silence pour regagner la Ferrari d'Ethan, qu'il avait garée tout au bout du quartier historique, derrière le Grand Hôtel. Crissanne songea que cette ville était vraiment jolie, et que la famille d'Ethan était merveilleuse. Pourtant, elle devait absolument garder le contrôle de ses émotions. Cole's Hill n'était qu'une étape. Une halte qui lui permettrait de respirer et de réfléchir à la nouvelle direction qu'allait prendre sa vie.

Elle ne pouvait pas s'attacher à la ville, ou aux Caruthers. Or, ce risque était réel. Ethan ne lui avait jamais été indifférent, mais, ici, loin de Los Angeles, elle le voyait réellement tel qu'il était.

Elle aurait aimé pouvoir dire qu'elle se détournerait de lui, mais c'était tout le contraire. Connaître sa ville et sa famille l'aidait à mieux le comprendre, ce qui était dangereux. Elle devait se tenir sur ses gardes et résister à l'attirance brûlante qu'elle éprouvait pour lui.

Ethan était dans son lit depuis deux bonnes heures, à écouter le vent qui soufflait au-dehors. Les branches des arbres fouettaient sa fenêtre, et il se promit de les tailler bientôt. Mais ce n'était pas cela qui l'empêchait de dormir.

Crissanne était chez lui, endormie dans la chambre d'amis au bout du couloir. Elle n'avait jamais passé la nuit sous son toit. Peu de temps auparavant, cela n'aurait pas été important. Mais, cette nuit, c'était une véritable torture.

Il s'était répété mille fois qu'elle n'était qu'une amie.

Et qu'il la considérerait comme étant la petite

amie de Mason jusqu'à ce que son ami l'ait informé du contraire.

Bien entendu, ces arguments ne faisaient qu'aiguiser son désir. Durant toute la soirée, il avait eu l'impression d'être à l'étroit dans sa propre peau, à l'exception des rares occasions où Crissanne lui avait souri. À ces moments-là, il oubliait qu'elle ne pouvait pas être à lui. Mais Crissanne était venue chercher son amitié, et il ne la décevrait pas.

Il se retourna dans le lit trop grand et trop vide, fermant les yeux. Il aurait pu jurer que le vent venait de porter jusqu'à ses narines une bouffée du parfum de la jeune femme.

La porte de la terrasse était restée entrouverte. Il se leva et, lorsqu'il alla jeter un coup d'œil dehors, il vit une ombre accoudée à la balustrade.

Crissanne.

Il retourna enfiler un jean, puis se recoiffa hâtivement avec ses doigts avant de sortir sur la terrasse.

— Tu n'arrives pas à dormir, toi non plus ? s'enquit-il tout bas pour ne pas la faire sursauter.

— Non, acquiesça-t-elle en se tournant vers lui. Trop de choses se bousculent dans mon esprit.

Elle portait une chemise de nuit diaphane sans manches qui ne couvrait pas tout à fait ses genoux. C'était une nuit de pleine lune et, dans cette lumière argentée, elle avait l'air d'une créature venue d'un autre monde. Un monde très lointain. Comme si elle n'était pas à sa place, ici.

Ethan réprima un soupir.

— T'ai-je réveillé ? s'enquit-elle, s'adossant à la balustrade, ses longs cheveux agités par la brise.

— Non.

— Tant mieux, dit-elle, repoussant une mèche derrière

son oreille. Pourquoi n'arrives-tu pas à dormir ? Un brin de conversation t'y aidera peut-être.

Il aurait pu lui expliquer qu'il ne cessait de penser à sa bouche, et qu'il se demandait quel goût auraient ses baisers, mais il doutait fort que cette réponse aide l'un ou l'autre à trouver le sommeil. Il commençait à avoir trop chaud, et sa peau le picotait. Il la désirait à en mourir, il ne pouvait plus le nier.

Mais la femme qui se tenait devant lui était Crissanne. Pas une inconnue. Pas une fille qu'il pouvait ramener chez lui sans conséquences et quitter en souriant le lendemain matin.

Dans la lueur de la pleine lune, cette ample chemise de nuit qui dissimulait les formes de Crissanne faisait flamber l'imagination d'Ethan. Il brûlait d'en remonter l'ourlet et…

— Ethan ?

— Heu… Oui ?

— As-tu envie que nous en parlions ?

— Non. Et toi ?

— Moi non plus, reconnut-elle.

— Que dirais-tu de boire un verre ? suggéra-t-il en se dirigeant vers le bar, au fond de la terrasse.

— Aurais-tu l'intention de m'enivrer ?

— Moi ? Voyons, je suis un gentleman !

— Si tu le dis…

Elle s'approcha de l'un des confortables fauteuils de jardin groupés autour du barbecue et, jetant sur ses épaules le plaid accroché sur son dossier, elle s'y installa tandis qu'il cherchait parmi les bouteilles celle qu'il savait être sa marque de tequila préférée. Il découpa ensuite des citrons verts et posa une salière ainsi que deux petits verres à fond épais sur le plateau d'argent.

— As-tu froid ? s'enquit-il en déposant celui-ci sur la table. Je pourrais allumer un feu.

— Ce plaid me suffit, assura-t-elle, remplissant leurs deux verres. Cul sec ?

— À toi l'honneur.

— Toujours cette attitude de gentleman, n'est-ce pas ? remarqua-t-elle en riant.

Il adorait son rire. Il se rappelait parfaitement la première fois qu'il l'avait entendu, des années auparavant. Crissanne était assise sur le bras du fauteuil de Mason lorsque quelqu'un avait lancé une plaisanterie. Elle avait éclaté de rire, un son clair et joyeux dont le souvenir le faisait encore sourire des années plus tard, et qui avait quelquefois été son unique lumière dans le brouillard dans lequel il s'était enfoncé depuis.

Leurs regards plongèrent l'un dans l'autre lorsqu'il lécha le sel sur le dos de sa main. Puis il avala le petit verre d'un trait et mordit dans sa tranche de citron vert sans la quitter des yeux, laissant le goût acidulé du jus envahir sa bouche.

Tendant une main vers lui, Crissanne essuya sa lèvre inférieure avec son pouce, le faisant frissonner de la tête aux pieds, puis elle porta posément son pouce à sa bouche et le lécha du bout de sa petite langue rose.

Finalement, se dit Ethan, ce petit tête-à-tête nocturne allait peut-être se révéler être une très mauvaise idée.

- 3 -

C'était le mois d'août au Texas et, même à cette heure tardive de la nuit, il faisait très chaud. C'était, en tout cas, l'excuse que Crissanne avait choisie pour expliquer l'étrange chaleur qui avait envahi son corps. Un phénomène qui, naturellement, ne devait rien au fait qu'Ethan était assis en face d'elle vêtu d'un jean tombant très bas sur ses hanches, et de rien d'autre. Il était torse nu, et beaucoup plus musclé qu'elle ne l'avait supposé.

Après tout, il était avocat, et il devait sûrement passer plus de temps à son cabinet que dans les salles de sport. À vrai dire, il n'avait pas un corps d'haltérophile… mais il était tout simplement magnifique. Il avait le ventre plat, mais sans abdominaux saillants. Certaines femmes auraient déclaré avoir connu des hommes plus sexy mais, assise ici au clair de lune, avec un goût de citron vert sur la langue, Crissanne savait qu'elles se trompaient.

— Un autre ? suggéra-t-il, saisissant la bouteille de tequila.

Son premier verre avait déjà quelque peu émoussé son jugement, et elle savait qu'elle aurait dû lui souhaiter une bonne nuit et retourner se coucher.

Au lieu de cela, elle lui permit de la servir à nouveau. Leurs regards se rencontrèrent lorsqu'elle lécha le sel au dos de sa main, et elle nota que les pupilles d'Ethan s'étaient dilatées. Elle avala son verre d'un trait et mordit le citron vert sans cesser de le regarder.

Lorsqu'elle reposa l'écorce sur le plateau, Ethan quitta son fauteuil pour aller jusqu'à la balustrade. Les mains crispées sur le fer forgé, il resta là, le regard perdu dans le lointain. De dos, il était tout aussi magnifique et elle sentit une nouvelle vague de désir monter en elle.

Soudain, toutes les raisons qu'elle avait cru avoir pour venir ici s'envolèrent dans la brise nocturne. Elle observa Ethan un instant, devina le conflit qui faisait rage en lui, et sut instinctivement qu'il était temps de regagner sa chambre.

Mais, au lieu de cela, elle se leva à son tour et alla le rejoindre. Lui enlaçant la taille de ses deux bras, elle posa sa tête contre son large dos, juste entre ses omoplates. Elle sentit qu'il se tétanisait une seconde, avant de se détendre.

— C'est une mauvaise idée, murmura-t-il d'une voix grave, à peine audible.

Elle laissa glisser ses mains sur la peau douce de son torse et, tout en sachant qu'il avait raison, posa à nouveau sa tête contre son dos musclé. Car elle se sentait seule depuis de longs mois déjà. Même si elle venait tout juste de rompre avec Mason, cela faisait bien longtemps qu'ils s'étaient éloignés l'un de l'autre. Au cours des six derniers mois, elle avait à peine passé quelques heures avec lui et, dans un recoin de sa conscience, elle savait déjà que le temps était venu de reprendre sa liberté.

Mais elle n'avait pas envie d'y penser. Comment pouvait-elle si facilement refouler sa douleur et sa déception ? Elle avait pensé – ou plutôt espéré – avoir laissé tout cela derrière elle, dans les brumes de son douloureux passé. Elle aurait tant aimé que la petite fille qui n'avait jamais réussi à établir de liens affectifs avec les familles d'accueil dans lesquelles elle avait été placée soit devenue une femme capable de s'attacher réellement à un homme.

Mais elle s'était trompée, et cette idée lui était insupportable.

— Aucune importance, répondit-elle. Il y a quelque chose entre nous, je le sens.

— Oui, répondit tristement Ethan en se dégageant de son étreinte avant de s'écarter d'elle. C'est Mason.

— Ce n'est pas du tout ce que je voulais dire, se défendit-elle. Je t'ai toujours considéré comme un modèle de franchise, mais je suppose que tu es prêt à dire n'importe quoi pour avoir le dernier mot.

— Ne fais pas cela, s'il te plaît, la supplia-t-il.

— Faire quoi ?

Il revint vers elle et posa brièvement les mains sur ses épaules.

— Ne rends pas cette situation impossible, murmura-t-il.

— Elle l'est déjà, observa-t-elle. Mais peut-être suis-je la seule à éprouver ce sentiment.

— Tu sais parfaitement que ce n'est pas vrai.

Il se rapprocha encore et, posant cette fois les mains sur sa taille, il l'attira à lui. Elle sentit alors la chaleur de son corps l'envelopper comme une onde bienfaisante.

Alors qu'elle se cramponnait à ses puissants biceps, il inclina la tête. Leurs regards se rencontrèrent, et Crissanne vit leur histoire tout entière défiler dans ses yeux. Les innombrables occasions où Ethan et elle étaient restés ensemble, assis dans un coin à bavarder paisiblement pendant que Mason amusait leurs amis avec le récit de ses exploits.

Elle savait que ce qui était en train de se produire entre eux était très soudain, et elle craignait qu'Ethan ne recule à la dernière seconde. Qu'il laisse son amitié pour Mason l'empêcher de l'embrasser.

Alors, c'est elle qui prit l'initiative de ce baiser.

Les lèvres d'Ethan étaient tièdes et fermes, et, lorsqu'elles s'entrouvrirent, Crissanne sentit le goût de la tequila et du citron vert sur sa langue. Une sensation délicieuse. Un baiser parfait. Elle se blottit dans son étreinte, et Ethan s'adossa à la balustrade de la terrasse, leurs corps l'un tout contre l'autre.

Elle sentait distinctement l'érection d'Ethan presser contre son pubis, son torse dur contre ses seins. Seule la mince barrière de sa chemise de nuit l'empêchait de sentir sa peau contre la sienne. Les grandes mains de son hôte descendirent sur ses hanches, et il la serra plus fort contre lui, étouffant un gémissement.

Lorsqu'elle leva de nouveau ses yeux vers les siens, elle s'aperçut qu'il la contemplait fixement, sans qu'elle puisse réellement nommer l'émotion qu'elle voyait briller dans ce regard. Mais ce qu'elle y lisait fit naître au plus profond d'elle-même un sentiment qui allait bien au-delà du simple désir physique.

Elle commença à s'écarter, consciente que ce qu'elle désirait était dangereux et imprévisible, mais il glissa les doigts dans ses cheveux et, l'attirant à lui, s'empara une nouvelle fois de ses lèvres.

La chevelure de Crissanne était incroyablement douce, pensa Ethan. Elle avait les yeux mi-clos, et ses lèvres étaient encore gonflées à la suite de leur dernier baiser. Lorsque leurs regards se croisèrent, il songea à toutes les bonnes raisons qu'il aurait eues de s'éloigner d'elle. Mais il la désirait.

Et il avait trop longtemps nié ce désir. C'était facile lorsqu'elle vivait avec Mason mais, à cet instant précis, elle se trouvait ici, sur sa terrasse, son corps tout contre le sien, et il ne désirait plus rien d'autre que de suivre son instinct… Lequel lui criait de la soulever dans ses bras et de l'emporter jusque dans sa chambre.

— Es-tu certaine de ce que tu fais ? murmura-t-il.

Il se sentait obligé de lui poser la question. Car, pour lui, Crissanne signifiait bien davantage qu'une simple aventure.

Peu importait qu'elle soit d'un autre avis. Elle désirait peut-être seulement passer une nuit avec lui pour oublier Mason, ou le rendre jaloux. Mais elle était la femme qu'il désirait depuis plus d'une décennie. Celle qu'il avait toujours cru ne jamais pouvoir serrer ainsi dans ses bras. Et il avait besoin d'être sûr qu'elle voulait la même chose que lui.

— Oui, répondit-elle dans un souffle.

Ses doigts légers remontèrent entre leurs corps, puis elle noua les bras autour de son cou, déposant une pluie de baisers sur son menton et sur sa joue.

Ethan cessa instantanément de réfléchir. Son cerveau se mit en veille, et il tourna la tête pour s'emparer des lèvres de Crissanne, faisant de son mieux pour contrôler le torrent de passion qui l'avait envahi.

Crissanne faisait resurgir une facette de lui-même dont il avait oublié l'existence. Étouffant un gémissement, il se redressa et, la soulevant dans ses bras, l'emporta jusque dans sa chambre sans cesser une seconde de l'embrasser.

Il la reposait sur le sol en la laissant descendre lentement le long de son corps, se délectant de ce contact, lorsqu'une horrible idée l'effleura.

Et si elle changeait d'avis maintenant ?

Il priait silencieusement pour que ce ne soit pas

le cas quand elle laissa à nouveau glisser ses doigts sur son torse, fixant son regard derrière lui, sur les immenses cornes du premier taureau qu'il avait élevé, étant enfant, montées sur le mur au-dessus de la tête du lit.

— J'oublie toujours que tu es un cow-boy, remarqua-t-elle en esquissant un sourire.

— Pas vraiment, répondit-il en la prenant par la main pour la rapprocher du lit. Mais je peux mettre mon chapeau et mes bottes si cela te fait plaisir.

— Seulement si tu ôtes ce jean d'abord, répliqua-t-elle.

— Euh… Je ne crois pas qu'un cow-boy qui se respecte tienne à être vu dans cette tenue.

— Dommage, murmura-t-elle en s'écartant pour parcourir son corps d'un regard gourmand. Tu serais incroyablement sexy, vêtu uniquement de ton chapeau et tes bottes.

— Tu crois ?

— Oui, bien sûr. Peut-être qu'un jour…

— Peut-être, éluda-t-il.

Il était un avocat respecté, le plus sérieux des frères Caruthers. Le plus prudent, aussi, celui qui pesait toujours les conséquences de ses actions. Mais à cet instant précis, planté près de Crissanne dans sa chambre, il était bien loin de son personnage habituel.

Elle se tourna à nouveau vers lui, ses longs cheveux balayant ses épaules, et lui tendit la main. Ethan la prit, entremêlant leurs doigts. Se haussant sur la pointe des pieds, Crissanne se remit à lui caresser le torse, effleurant doucement sa peau.

Frissonnant de la tête aux pieds, il l'attira à lui et appuya son front contre le sien. Il sentait son souffle tiède caresser son cou à chacune de ses respirations, et il ferma les yeux. Il était au paradis.

Crissanne Moss était ici, dans sa chambre.

Tous les sentiments qu'il avait refoulés jusque-là resurgirent en un flot impétueux, et il comprit qu'il espérait davantage d'elle qu'elle ne pouvait lui offrir. Il la désirait physiquement, c'était indéniable. Mais il attendait bien plus que cela. Il désirait qu'elle soit à lui.

Tout cela, cependant, n'était qu'un rêve.

Ce qu'ils vivaient n'était qu'une aventure passagère, il en avait conscience.

Pour elle, le sexe était une façon d'oublier l'échec de sa relation avec Mason. De se prouver à elle-même qu'elle était toujours séduisante.

Ethan le savait parce qu'il avait lui-même vécu une situation similaire une bonne douzaine de fois. Lorsqu'il faisait l'amour à une autre femme pour se prouver qu'il était guéri de Crissanne.

À présent, c'était *elle* qui était là, devant lui, et il comprit qu'il était prêt à devenir tout ce qu'elle souhaitait qu'il soit, cette nuit. Il allait le lui dire lorsqu'elle posa doucement son doigt sur ses lèvres.

— Chut ! fit-elle. Cesse de réfléchir.

— C'est comme cela que tu arrives à être ici, ce soir, avec moi ? s'enquit-il. En évitant de réfléchir ?

Elle poussa un soupir excédé et il comprit alors qu'il n'irait pas jusqu'au bout.

Crissanne ne savait pas quoi répondre à cette question d'Ethan. Certes, cette situation pouvait être une source d'ennuis pour eux deux. Mais elle le désirait. Elle *voulait* être avec lui. Et, maintenant, elle était dans sa chambre, à essayer de se convaincre qu'il pouvait être à elle cette nuit, et qu'elle serait parfaitement sereine le lendemain.

Mais, même pour elle, pourtant habituée à maîtriser ses émotions, cela semblait impossible.

— Pas dans le sens où tu l'entends, répondit-elle. C'est seulement que, si nous commençons à réfléchir, nous allons nous retrouver une nouvelle fois à prétendre que nous n'éprouvons aucun désir l'un pour l'autre. Or, ce serait un mensonge. Je suis lasse de faire semblant de ne rien éprouver pour toi, Ethan.

— Tu dis cela maintenant mais, il y a peu, tu étais la compagne de mon meilleur ami, rappela-t-il.

— C'est fini. Mason et moi avons rompu.

— Est-ce la vérité ? Ne cherches-tu pas uniquement à le rendre jaloux ?

Crissanne y réfléchit une seconde. Elle ne pensait plus du tout à Mason lorsqu'elle était montée à bord de l'avion, à Los Angeles. Son esprit était tout entier concentré sur la seule personne dont la présence l'avait toujours réconfortée : Ethan.

— Honnêtement, non. Il y avait des hommes beaucoup plus près, à Los Angeles, qui auraient « fait l'affaire ». Cependant, je suis ici, avec toi… même si cette situation est ce que je craignais le plus. Si nous commençons à parler, tout deviendra encore plus compliqué.

Poussant un soupir, Ethan s'écarta d'elle et se dirigea vers le bar situé dans un coin de la chambre, pour se verser une bonne dose de ce qui paraissait être du whisky.

— C'était déjà compliqué avant que nous n'ayons commencé à parler, observa-t-il d'une voix douce. Nous nous laissions guider par nos hormones, tous les deux.

— Était-ce si mal ? répliqua-t-elle.

— Je n'en sais rien, Crissanne. Mais je ne voudrais pas que l'un de nous deux se réveille demain matin avec des regrets. Et même si je suis persuadé que cette nuit aurait été fabuleuse, je sais que c'est ce qui se produirait.

— Pourquoi est-ce aussi difficile ? gémit-elle. D'accord, je partirai demain matin. J'ai vu l'affiche d'une pension de famille, tout à l'heure, au restaurant. J'aurais dû aller m'installer dans un hôtel depuis le début.

Il se contenta de la dévisager, son verre de whisky à la main. Crissanne se sentait embarrassée qu'ils n'aient pas simplement fait l'amour, et incapable d'appréhender plus clairement la situation.

Pourquoi les hommes s'éloignaient-ils toujours d'elle ? Que lui manquait-il pour les retenir ? Même l'homme qui l'avait toujours couvée d'un regard brûlant de désir lorsqu'il croyait qu'elle ne s'en rendait pas compte la repoussait.

Elle était comme une poupée brisée, et le monde entier le devinait, même si elle-même ne l'avait jamais compris avant ce soir. Si elle avait été une personne normale, capable d'extérioriser ses émotions, elle aurait fondu en larmes, elle le savait.

Au lieu de cela, elle tourna les talons et sortit de la chambre d'Ethan, dépassant sans les voir leurs verres vides et les citrons verts abandonnés sur la terrasse. Comment la proximité qu'elle avait sentie entre eux un peu plus tôt s'était-elle transformée en un tel désastre ?

Elle entra dans sa chambre et alla s'asseoir sur le bord du lit pour réfléchir. Puis elle prit une décision. Elle ne pouvait pas rester ici.

Pas une seconde de plus.

C'était l'histoire de sa vie, songea-t-elle tristement. Chaque fois qu'elle arrivait quelque part où elle aurait aimé rester, elle gâchait tout, et il lui fallait partir ailleurs. Cette fois-ci, elle avait cependant battu un record. Moins de vingt-quatre heures.

Stop, songea-t-elle. *Cesse de réfléchir.*

Les mots qui avaient tout changé dans la chambre d'Ethan la poussaient maintenant à se lever et à s'habiller. Elle enfila un jean et le premier T-shirt qui lui tomba sous la main. Puis elle sortit sa valise du placard et la posa au pied de son lit.

Son téléphone s'alluma et vibra sur la table de nuit, mais elle l'ignora. Elle n'était pas d'humeur à lire des bulletins d'information.

Elle retourna vers le placard, mais son téléphone vibrait en continu sous une avalanche de messages. Elle s'approcha pour jeter un coup d'œil à l'écran : le numéro ne faisait pas partie de sa liste de contacts.

Elle saisit son téléphone et entreprit de lire les SMS qui s'affichaient, avec un sentiment croissant d'incrédulité. Puis, le téléphone lui glissa des mains, et elle s'affala sur le sol de la chambre, les genoux remontés contre sa poitrine.

L'avion de Mason s'était écrasé.

Oh ! mon Dieu…

Elle avait cru que tous ses sentiments pour lui s'étaient éteints, mais elle ne s'était pas préparée à devoir lui dire adieu. Elle essaya immédiatement de l'appeler. Un message enregistré l'informa que Mason n'était pas joignable pour le moment, et lui suggéra de le rappeler un peu plus tard.

Elle envoya alors un SMS à la société de production pour demander davantage d'informations, mais n'obtint aucune réponse immédiate.

Sans qu'elle en soit consciente, une partie d'elle-même avait continué à espérer que Mason lui reviendrait un jour. À présent, elle avait honte d'avoir pensé qu'il n'était plus rien pour elle. D'avoir enterré aussi profondément ses émotions, d'avoir nié qu'elle les ressentait.

Car elles étaient bien là.

— Crissanne ?

Elle leva les yeux et vit Ethan planté devant elle, pâle comme un linge, son téléphone à la main. D'un bond, elle se précipita vers lui.

— As-tu reçu ce message, toi aussi ?

— Oui, répondit-il. Et je n'arrive pas à joindre Mason.

— Moi non plus, reconnut-elle. Penses-tu qu'il aille bien ?

— Je n'en sais rien. Toi et moi savons qu'il est capable de survivre n'importe où. Mason est un expert.

— Oui, dit-elle d'une voix brisée. Un expert.

Ethan lui ouvrit ses bras, et elle blottit sa tête contre son épaule en sanglotant. Les mots ne pouvaient exprimer ce qu'elle ressentait. Soudain, elle était très heureuse de ne pas avoir fait l'amour avec Ethan. Pas cette nuit. Pas maintenant, alors que Mason était peut-être…

— Crois-tu qu'il soit mort ? s'enquit-elle.

— J'espère que non.

- 4 -

Le lendemain matin, après avoir à peine dormi, Crissanne et Ethan s'étaient retrouvés dans le bureau du rez-de-chaussée, pour essayer d'obtenir des réponses. Prostrée dans un fauteuil, une couverture de cachemire serrée autour de ses épaules, Crissanne semblait plus petite et fragile que jamais. L'air de rébellion qu'elle affichait habituellement avait totalement disparu.

Assis à sa table de travail, face à l'écran de son ordinateur, Ethan échangeait des mails avec la société de production de Mason et tentait de faire intervenir ses contacts en Amérique du Sud pour obtenir des informations au sujet du crash.

À ce stade, tout ce qu'ils savaient c'est que l'appareil s'était écrasé dans les Andes, près du sommet où Mason devait tourner sa nouvelle série pour la société de production. Aucune information sur d'éventuels survivants ne leur était parvenue.

Ethan entendit des voix dans le couloir et, un instant plus tard, ses trois frères entrèrent dans la pièce. Tous tournèrent leur regard vers Crissanne. Hunter, qui avait longtemps vécu à Malibu et rencontré Crissanne en de nombreuses occasions, s'avança pour poser doucement sa main sur son épaule.

— Ne t'inquiète pas, murmura-t-il. Si quelqu'un peut retrouver Mason, c'est bien Ethan.

— Comment pouvons-nous être utiles ? s'enquit Nate.

— Je l'ignore, avoua Ethan en se tournant vers son frère aîné. J'essaie de contacter certains officiels au Pérou, et j'ai été mis en attente. Je dois avouer que mon niveau d'espagnol ne facilite pas vraiment la communication.

— Moi, j'ai beaucoup progressé, intervint Derek. Et je m'en sors plutôt bien dans cette langue.

Derek était chirurgien, et venait tout juste d'épouser son amie d'enfance, Bianca Velasquez. Elle et son fils avaient vécu en Espagne jusqu'à ce que Bianca décide de rentrer à Cole's Hill, l'année précédente.

— Pourrais-tu…

— Bien sûr, le coupa Derek. C'est pour cela que nous sommes ici.

Ethan tendit le téléphone à son frère qui sortit dans le couloir, le combiné contre son oreille. Alors que Hunter tentait de rassurer Crissanne, Nate indiqua la porte d'un geste du menton. Ethan se leva et le suivit dans le couloir.

— Que se passe-t-il ? s'enquit Nate à mi-voix. Papa m'a raconté qu'il vous avait vus en ville hier soir, tous les deux, et que cela avait tout l'air d'un rendez-vous amoureux.

— Pas maintenant, d'accord ? grogna Ethan. Nous avons des choses plus importantes à…

— Non, l'interrompit Nate. Tu ne protèges pas Mason du danger en restant accroché à ton téléphone, et tu n'obtiendras pas d'informations plus vite. Alors ? Qu'y a-t-il entre vous ?

Ethan dévisagea son frère aîné et, tout à coup, eut le sentiment d'être redevenu un enfant.

— Je ne sais pas, répondit-il. Elle s'est pointée hier avec sa valise, m'annonçant que Mason et elle avaient rompu et qu'elle avait besoin de mon hospitalité.

— C'est *elle*, n'est-ce pas ? C'est pour Crissanne que tu fais si souvent le voyage jusqu'à Los Angeles.

— Je me rends là-bas pour mes affaires, corrigea Ethan. Pas pour voir Crissanne. Il est vrai que nous dînons souvent ensemble en ces occasions, mais je voyais souvent Hunter et Manu lorsqu'ils vivaient là-bas.

Manu Bennett, frère du célèbre astronaute Hemi Bennett, avait mené une brillante carrière de footballeur professionnel en ligue nationale et, jusqu'à cette année, il avait été l'entraîneur d'une équipe de Californie. Toutefois, il était récemment rentré à Cole's Hill pour se rapprocher de son frère et de sa belle-sœur, Jessie, qui était enceinte.

— Tu mens, et je crois que tu le sais très bien, répliqua Nate en se détournant de son frère d'un air excédé.

— Arrête ! protesta Ethan. Je n'ai pas du tout envie d'en discuter maintenant. Les sentiments qui auraient pu exister entre Crissanne et moi avant la disparition de Mason sont désormais tout à fait inappropriés.

Nate hocha la tête en silence, puis s'approcha de lui pour le serrer brièvement dans ses bras.

— Quoi qu'il advienne, je suis de ton côté.

— Je le sais, répondit Ethan, et je t'en remercie. Il se pourrait que j'aie besoin du jet familial pour me rendre à Los Angeles.

— Bien sûr, répondit Nate. Aucun problème.

Derek termina sa conversation au téléphone, puis revint vers eux.

— Ce que l'on sait pour le moment, c'est que l'appareil a disparu des radars après avoir lancé un appel de détresse, et que des sauveteurs sont en route vers le site du crash. Mais je crois qu'ils ont peu d'espoir de retrouver des survivants.

— Quand aura-t-on plus d'informations ? s'enquit Ethan, le cœur serré.

Une partie de lui-même espérait encore que son ami, qui avait toujours été si plein de vie et était même une sorte de surhomme, pourrait survivre même à un crash d'avion.

— Nous aurons du nouveau dans vingt-quatre heures si tout va bien. Ils ont notre numéro et, bien sûr, celui de la société de production. Mais j'ai beaucoup insisté pour qu'ils te tiennent informé, toi aussi.

— Merci, Derek, répondit Ethan.

— Pas de problème, frérot. Toute cette semaine, je vais être célibataire, car Bianca et Benito seront en Espagne. Veux-tu que je reste ici ? Je pourrais encore servir d'interprète.

— Oui, répondit Ethan, je te remercie. Ce serait parfait.

Derek cessa soudain de sourire, fixant un point derrière son épaule. Lorsque Ethan se retourna, il vit Crissanne plantée juste derrière lui.

— Comme nous le savions déjà, l'avion s'est écrasé, expliqua-t-il. Mais Derek a appris qu'une équipe de sauvetage était en route vers le site du crash. Nous devrions en savoir davantage dans vingt-quatre heures.

— D'accord, répondit-elle d'une voix éteinte.

Elle paraissait perdue, et Ethan avait hâte que ses frères soient repartis pour pouvoir la réconforter. Mais il savait qu'il devrait faire preuve de prudence : il avait déjà failli franchir la ligne rouge une fois.

— Je suppose qu'il ne nous reste plus qu'à attendre, désormais, murmura-t-elle.

— Oui, convint Ethan.

— Vous devriez sortir prendre l'air, tous les deux, suggéra Derek. Marcher un peu vous ferait du bien.

— Qu'en dis-tu ? s'enquit Ethan. Moi, je pense

que c'est une excellente idée. Mes frères seront ici, au cas où les Péruviens rappelleraient. Et nous avons nos portables, toi et moi.

— Oui, allons-y, répondit-elle. Je vais mettre mes chaussures, je reviens tout de suite.

Ethan la suivit des yeux tandis qu'elle montait l'escalier et, lorsqu'il se retourna, il constata que ses trois frères le fixaient d'un air perplexe.

— Dis-moi, commença Hunter, y a-t-il…

— Non, coupa Ethan, contournant ses frères pour se diriger vers la porte. Dites à Crissanne que je l'attends dehors.

Hors de question pour lui de rester là pour s'exposer à un interrogatoire. Les laissant sans voix, il sortit. Il faisait déjà chaud, et il tourna son visage vers le ciel d'un bleu intense.

Il n'était pas prêt à dire adieu à son meilleur ami. Mason et lui avaient convenu de partir pour les Caraïbes en septembre pour faire de la plongée sous-marine. Et, même s'il désirait faire l'amour à Crissanne, même s'il avait failli céder à la tentation, il savait qu'il souhaitait bien davantage que son ami revienne. La simple idée de perdre ce frère supplémentaire qu'il avait trouvé, et le fort lien d'amitié qui les unissait, le terrorisait.

Ethan habitait dans un lotissement sécurisé nommé «Les Cinq Familles». Toutes les maisons étaient immenses, et dotées de jardins impeccablement entretenus. Des trottoirs et des chemins pavés suffisamment larges permettaient la libre circulation des vélos des enfants et des chariots de golf. Bien entendu, le lotissement était doté de son propre terrain, de courts de tennis et d'un country club avec un restaurant, un bar et une piscine. Crissanne n'en revenait pas. Ethan venait de passer les vingt dernières minutes de leur promenade à lui vanter les mérites du lieu.

Sachant qu'elle avait besoin d'un dérivatif, elle avait emporté son appareil photo, et regarder le monde à travers son objectif lui permettait de mettre à distance les problèmes qu'elle rencontrait dans sa vie.

Les problèmes qui l'avaient amenée ici, à Cole's Hill, chez les frères Caruthers. Et qui ne faisaient qu'empirer.

— Je ne peux plus m'arrêter de penser, déclara soudain Ethan d'un ton mélancolique. Je suppose que j'aurais dû suivre ton conseil et ne jamais commencer.

— J'imagine que ce serait impossible, tant pour toi que pour moi, observa Crissanne, ne pouvant s'empêcher de dire ce qu'elle avait sur le cœur. C'est tellement étrange ! Il avait rompu avec moi. Et, s'il réapparaissait devant nous ce matin, je ne me sentirais pas du tout coupable – enfin, je ne le crois pas. Mais je l'imagine là-bas, blessé, ayant désespérément besoin d'aide, et tout se brouille dans mon esprit.

Ethan hocha la tête. Ses yeux étaient invisibles derrière ses lunettes de soleil, et elle ne parvenait pas à déchiffrer son expression. Elle se rendit compte qu'elle avait les nerfs à vif. Pas seulement à cause de son angoisse quant au sort de Mason, mais aussi à cause de ce qui s'était passé entre Ethan et elle, la nuit précédente.

— Aimerais-tu voir le lac ? proposa-t-il.

— Oui, bien sûr, répondit-elle. J'ignorais qu'il y en avait au Texas.

— L'État n'en compte pratiquement aucun, convint-il en se remettant à marcher. Celui-ci est artificiel. Les constructeurs de ce lotissement ont voulu en faire un lieu idyllique, et ils ont créé ici tout ce dont nous ne disposions pas.

Elle lui emboîta le pas, et Ethan se remit à lui parler sans discontinuer de ce lieu et de sa famille.

Crissanne commençait à comprendre. C'était sa manière à lui de repousser les idées noires. À l'université, elle l'avait vu se lancer dans de longs débats avec de parfaits inconnus juste avant les examens. Il le faisait pour s'empêcher de trop réfléchir à ce qui l'inquiétait réellement.

Lorsqu'ils arrivèrent sur la rive du lac et qu'elle découvrit la beauté du paysage, elle décida qu'elle connaissait un moyen de le faire cesser de parler tout en occupant son esprit.

— Pose pour moi, suggéra-t-elle.

— Quoi ?

— Je voudrais prendre quelques photos. J'ai besoin d'une nouvelle perspective, et c'est à cela que me sert mon objectif. Serais-tu d'accord pour que je prenne quelques photos de toi ?

Il se tourna face à elle, les bras croisés sur son large torse, et elle se rappela la fermeté de ses muscles sous ses propres doigts, la nuit passée. Une vague de désir monta brusquement en elle, et elle retint son souffle. À son étonnement, elle ne ressentait aucune culpabilité.

Seulement de la curiosité.

Elle était folle d'inquiétude pour Mason, et il était donc d'autant plus incongru qu'une telle attirance vienne ainsi s'emparer d'elle.

Elle régla son appareil et prit quelques clichés pour évaluer la lumière. Même si Ethan refusait de poser, elle avait besoin de cet instant. Besoin de voir le monde à travers son objectif et de retrouver son équilibre.

— Je n'ai pas encore dit oui, rappela-t-il, réprimant visiblement un sourire.

— Tu n'as pas dit non, observa-t-elle.

Il se détourna et elle cessa de respirer, fascinée par

ses larges épaules, ses hanches étroites et ses longues jambes vigoureuses moulées dans le jean blanchi qu'il portait déjà le soir précédent. Ce n'était donc pas le clair de lune et la tequila qui l'avaient enivrée sur la terrasse. C'était Ethan.

Elle s'en doutait mais, à la lumière du jour, il était facile de prétendre que c'était autre chose. N'importe quoi d'autre.

D'autant que sa proximité semblait le rendre nerveux, aujourd'hui.

Impossible de ne pas s'en apercevoir, tandis qu'ils attendaient anxieusement que la société de production les rappelle pour leur donner de nouveaux détails. Et puis, il y avait cette promenade, durant laquelle il avait parlé de tout sauf de ce qui s'était passé entre eux. *Les hommes n'aiment pas parler d'eux-mêmes.* C'était en tout cas ce que Mason ne cessait de lui répéter.

— Raconte-moi l'histoire de ce lac, l'encouragea-t-elle, se déplaçant pour jouer avec les différents effets de lumière, vaguement consciente que regarder le monde à travers son objectif remplissait la même fonction pour elle que la conversation à bâtons rompus pour Ethan.

Il tourna son regard vers elle, et elle prit deux clichés. Son objectif était capable de saisir des expressions trop fugaces pour que l'œil les remarque, et elle était impatiente d'examiner ces photos tout à l'heure.

— D'après mon père, les débats ont duré trois ans, avant qu'on ne décide de commencer à le creuser, pour concilier les besoins des pêcheurs et des adeptes du nautisme.

Il poursuivit son histoire tandis qu'elle tournait autour de lui, prenant photo sur photo. Durant quelques instants, elle en oublia que leur ami commun était porté disparu.

— Raconte-moi maintenant comment Mason et toi êtes devenus amis, lui demanda-t-elle.

Surpris, Ethan se tourna face à elle, mais il ne distinguait pas son visage, caché derrière le volumineux appareil photo.

— Pourquoi ne te sers-tu pas de l'écran numérique ? s'étonna-t-il.

— J'aime voir le monde à travers mon œilleton, expliqua-t-elle, abaissant l'appareil pour lui sourire.

Lorsqu'elle tenait son appareil photo entre ses mains, elle paraissait beaucoup plus détendue. Elle semblait respirer beaucoup mieux depuis qu'ils avaient quitté la maison. Ce qui était aussi son cas. Il s'était senti à l'étroit entre ces murs, avant même l'arrivée de ses frères.

— Tu me disais que j'avais beaucoup de chance d'avoir mes frères, t'en souviens-tu ?

— Oui, répondit-elle, et je le pense toujours.

— Moi aussi. Le meilleur côté de la famille, c'est qu'ils sont toujours là sans qu'on ait besoin de le leur demander.

Une expression mélancolique traversa le ravissant visage de Crissanne. Il n'avait pas réfléchi à l'effet que ces paroles pourraient avoir sur elle, et il enchaîna précipitamment :

— Mais, parfois, la famille peut aussi être un casse-tête. C'est ainsi que Mason et moi sommes devenus amis. Lorsque je suis entré à l'université, Derek était parti depuis quelques années déjà, et Nate venait de s'inscrire à l'université du Texas. Mais, moi, j'étais déterminé à étudier à Harvard. Alors j'ai travaillé comme un forcené pour y être admis. Les miens m'ont toujours soutenu, et il n'était pas question pour eux de me laisser partir tout seul si loin de la maison. Ils m'y ont donc tous accompagné le jour de mon déménagement.

— C'est gentil, non ?

— Je ne faisais pas seulement allusion à mes parents, précisa-t-il. Mes frères aussi étaient du voyage, y compris Hunter, qui étudiait dans le nord de la Californie. J'avais trouvé un appartement en colocation, et mon père a vérifié toutes les serrures pendant que ma mère me cuisinait des repas pour une semaine entière et que mes frères installaient mes affaires dans l'appartement. Mais, vois-tu… J'avais justement choisi Harvard parce que c'était loin du Texas, et que j'en avais assez d'être l'un des Caruthers de Cole's Hill. Tout le monde sait tout de toi, par ici, et j'ai compris ce jour-là que, où que j'aille, ils seraient toujours là.

— Tu les emportes partout avec toi, observa-t-elle.

Comme elle emportait partout avec elle l'image de ses parents, qu'elle aurait désiré connaître, songea Crissanne. Elle ne connaissait pas leur visage. Durant l'adolescence, elle avait passé des heures devant le miroir, à se demander si elle avait les yeux de son père ou le teint de sa mère. Au bout du compte, elle avait découpé une photo dans un magazine, l'avait glissée dans un vieux cadre en plastique que l'une de ses camarades du foyer avait jeté, et avait décidé que ce couple était ses parents.

Elle n'avait plus pensé à cet épisode depuis des années. Si Mason ne rentrait pas du Pérou, elle serait réellement seule au monde.

Car on ne pouvait pas dire qu'elle ait tissé des liens profonds avec d'autres personnes au cours de ces dix dernières années. Il y avait Ethan et Mason et, dans une certaine mesure, Abby, son amie à San Francisco. C'était à peu près tout.

— Oui, j'en suis conscient, convint Ethan. C'est en partie à cause de cela que je suis revenu ici. Il ne me semblait pas logique d'errer dans le vaste monde, tu comprends ?

— Oui, je crois. Et comment as-tu fait la connaissance de Mason ?

— Comme tu le sais, il n'a pas de famille, et il adorait tout ce qui m'agace chez la mienne. En rentrant à l'appartement après avoir fait quelques courses, j'ai trouvé mon colocataire dans la cuisine en train de prendre des notes pendant que ma mère lui expliquait la recette du gratin de thon. C'était Mason.

— Oh ! mon Dieu ! s'exclama Crissanne en riant. C'est le seul plat qu'il sache cuisiner !

— Mason n'oublie jamais rien, remarqua Ethan en souriant.

— C'est vrai. J'espère de tout cœur qu'il va bien.

— Je l'espère aussi. Nous sommes censés partir ensemble une semaine en vacances, en septembre. Quelques jours de plongée sous-marine.

— Il ne m'en avait rien dit, remarqua-t-elle.

— Ah bon ?

— Non. Mais il faut dire que nous n'avons pas passé plus d'une heure ensemble dans la même pièce depuis très longtemps.

Ethan ignorait ce détail. Crissanne lui avait déclaré que tout était fini entre eux, mais il ne l'avait pas crue. Mason l'avait-il évitée délibérément ?

— Je suis désolé, murmura-t-il.

— Tu sais, Ethan, c'est cela, en grande partie, qui m'a incitée à aborder le sujet de notre avenir en tant que couple. Je désire fonder une famille. Je n'en ai jamais eu à moi, et Mason et moi étions ensemble depuis si longtemps… Alors j'ai refusé un travail qu'on m'offrait pour attendre son retour à la maison. Il fallait que je sois sûre.

— Que voulais-tu savoir ? s'enquit-il en se rapprochant.

— Je voulais qu'il me dise pourquoi il m'évitait, expliqua-t-elle. C'est là qu'il a affirmé être satisfait de notre relation telle qu'elle était. Il désirait profiter de la vie et n'était pas prêt à fonder une famille.

— Alors que toi, tu l'étais.

— C'est exactement cela. Puis il a ajouté qu'il ne se voyait pas faire des enfants. Jamais.

— Je suis vraiment désolé.

— Moi aussi. Nous nous sommes disputés. Ensuite il est parti, et je suis venue ici. Et maintenant, j'apprends que son avion s'est écrasé…

Elle marqua une pause, avant d'ajouter d'une voix brisée :

— Les dernières paroles que je lui ai dites n'étaient pas très gentilles. Je venais de passer douze ans à ses côtés, et j'ai été… horrible.

— Non, répliqua-t-il. J'ignore ce que tu lui as dit, mais je sais que tu avais tes raisons. Et je connais bien Mason : lorsqu'il se sent sous pression et qu'il a besoin d'espace, il force la situation en obligeant l'autre personne à réagir. Il a fait la même chose avec moi lorsque j'hésitais entre rester à Los Angeles ou rentrer ici.

— Vraiment ?

— Oui. Inutile de te sentir coupable pour ce que tu as dit. Mason connaît très bien tes véritables sentiments pour lui. Et on va le retrouver. Tu auras l'occasion de parler à nouveau avec lui. Très bientôt.

- 5 -

Ethan venait de passer la journée la plus longue de sa vie. Comme ils n'attendaient aucune nouvelle information avant le lendemain, ses frères étaient rentrés chez eux. Apparemment, les mauvaises conditions météo empêchaient les sauveteurs de parvenir jusqu'au site du crash.

À leur retour chez lui, Crissanne s'était retirée directement dans sa chambre, et il ne l'avait pas revue depuis près de huit heures. Il se sentait nerveux, dévoré d'inquiétude, des sensations qu'il détestait.

Il entendit la voix de Bart du côté de la piscine et sortit de la maison. Il trouva son employé en pleine conversation avec Crissanne, et s'arrêta dans l'ombre pour les écouter.

— Je n'ai jamais rien compris à la science, observa Crissanne en continuant à prendre des photos de la piscine.

— La chimie est ma passion, répondit Bart en riant. En tout cas, elle l'était avant ma chute. Mais Ethan m'a aidé à canaliser mon intérêt pour la science dans une meilleure direction.

— Il est très fort pour cela, convint Crissanne. Il voit toujours le meilleur chez les gens.

Ethan savait qu'il aurait dû se retirer ou leur signaler sa présence. Mais il était curieux d'entendre ce que

Crissanne pensait réellement de lui. Son téléphone vibra et il jeta un coup d'œil à l'écran.

Crissanne et Bart se retournèrent simultanément dans sa direction, alertés par le bruit.

— La société de production a des nouvelles fraîches et souhaite nous parler, déclara-t-il comme si de rien n'était. Veux-tu les appeler ici, ou dans mon bureau ?

À ces mots, Crissanne était devenue pâle comme un linge et, s'il se montrait honnête, il ne se sentait pas très rassuré, lui non plus. Un simple SMS aurait suffi pour leur communiquer de bonnes nouvelles.

— Allons dans ton cabinet de travail, répondit Crissanne d'une voix tremblante.

Il prit sa main, qu'il serra dans la sienne, et elle lui rendit son étreinte, comme s'il était une bouée de sauvetage dans la tempête qui s'annonçait.

— Allons-y.

Une courte distance les séparait du cabinet de travail bibliothèque que sa mère l'avait aidé à décorer, mais ces quelques mètres lui semblèrent les plus longs de sa vie. Les livres avaient été le principal moyen de communication entre sa mère et lui, durant toute son enfance. Lorsqu'ils voyageaient, elle le traînait chez les bouquinistes aux quatre coins du pays. Leur passion commune était de collectionner des ouvrages anciens reliés de cuir.

Il savait qu'il aurait dû penser à Mason, à l'appel qu'ils allaient recevoir d'un instant à l'autre. Au lieu de cela, il essayait de se réconforter lui-même avec des souvenirs. N'était-ce pas pitoyable ?

— Je suis terrifiée.

La voix de Crissanne le ramena brusquement au présent. Il aurait tout le temps d'affronter ses propres émotions plus tard. Mais, d'abord, il devait l'aider dans l'épreuve qu'elle traversait, et rester fort pour deux. Elle comptait sur son soutien.

Il posa sa tablette tactile sur son support, et Crissanne et lui prirent place côte à côte sur une causeuse de cuir, juste en face de l'appareil.

— Prête ?

Elle acquiesça en silence.

Il établit la communication en vidéo, et se rassit près d'elle. Crissanne glissa sa main sous son bras et le serra très fort contre elle. Ethan dévisagea un instant la jeune femme sans famille qui avait donné douze années de sa vie à un homme qui lui avait annoncé quelques jours plus tôt qu'il ne désirait pas passer le reste de la sienne auprès d'elle. Cette idée l'attristait un peu, mais il savait que, quelle qu'ait été la fin de leur relation, il y avait eu de l'amour entre eux. Et de l'amitié.

Il ne voulait pas la voir tout perdre.

La communication s'établit, et le visage du responsable de la société de production apparut sur l'écran.

— Euh… Merci d'avoir accepté que je vous appelle, déclara-t-il. Je suis Cam Jones.

— Bonjour Cam, avez-vous des nouvelles à nous communiquer ? s'enquit Ethan, allant droit au but.

— Oui, en effet. Ce que j'ai à vous dire n'est pas facile. L'équipe des sauveteurs a atteint l'épave de l'avion, mais ils n'ont pas retrouvé Mason. Un incendie s'est produit lors du crash, et aucun corps n'a été récupéré.

Près de lui, Crissanne s'était mise à pleurer en silence. Ethan passa doucement le bras autour de ses épaules. Il refusait de croire à ce que Cam venait de leur annoncer.

— Êtes-vous certain qu'il soit mort ?

— Je crains que oui, répondit Cam. Vous savez que Mason est un expert de la survie en milieu hostile, et j'ai donc demandé aux sauveteurs de fouiller la zone autour de l'épave… mais ils n'ont rien trouvé. Mason Murray est mort.

Ces paroles glacèrent le sang d'Ethan, qui se tourna vers Crissanne. Elle posa la tête sur son épaule en sanglotant.

L'ex-petite amie de son meilleur ami était blottie tout contre lui, et Ethan se demanda comment il allait traverser cette épreuve sans Mason pour le ramener à la raison. Mason, qui avait toujours été le seul à comprendre que, même si pour le reste du monde Ethan était un modèle de réussite, il cherchait encore un but à sa vie.

Chaque jour.

À présent, il devait aider Crissanne.

Il allait se concentrer entièrement sur elle, et garderait son propre chagrin enfoui dans un recoin de sa conscience jusqu'à ce qu'elle aille mieux.

— Comptez-vous venir en personne à Los Angeles ? s'enquit Cam.

— Je vous recontacterai plus tard dans la journée, mais la réponse est oui. Nous viendrons.

L'écran de la tablette s'éteignit et Ethan resta sans bouger, Crissanne serrée tout contre lui. C'était ce dont il avait toujours rêvé : avoir la voie libre avec cette femme. Mais, à présent, le seul fait de l'envisager lui semblait être une trahison. Il n'avait jamais voulu que son rêve se réalise au prix de la vie de Mason. Durant un instant, le soir précédent, cela lui était apparu presque possible, mais il savait par expérience que ce qu'il désirait le plus dans sa vie se révélait généralement être hors de sa portée.

***

Elle avait l'habitude d'être seule, songea Crissanne. Et Mason et elle avaient rompu. Elle ne comprenait donc pas pourquoi il lui était impossible de cesser de pleurer.

Ethan se montrait très gentil avec elle : il lui avait suggéré de rester assise au soleil pendant que sa gouvernante faisait ses bagages. Bart avait disparu à l'intérieur du local technique de la piscine et elle restait là, s'efforçant désespérément de trouver un sens à cette situation.

Mason était mort.

Cela lui semblait irréel. Comment était-ce arrivé ?

Ses larmes continuaient à couler à flots. Elle voulait que Mason revienne. Pas pour qu'ils soient à nouveau ensemble comme un couple. Cette phase de leur vie était terminée depuis longtemps. Mais elle désirait retrouver son ami, la personne qui avait été la plus proche d'elle au cours de ces douze dernières années.

Pourtant, même ces souvenirs n'étaient pas exempts d'amertume. Lors de leur dernière dispute, Mason avait déclaré qu'ils n'étaient que des étrangers l'un pour l'autre, de simples copains qui dormaient ensemble lorsque cela les arrangeait tous les deux. Pas un vrai couple. Mais elle ne l'avait pas compris jusqu'à cet instant. Sa vie avait consisté principalement à attendre le retour de son fiancé. Pas véritablement à vivre auprès de lui.

Désormais, il ne reviendrait plus. Mason avait disparu, comme les parents qu'elle n'avait jamais connus. Son cœur se serra davantage encore à cette idée. Combien de fois devrait-elle recevoir le même message avant de le comprendre enfin ?

Assise sur sa chaise longue, elle remonta ses genoux contre sa poitrine pour y poser son front. Quelque part, tout au fond d'elle-même, elle avait toujours été persuadée qu'une vie meilleure l'attendait. Qu'elle grandirait et créerait la famille qu'elle n'avait jamais eue. Mais la vérité, c'était qu'elle n'avait jamais appris à nouer de liens avec les autres. Comment pouvait-elle songer à fonder une famille dans ces conditions ?

— Crissanne ?

Elle tourna son regard vers Ethan. Il l'avait toujours fait passer avant tout le reste, et elle s'était simplement servie de lui…

— Oui ?

— J'ignore ce qui te passe par la tête, mais cesse d'y penser.

— Quoi ?

— Je le lis sur ton visage. Une expression de culpabilité, de solitude et de tristesse, tout cela simultanément. La vérité, c'est que tu as le droit d'éprouver tous ces sentiments, mais tu n'es en aucune façon responsable de ce qui est arrivé.

— Je le sais, répondit-elle, gênée qu'il l'ait percée à jour si facilement. Mais j'ai dit à Mason que je ne voulais plus jamais le revoir, Ethan ! Je suis partie en marmonnant qu'il aurait mieux valu qu'il soit mort.

— Tu ne le pensais pas.

— Non, bien sûr. Mais je l'ai dit. J'ai défié la destinée.

Il s'approcha et, s'asseyant à l'autre extrémité de la chaise longue, posa doucement sa main sur sa jambe. Lorsqu'elle releva les yeux, leurs regards se rivèrent l'un à l'autre. Les yeux gris-vert d'Ethan affichaient une expression grave et résolue.

— Cela prouve seulement que tu es humaine, murmura-t-il. Nous nous mettons tous en colère, et nous disons des choses horribles que nous ne pensons pas. C'est la vie. De plus, Mason venait de rompre avec toi. Ne te condamne pas toi-même pour cet unique instant. Tu n'as rien fait à l'avion de Mason. Et tu ne l'as pas obligé à partir.

Certes, elle était innocente de tout cela. Et elle n'aurait jamais pu reprendre leur vie commune après ce qu'ils s'étaient dit. Car elle n'avait pas tout avoué à Ethan, concernant cette dispute.

— Je désirais qu'il reste avec moi et qu'il renonce à ce voyage, reconnut-elle. C'est à ce sujet que notre dispute a commencé.

— C'est ce qui rend la situation encore plus douloureuse pour toi. Je pense qu'il aurait tout fait pour revenir vers toi s'il l'avait pu.

Crissanne acquiesça, mais elle savait que c'était faux. Mason lui avait brisé le cœur et le souvenir de cet épisode était encore trop frais dans sa mémoire pour qu'elle ne se souvienne que de ses bons côtés.

— Au moins, il est mort en faisant ce qu'il aimait le plus, observa-t-elle.

— C'est vrai, convint Ethan. Il adorait partir vivre ses aventures au bout du monde et en ramener des films. Il n'aurait pas voulu mener son existence d'une façon différente.

— C'est exactement ce qu'il m'a dit lorsque nous nous sommes disputés. Qu'il n'était pas fait pour une vie ordinaire.

— Un jour, il m'a raconté qu'il avait appris à survivre tout seul dans les milieux les plus hostiles pour se libérer de l'illusion que quelqu'un serait toujours là pour le protéger. Il savait que, dans ces occasions, il était seul face à la nature. Et la nature ne fait pas de sentimentalisme.

— Cela lui ressemble bien, reconnut Crissanne, souriant malgré elle. Je parie qu'il concluait avec son adage habituel… « Quand on ne compte que sur soi-même, on n'est jamais déçu. »

— Oui, répondit Ethan en soupirant. Tout ce que je peux en dire, c'est qu'il sera mort sans regrets.

Crissanne demeura silencieuse. Bien sûr, elle aussi avait appris à ne compter que sur elle-même, mais elle avait toujours attendu davantage de la vie. Et aujourd'hui, elle se retrouvait seule. Réellement seule, une nouvelle fois. Ethan avait été adorable, mais elle ne pouvait pas revenir dans sa ville, dans sa vie, dans sa maison, après tout cela.

Il était temps de se résigner à vivre l'existence à laquelle elle avait rêvé d'échapper, et ne plus compter que sur elle-même.

Pourtant, lorsque Ethan se leva et lui tendit sa main, elle comprit combien il allait être difficile de le quitter.

Ethan n'avait envie que d'une chose : grimper dans sa Ferrari et rouler droit devant lui. S'engager sur une route secondaire, écraser l'accélérateur et foncer aussi vite et aussi loin qu'il le pourrait en hurlant sa frustration à l'idée que Mason ne reviendrait plus. Mais il en était incapable.

Au lieu de cela, il avait emmené Crissanne à une vitesse prudente jusqu'à l'aérodrome privé de la ville. À leur arrivée, il s'entretint avec le pilote et le copilote, et envoya un SMS à son assistant.

En réalité, il avait une longue liste de tâches réclamant son attention. Il avait placé Crissanne tout en haut de cette liste, mais il savait qu'il allait devoir prendre un peu de distance avec elle, lui laisser le temps de faire son deuil. Il avait certaines affaires à déléguer à d'autres avocats de son cabinet en ville, et devait vérifier que le portefeuille d'actions pétrolières du Rockin' C était correctement géré. Hunter s'était chargé de prévenir ses employés de maison qu'Ethan occuperait la maison de Malibu durant quelques jours.

Désormais prêt à partir, il s'arrêta un instant pour observer Crissanne. Elle était plantée sur le tarmac, belle à couper le souffle, son visage disparaissant partiellement derrière de larges lunettes de soleil, ses cheveux blonds voletant dans la brise. Elle portait un jean noir très ajusté qui mettait merveilleusement en valeur ses longues jambes, et un T-shirt à manches courtes.

Elle paraissait contrôler ses émotions mais, au même instant, il la vit essuyer subrepticement une larme. Sa douleur face à la perte de Mason, son sentiment de deuil, allaient durer très longtemps.

Elle était… tout ce dont il avait toujours rêvé mais, une nouvelle fois, elle était totalement hors de sa portée.

Il venait de terminer de remplir les formalités de routine et s'était assuré qu'ils étaient parés pour le décollage. Il ressortit du petit bureau de l'aérodrome et se dirigea à grands pas vers le jet qui attendait.

— On peut y aller, annonça-t-il. Je n'étais pas sûr de ce que tu souhaitais faire. T'installer chez Hunter avec moi, ou retourner à ton ancien appartement.

— Je n'habite plus là-bas, répondit-elle. J'ai rendu les clés. Si cela ne te dérange pas, j'aimerais rester avec toi.

— C'est pourquoi je te l'ai proposé, remarqua-t-il.

Il la prit par le bras et grimpa avec elle l'échelle de coupée de l'avion.

— Pourquoi ta famille a-t-elle besoin d'un jet privé ? s'enquit-elle en s'installant dans l'un des luxueux fauteuils de cuir.

— Pourquoi pas ? répliqua-t-il.

— C'est seulement que je n'ai pas l'impression que vous en ayez vraiment besoin.

— Eh bien… Es-tu certaine de vouloir aborder ce sujet ?

— Oui. J'ai besoin de te parler de quelque chose, sinon je vais devenir folle en pensant à Mason.

— Eh bien, comme tu le sais, Hunter a été accusé d'un crime qu'il n'a pas commis, dit Ethan. Alors, lorsqu'il jouait en ligue nationale, il se déplaçait principalement en jet privé pour éviter de possibles confrontations. Cela avait commencé à son premier voyage sur vol commercial, tandis qu'il rentrait à la maison pour Thanksgiving. Certains passagers du vol le croyaient coupable, et ils ne se sont pas gênés pour le lui dire. Ce voyage a été un enfer pour lui. Mon père m'a donc annoncé un jour que nous ne prendrions plus jamais de vols commerciaux, et il a acheté cet avion. Depuis, nous l'utilisons tous.

Ethan n'aimait pas penser à cette longue période durant laquelle Hunter avait vécu sous les nuages noirs du soupçon. Sur son campus, une étudiante était morte dans des circonstances mystérieuses, et l'enquête s'était concentrée sur Hunter et un autre étudiant. Mais la famille Caruthers avait fait bloc autour de lui, car un garçon aussi droit que Hunter, qui ne vivait que pour le football et pour sa petite amie, ne pouvait pas avoir commis un crime aussi horrible. Pour le monde extérieur, hélas, il n'était qu'un jeune privilégié des beaux quartiers, persuadé que les règles ne s'appliquaient pas à lui.

— Je suis heureux que nous ayons cet avion, conclut-il, constatant que Crissanne demeurait silencieuse. Il nous est très utile.

— Je m'en réjouis aussi, finit-elle par déclarer. Le comportement de certaines personnes est vraiment incroyable. Hunter n'avait même pas été arrêté pour ce crime !

— Non, c'est vrai, convint Ethan. Mais tu connais l'influence des réseaux sociaux sur l'opinion publique. Et puisqu'il est question de public, la société de production m'a demandé de rédiger une déclaration qu'ils diffuseront auprès de la famille de Mason et de ses amis.

— Vraiment ?

— Oui. Ils songeaient à toi pour le faire, mais Cam leur a fait remarquer que tu n'étais peut-être pas dans le bon état d'esprit pour cette tâche. Il pensait que tu serais encore trop bouleversée.

— Sait-il que Mason m'avait quittée ?

— Je n'en sais rien, avoua Ethan. Il a seulement dit que tu semblais effondrée durant notre appel vidéo.

— Que vais-je faire, si les gens me traitent comme si j'étais encore la petite amie de Mason ?

— Sois honnête, tout simplement. Fais ce qui te semble approprié.

À cet instant, le pilote leur demanda d'attacher leurs ceintures pour le décollage. Ethan alla s'asseoir de l'autre côté du couloir central, et boucla sa ceinture.

Crissanne se pencha pour poser doucement sa main sur son bras.

— Merci.

Il lui adressa un sourire. L'expression désolée qu'il voyait sur son visage lui serrait le cœur, et il décida de faire tout ce qui serait en son pouvoir pour lui rendre sa joie de vivre. Il mobiliserait toutes ses ressources au service de cette cause.

— C'est à cela que servent les amis, répondit-il.

— Tu es plus qu'un ami, Ethan. Et ce que tu fais compte davantage pour moi que je ne puis l'exprimer. Je m'étais habituée à me débrouiller sans l'aide de quiconque.

Il serra sa main dans la sienne, entremêlant leurs doigts, s'efforçant d'ignorer le frisson qu'il avait ressenti à l'instant où il avait touché son bras. Elle avait besoin de lui.

Et, à cette seconde précise, c'était véritablement tout ce qui comptait.

- 6 -

Après trois semaines passées à Los Angeles, Crissanne avait la sensation de flotter dans le brouillard. Cela avait commencé au moment où ils avaient atterri, et où elle avait senti le soleil sur son visage. Elle était restée dans cet état durant la totalité de leur séjour à Malibu, dans la maison du frère d'Ethan, face à l'océan. Ils avaient répondu à une avalanche de questions et s'étaient acquittés d'une foule de formalités administratives.

Chaque jour, Ethan laissait un mot à son attention au gardien de la résidence afin qu'elle sache ce qu'il faisait et où elle pourrait le trouver. Il avait financé une nouvelle expédition de secours au Pérou, qui devait continuer à rechercher Mason et d'autres éventuels rescapés.

Ce jour-là, il lui avait demandé de l'accompagner au cabinet de sa société, dans le centre de Los Angeles. Voilà pourquoi elle se retrouvait désormais dans le hall d'attente d'un gratte-ciel, moulée dans l'unique robe qu'elle possédait et en talons hauts. Car elle savait que si les tenues les plus informelles étaient acceptées sur la côte Ouest, cette tolérance n'avait pas cours de l'autre côté du pays.

Lorsqu'elle sortit de l'ascenseur, au deuxième étage de l'immeuble, la réceptionniste lui tendit une bouteille d'eau pétillante et lui indiqua une salle de conférences aux baies vitrées surplombant le Fashion District. Elle avait emporté son appareil photo, dans l'intention de se promener à pied dans le quartier lorsqu'elle en aurait terminé ici. Elle avait été incapable de tourner la moindre vidéo ou d'écrire une seule ligne depuis que la nouvelle de la mort de Mason leur était parvenue. En revanche, elle avait pris de nombreuses photos, qu'elle postait sur son blog. Simplement des visages capturés au gré de ses promenades sur la plage, alors qu'elle cherchait des réponses qui, pour le moment, lui échappaient.

La porte s'ouvrit et elle se retourna, libérant dans ce mouvement une mèche de ses cheveux, retenus sur sa nuque par une barrette. Ethan portait un élégant pantalon de costume, mais s'était débarrassé de sa veste. Ses cheveux étaient un peu en désordre. Rempochant son téléphone, il s'avança vers elle.

— Désolé de t'avoir obligée à te déplacer jusqu'ici. Es-tu venue avec la voiture que je t'avais laissée ?

— Non, répondit-elle. Je déteste la circulation de Los Angeles. J'ai demandé à Peter de m'amener ici, en lui disant que je rentrerais avec toi.

— Je vais peut-être devoir travailler tard, observa-t-il.

Crissanne n'en était pas du tout étonnée. Depuis leur arrivée, Ethan avait systématiquement évité de se retrouver seul avec elle.

— J'ai prévu de visiter le Fashion District afin de prendre des photos pour mon blog, répondit-elle en haussant les épaules. Je ne suis pas pressée.

— Très bien, alors, dit Ethan en tirant une chaise pour qu'elle s'asseye. Je viens de recevoir un rapport de l'équipe de sauveteurs que nous avons envoyée.

Il prit place près d'elle et alluma la tablette posée sur la table. Elle observa ses mains qui se déplaçaient, vives et précises, pour composer le mot de passe. Le temps d'un instant, elle se laissa aller à imaginer la sensation qu'elle éprouverait si ces mains couraient sur sa peau. Lors de ses longues promenades sur la plage, elle avait passé beaucoup de temps à se remémorer cette unique nuit partagée avec Ethan, avant que la situation ne soit devenue aussi compliquée.

— Ont-ils découvert quelque chose ? s'enquit-elle. Des indices suggérant qu'il pourrait y avoir des survivants ?

Il ouvrit un dossier, et une photo de l'avion calciné apparut sur l'écran. Il passa à une deuxième photo, et elle vit six sacs mortuaires alignés sur le sol.

Horrifiée, elle se détourna précipitamment de cette terrible image.

Ainsi, c'était vrai. C'était la fin. Mason était mort.

Et rien ne pourrait le faire revenir.

Crissanne ne s'était pas rendu compte qu'elle pleurait jusqu'à ce qu'Ethan lui tende un mouchoir. Elle se détourna de lui : la proximité qu'elle avait ressentie entre eux jusqu'à tout récemment n'était plus qu'un souvenir. Plus ils passaient de temps ensemble, plus la distance qui les séparait grandissait.

Elle avait depuis longtemps l'intime conviction que Mason était mort. Elle sentait la brûlure des larmes derrière ses paupières, mais ce n'était plus le chagrin dévastateur qu'elle avait éprouvé la première fois. Poussant un soupir, elle tourna la tablette vers elle pour mieux examiner la photo.

— Je trouve horrible qu'il soit mort de cette façon, murmura-t-elle enfin.

— Moi aussi, déclara Ethan d'une voix monocorde, comme s'il avait enterré ses émotions tout au fond de lui-même.

Crissanne le soupçonnait de ne s'être pas encore

permis de prendre la mesure de son propre chagrin. Mais comme il travaillait constamment, ou était au téléphone à répondre à des appels concernant son travail, elle n'avait pas encore eu l'occasion d'aborder ce sujet avec lui.

— Sommes-nous amis ? s'enquit-elle.

— Quoi ?

Il se tourna face à elle et, durant une fraction de seconde, elle décela une lueur de chagrin au fond de ses yeux. Pourtant, celle-ci disparut aussitôt derrière le masque serein qu'il affichait habituellement.

— Sommes-nous amis ? répéta-t-elle, se penchant pour l'obliger à la regarder en face.

— Oui, répondit-il. Qu'est-ce qui te fait penser que ce ne serait pas le cas ?

Elle posa une main sur son genou, et le sentit tressaillir à ce contact.

— Depuis que nous sommes ici, tu as passé ton temps à m'éviter. Nous n'avons jamais abordé les sujets importants, et j'en ai plus qu'assez de ces petits mots que tu laisses au gardien. Prétends-tu être mon ami uniquement pour que je ne me sente pas trop seule ?

Il secoua la tête en silence.

— Qu'y a-t-il ? s'insurgea-t-elle. Je ne peux pas continuer ainsi. Je sais que je devrais gérer cette situation toute seule, mais je ne peux pas m'empêcher d'avoir envie que tu me soutiennes.

— Je le sais, murmura-t-il, saisissant sa main dans la sienne et déclenchant ainsi une vague de chaleur dans tout son corps.

— Très bien, dit-elle d'une voix mal assurée. Alors, que se passe-t-il ?

— Je… Je…

Il relâcha sa main et se leva pour aller se planter devant l'immense baie vitrée. Crissanne attendit qu'il reprenne la parole mais, au lieu de cela, il se contenta de poser son front contre la vitre.

Elle se leva à son tour et alla le rejoindre mais n'osa pas le toucher, de crainte qu'il ne la repousse à nouveau.

— Je ne peux pas me permettre d'exprimer ce que je ressens, ne serait-ce qu'un instant, dit-il d'une voix à peine audible. Si je cède une seule fois, je ne suis pas sûr de pouvoir garder le moindre contrôle sur mes émotions.

Ethan faisait de son mieux pour se souvenir que Crissanne traversait une période de grande vulnérabilité. Pire encore que le jour où il l'avait découverte sur le pas de sa porte avec ses valises. Il aurait aimé croire que le fait de venir se réfugier chez lui avait un sens pour elle mais, à présent, une partie de lui-même la soupçonnait de ne l'avoir fait que pour rendre Mason jaloux.

Mason.

Ethan avait prudemment évité de trop penser à la mort de son ami. Son meilleur ami. La personne qui le connaissait le mieux sur terre. Ethan était très proche de ses frères, mais ils avaient tous leurs propres vies, leurs propres carrières. C'était Mason qu'il appelait au milieu de la nuit lorsqu'il luttait contre ses propres démons. De la même manière, Mason s'était toujours confié à lui lorsqu'il était confronté à un problème qu'il ne pouvait résoudre seul.

C'est pourquoi Ethan avait été si étonné d'apprendre que son ami avait rompu avec Crissanne.

Mason ne lui en avait jamais soufflé mot.

À présent, ils n'auraient plus jamais l'occasion d'aborder ce sujet ensemble. Mason lui manquait. Il aurait pu le reconnaître à 2 heures du matin, assis dans son lit en proie à l'insomnie, mais pas maintenant. Pas en plein milieu de l'après-midi, pas ici. Il devait tenir bon.

Crissanne posa la main sur son épaule. Ce n'était qu'un geste de réconfort, bien sûr, mais il eut pour effet de déclencher un frisson le long de son échine. Ethan ne pouvait plus l'ignorer : il avait besoin d'évacuer cette tension. Peut-être en faisant l'amour à une parfaite inconnue. Pourtant, il savait déjà que ce serait inutile. Même si Crissanne n'avait pas dormi dans la même chambre que lui, dans la maison de Hunter, elle était la seule femme au monde qu'il désirait actuellement.

Elle se tenait si près de lui qu'il sentait la chaleur de son corps l'entourer. Et lorsqu'il fixait la baie vitrée devant lui, c'était elle qu'il voyait. Son reflet l'observait.

Son sang lui donnait l'impression de s'être transformé en lave dans ses veines. Il se retourna, tête basse, bien décidé à s'éloigner immédiatement d'elle. Mais ils étaient trop près l'un de l'autre pour une telle manœuvre, et dans ce geste, leurs fronts s'entrechoquèrent. Crissanne sursauta, et il sentit son souffle chaud tout contre ses lèvres.

Puis elle posa sa bouche sur la sienne.

Il lui enlaça la taille et la serra tout contre lui et, lorsqu'il sentit son corps étroitement soudé au sien, il sut avec certitude que rien ne pourrait l'arrêter. Pas cette fois-ci. Pas avant de la sentir nue dans ses bras, et de faire avec elle ce qu'il aurait dû déjà avoir fait l'autre nuit. Juste avant…

— Dis-moi non et sors d'ici tout de suite, souffla-t-il d'une voix rauque. Parce que si tu ne le fais pas, je vais aller verrouiller la porte de la salle et je vais te faire l'amour ici même, sur cette table.

Elle demeura silencieuse un instant, comme si elle

y réfléchissait, puis hocha la tête. Sa main lâcha son épaule et elle se détourna de lui.

Ethan sentit son cœur se serrer. Il savait pourtant qu'il n'aurait jamais dû baisser sa garde. Qu'il risquait de détruire un lien précieux entre Crissanne et lui. Quelque chose qu'il ne parvenait pas à identifier, et moins encore à nommer.

Au même instant, elle s'arrêta devant la porte. Mais, au lieu de l'ouvrir pour sortir, elle tira le verrou et s'adossa au vantail.

— Je ne vais nulle part, déclara-t-elle.

Ethan cessa de penser. Tous ses efforts de réflexion ne l'avaient mené à rien, sauf à le rendre encore plus conscient du peu de contrôle qu'il exerçait sur les différents aspects de sa vie.

Il traversa donc la pièce pour aller la rejoindre, puis posa une main sur la porte derrière sa tête, et l'autre au creux de sa taille. Il se pencha vers elle, et elle leva les lèvres vers les siennes. Mais il n'avait pas envie de l'embrasser tout de suite. Il désirait d'abord goûter la saveur de son long cou gracile.

Il posa la bouche sur la douceur hâlée de sa peau, qui sentait les fraises et l'océan. Ethan savait qu'il aurait dû faire preuve de retenue, se conduire en gentleman. Il savait aussi qu'il aurait dû prendre tout son temps pour savourer cet instant magique, mais il l'avait attendu toute sa vie, et savait que c'était une cause perdue d'avance.

Il souleva Crissanne du sol et l'embrassa passionnément, tandis qu'elle nouait les jambes autour de sa taille pour lui rendre son baiser avec une fougue égale à la sienne, pressant fiévreusement son corps contre le sien.

Il glissa une main sous sa jupe et, remontant sur la fraîcheur de sa cuisse, écarta l'élastique de sa culotte pour recueillir l'une de ses fesses fermes dans la paume de sa main.

Elle s'écarta de lui pour murmurer quelques mots qu'il ne comprit pas. À ce stade, il était bien incapable d'écouter ou de comprendre quoi que ce soit. Crissanne occupait sa conscience tout entière. Il devait la faire sienne.

D'une main, il déboutonna son propre jean et le fit glisser sur ses jambes en même temps que son boxer, afin de libérer sa douloureuse érection. Repoussant sa main, Crissanne empoigna son sexe tendu et entreprit de le caresser avec une lenteur sensuelle.

Il la reposa sur le sol, et elle se débarrassa rapidement de sa culotte. Puis elle riva son regard au sien, et il comprit qu'il devait dire quelque chose. Lui déclarer que ce qu'ils s'apprêtaient à faire allait bien au-delà du sexe, ou du besoin d'oublier. Mais il en fut incapable.

Il se rapprocha d'elle. Avant de se figer.

— Zut ! Je n'ai pas de préservatif.

— Tout va bien, le rassura-t-elle. Je prends la pilule.

Ethan leva la main pour effleurer sa joue d'une caresse, et Crissanne frissonna. Elle était saisie d'une irrésistible envie de le toucher. Hors de question de se contenter de demi-mesure, car ce serait peut-être l'unique fois qu'il baisserait sa garde à ce point. Elle sentait sa cuisse entre ses jambes, et elle frissonna lorsqu'il s'empara de ses hanches pour la serrer tout contre lui. Déboutonnant sa chemise avec des doigts tremblants, elle constata qu'il portait un T-shirt dessous. Elle le releva puis parcourut avec délectation la peau nue de son torse et de son ventre plat du bout des doigts. Ses muscles étaient durs, elle le savait déjà depuis l'autre nuit, lorsqu'elle les avait longuement caressés. Mais, à présent, elle sentait leur chaleur contre sa main et se rendait compte qu'elle avait oublié beaucoup de détails. Par exemple cette légère toison qui allait en rétrécissant jusqu'à son bas-ventre. Elle la parcourut d'un doigt léger, tandis que les mains d'Ethan continuaient à la caresser doucement.

Elle était brûlante de désir, prête pour lui, et il était hors de question de prolonger les préliminaires au-delà du strict nécessaire. Glissant sa main entre leurs deux corps, elle serra de nouveau son sexe dur dans sa main, et entreprit de le caresser voluptueusement sur toute sa longueur.

Un torrent de sensations déferla en elle et, laissant retomber sa tête en arrière, elle ferma les yeux. Mais cela ne lui suffisait plus. Elle désirait sentir Ethan en elle. Tout de suite.

Elle se déplaça légèrement, avançant ses hanches et guidant le sexe d'Ethan jusqu'au sien.

Il baissa la tête pour embrasser le creux de son cou, à la naissance de l'épaule.

Lorsqu'il la pénétra enfin, elle enfonça les ongles dans ses hanches étroites et s'y cramponna de toutes ses forces.

— Crissanne, murmura-t-il d'une voix rauque. Tu es tellement merveilleuse…

Elle se contenta de hocher la tête, les yeux fermés. Il lui était devenu impossible de réfléchir. Elle était plongée dans un monde de pures sensations.

Un sourire d'extase aux lèvres, elle ondula des hanches contre lui pour suivre son rythme. Elle adorait le sentir en elle.

Il accéléra son va-et-vient brûlant entre ses hanches et, soudain, elle sentit qu'elle approchait de l'orgasme. Lorsqu'il posa la bouche sur sa gorge pour la dévorer de baisers, elle rejeta sa tête en arrière et murmura son prénom, tandis qu'elle basculait dans le plaisir. Ethan la serra plus fort dans ses bras, accélérant ses assauts jusqu'à ce qu'il la sente frissonner violemment, puis il tomba à son tour dans un abîme de volupté.

Les yeux fermés, Crissanne posa la tête sur son épaule. Il la tenait toujours serrée contre lui. Elle comprit alors qu'elle s'était privée de sexe pendant trop longtemps.

C'était sûrement pour cette raison qu'elle le serrait si fort contre elle, et qu'elle avait très envie de pleurer. Le sentir en elle, ressentir l'étreinte de ses bras vigoureux autour de son corps, lui avaient fait comprendre que c'était cette intimité qu'elle avait attendue toute sa vie. C'était cela qui lui avait tant manqué.

Elle avait besoin d'Ethan. Et cela n'avait aucun rapport avec la mort de Mason. Cela le concernait uniquement lui, et les sentiments qu'elle avait trop longtemps niés. Elle avait besoin de ce qu'Ethan avait à lui offrir. Cette tranquille intensité.

Il s'écarta d'elle, mettant fin à leur étreinte.

— Euh… Je suis désolé, marmonna-t-il d'un ton gêné. Je n'avais pas prévu que cela irait aussi loin. Tu trouveras la salle de bains au bout du couloir.

— Ethan ?

— Oui ?

— Sommes-nous toujours amis ?

Elle avait constaté qu'il évitait son regard.

Il lui tourna le dos et, lorsqu'il lui fit de nouveau face, son T-shirt était rentré dans la ceinture de son jean, celui-ci étant reboutonné. Il s'affairait à présent avec les boutons de sa chemise, et elle eut la distincte impression que ce corps-à-corps sexuel avait eu plus d'impact sur elle que sur lui. Il avait peut-être seulement besoin d'un orgasme pour pouvoir recommencer à respirer normalement.

— Oui, naturellement, répondit-il.

Mais elle ne put s'empêcher de noter que ce ton détaché, dénué d'émotion, avait fait sa réapparition dans sa voix.

Elle fut alors à deux doigts de lui permettre de les ramener à la trêve fragile dans laquelle ils avaient vécu ces trois dernières semaines. Mais, au lieu de cela, elle s'approcha de lui, piétinant sans la voir sa culotte oubliée sur le sol. Elle surprit alors une expression curieusement vulnérable sur le beau visage d'Ethan.

Il n'était pas aussi détaché qu'il s'efforçait de le faire croire.

— Parfait, conclut-elle. Parce que je suis lasse de devoir garder mes distances avec toi. J'étais venue chez toi avant l'accident de Mason, parce que j'avais pensé…

Elle marqua une pause, avant de poursuivre :

— J'avais pensé que je savais ce que je voulais. La disparition de Mason est venue me rappeler que la vie est courte et fragile. Or je suis lasse d'attendre éternellement…

Elle recula d'un pas, avant d'ajouter d'une voix vibrante d'émotion :

— Je ne suis plus disposée à attendre, Ethan. Je désire davantage qu'une simple amitié entre nous, et je sais que toi aussi.

Il la dévisagea et, pour la toute première fois, elle vit défiler la douleur, l'espoir et la culpabilité dans ses yeux. Elle sut alors avec certitude qu'il espérait aussi davantage que ce qu'ils avaient partagé ces derniers temps.

— Rentrons à la maison, dit-il enfin. Nous réfléchirons mieux à Cole's Hill. Et nous verrons bien si ceci n'était qu'une réaction passagère, ou quelque chose de durable.

- 7 -

Il était peut-être allé un peu vite en déclarant qu'il souhaitait rentrer au Texas, songea Ethan, car ils devaient assister à une cérémonie à la mémoire de Mason. Entre-temps, Crissanne était venue s'installer dans sa chambre. Cette petite femme n'occupait pas beaucoup d'espace, mais elle avait une forte présence. Partout où il posait son regard, Ethan voyait des traces de son passage. À cet instant, il se trouvait dans la salle de bains privée de sa suite, dotée d'un double lavabo. Il n'avait même pas besoin de tourner la tête pour voir le flacon de parfum de Crissanne ainsi que son nécessaire à maquillage sur la coiffeuse. Crissanne était dans la chambre et fredonnait un air du chanteur Liam Gallagher. Elle chantait faux.

Ethan, qui achevait de nouer son nœud papillon, s'interrompit en reconnaissant cette chanson, qui parlait de prendre son envol dans les grands espaces. Aucune autre n'aurait pu aussi bien décrire Mason. Son ami avait toujours cherché à flirter avec les limites de l'impossible. Il avait toujours été d'une brutale franchise, et c'était seulement aujourd'hui, alors qu'il n'était plus, qu'Ethan pouvait admettre que Mason avait été le seul à le connaître vraiment.

À cette idée, il sentit son cœur se serrer. Son ami avait toujours vu clair en lui. Y compris lors de leur première année à l'université, lorsque Ethan avalait des pilules pour rester éveillé des nuits entières afin de préparer ses examens… et qu'il essayait de cacher ce qui était devenu une véritable addiction.

Mais Mason n'avait pas été dupe.

Il l'avait compris et ne s'était pas donné la peine d'essayer de lui donner des conseils ou de le raisonner. Il lui avait décoché une bonne droite au menton. Furieux, Ethan avait répliqué avec ses poings, mais cela n'avait pas impressionné Mason. Ce soir-là, ils s'étaient battus comme des sauvages et, après ça, Mason lui avait expliqué qu'il n'avait jamais eu ce qu'Ethan avait dans sa vie : des parents aimants, des frères qui passent régulièrement à la maison. Ethan avait eu une chance insolente, et il devait cesser de gâcher bêtement son existence.

Ensuite, Mason n'avait plus jamais évoqué le sujet et Ethan avait définitivement renoncé aux pilules. Cela n'avait pas été facile mais, chaque fois qu'il doutait de lui-même, il lui suffisait de se rappeler les yeux verts de Mason fixés sur lui, son visage tuméfié, et d'entendre le ton douloureux de sa voix pour retrouver l'espoir. Mason l'avait convaincu, comme personne d'autre n'avait su le faire avant lui.

— Frérot, tu me manques, murmura-t-il.

Les larmes lui montèrent aux yeux mais il fit un violent effort pour se ressaisir.

Il était resté fort jusqu'à présent, et il n'était pas question de s'effondrer maintenant. Il serra très fort les paupières et prit une profonde inspiration pour se calmer. Puis, la crise passée, il acheva de nouer son nœud papillon.

Il devait être solide, pour lui-même et pour Crissanne, à qui il tenait davantage à chaque jour qui passait. Il savait qu'une partie de lui-même la désirait parce qu'elle était jolie, avec ses longues jambes et son merveilleux sourire. Avec ce sens de l'humour un peu décalé qui l'avait souvent surpris et charmé. Mais en découvrant la femme qu'elle était réellement, il était ébloui. Il était en train de tomber amoureux d'elle. Pour de bon. Rien à voir avec une illusion de désir envers une femme inaccessible.

Cette fois-ci, c'était différent.

Crissanne était différente.

Mais il avait toujours été plus à l'aise avec la théorie qu'avec la vie réelle. Le troisième fils d'une riche famille d'éleveurs. Le brillant avocat. L'homme qui n'avait jamais laissé de cœurs brisés dans son sillage pour l'unique raison qu'il ne s'était jamais permis de s'engager sérieusement.

Il entendit un bruit de pas, puis il vit Crissanne apparaître sur le seuil, tout de noir vêtue. Sa robe fourreau, qui moulait amoureusement ses courbes, s'arrêtait juste au-dessus de son genou. Elle avait noué ses cheveux en chignon et portait aux oreilles les perles que Mason lui avait offertes. Ethan le savait, car il était présent lorsque Mason les avait achetées chez un grand joaillier.

— Tout va bien ? s'enquit-elle sans entrer dans la pièce.

— Oui, répondit-il, mais cette journée risque de ne pas être très facile.

— C'est vrai. Mais, au moins, nous pourrons dire adieu à Mason, à présent que nous savons qu'il ne reviendra pas.

— Pensais-tu qu'il serait venu te retrouver chez moi ? s'enquit Ethan.

— Il était logique de penser que nos chemins se croiseraient à nouveau, répondit-elle en haussant les épaules. Vous êtes amis, tous les deux.

L'idée qu'Ethan avait si désespérément essayé de refouler resurgit dans son esprit, et il posa à Crissanne la question qui lui brûlait les lèvres :

— Es-tu venue chez moi pour le rendre jaloux ?

— Non, absolument pas ! se récria-t-elle. Mon arrivée n'avait aucun rapport avec Mason. Je suis venue vers toi parce que je me sentais seule au monde, Ethan. Et tu étais la seule personne sur qui je savais pouvoir compter.

Il acheva de nouer son nœud papillon, puis il lui tourna le dos pour déboutonner son pantalon et y glisser les pans de sa chemise, plus pour se donner le temps de réfléchir que par pudeur. Il voulait croire qu'il n'avait pas trahi Mason lorsqu'il avait embrassé Crissanne pour la première fois. Mais cette idée continuait à le tarauder.

Il sentit subitement qu'elle avait posé sa main au milieu de son dos et tressaillit.

— Devenir une nouvelle cause de regrets pour toi n'était pas mon intention, murmura-t-elle.

— Je ne regrette rien, assura-t-il en se retournant face à elle.

Son maquillage agrandissait ses yeux. Elle était toujours la même, tout en étant très différente de la jeune femme qu'il connaissait. Cependant, son regard fixé sur lui avait toujours la même sincérité. Et elle le dévisageait toujours comme si quelque chose l'effrayait.

La cérémonie commémorative avait été organisée dans les locaux d'une entreprise de pompes funèbres de Malibu. Lorsque Crissanne y entra, elle eut la surprise de constater que toute la famille d'Ethan était déjà là. Son père s'approcha d'elle pour la serrer dans ses bras sans un mot, une expression grave sur son visage buriné. Les frères d'Ethan et leurs épouses étaient là aussi. Deux jeunes enfants étaient assis dans un coin de la pièce, penchés en silence sur un livre d'images.

La petite fille était rousse. Ses cheveux étaient attachés en nattes et elle portait une robe noire avec un cheval brodé sur la jupe. Le petit garçon était vêtu pour sa part d'un minuscule costume noir avec un nœud papillon. Tous deux ne devaient pas avoir plus de trois ou quatre ans, mais ils se tenaient très bien et étaient visiblement très proches l'un de l'autre.

— J'espère que la présence de nos enfants ne posera aucun problème, remarqua Kinley Caruthers en s'approchant d'elle.

Crissanne connaissait toutes les belles-sœurs d'Ethan, car celui-ci lui avait envoyé des photos après chacun de leurs mariages. Kinley était l'épouse de Nate, le frère aîné d'Ethan. Ils s'étaient rencontrés à l'occasion d'un week-end trépidant à Las Vegas, et de cette nuit de passion passée ensemble était né un enfant. Nate n'avait toutefois appris l'existence de sa fille que l'année précédente.

— Non, bien sûr, répondit Crissanne. Merci d'être venus. Je suis surprise de les voir si sages et si bien élevés.

— Le papa de Benito est décédé l'année dernière, lui dit Bianca, l'autre belle-sœur d'Ethan, en venant les rejoindre.

L'ancienne top model avait épousé un pilote de Formule 1, mais celui-ci avait péri dans un accident. Bianca était alors rentrée à Cole's Hill, où Derek Caruthers et elle avaient renoué leur ancienne amitié. Une amitié qui s'était progressivement transformée en amour.

— C'est triste à dire, ajouta Bianca en la serrant

brièvement dans ses bras, mais cet enfant sait se comporter, aux funérailles.

— Où logez-vous ? s'enquit Crissanne, émue par ce qu'elle venait d'entendre.

— Nous dormirons chez Hunter ce soir, expliqua Kinley. Ce matin, nous n'avons pas eu le temps de nous y rendre.

— Quand avez-vous décidé de venir ? demanda Crissanne, étonnée qu'Ethan ne l'ait pas informée que sa famille allait assister à cette cérémonie.

— Je ne pense pas qu'il y ait eu une discussion à ce sujet, répondit Kinley. Nate nous a simplement demandé de nous préparer. Cet homme prend son rôle de grand frère très au sérieux.

— Derek a dû terminer une intervention avant que nous puissions partir, observa Bianca. Hunter et Ferrin étaient déjà à l'aéroport.

Entre-temps, d'autres personnes étaient arrivées, et Crissanne quitta la famille Caruthers pour aller accueillir les responsables de la société de production ainsi que des membres des équipes de tournage avec lesquels Mason avait travaillé par le passé. Elle bavarda avec eux pendant quelques minutes, puis le directeur du funérarium s'approcha pour lui demander si elle souhaitait se recueillir quelques minutes seule avant le début de la cérémonie.

Elle ne sut quoi répondre.

Elle finit par acquiescer, car la salle de réception commençait à se remplir d'une foule d'inconnus. Elle suivit l'homme dans une pièce ressemblant à la nef d'une église. À l'endroit où aurait dû se trouver le cercueil, on avait dressé un chevalet supportant une grande photo en couleurs du disparu.

Elle s'éloigna du directeur pour s'avancer jusqu'au portrait. C'était une photo qu'elle avait prise elle-même.

En cet instant, Mason lui manquait douloureusement. Elle tendit la main vers son visage, se souvenant parfaitement du jour où elle avait pris cette photo. Ils naviguaient à bord d'un catamaran, quelque part entre Dana Point et Catalina. Mason essayait de lui enseigner les rudiments de la navigation à la voile, mais la sensation du soleil sur sa peau était trop agréable, et elle s'était contentée de paresser sur le pont pendant qu'il manœuvrait le bateau, en prenant des photos avec son appareil étanche.

Ce jour-là, Mason était dans son élément.

Elle avait vu briller une véritable passion dans ses yeux. C'était la première fois qu'elle avait compris qu'elle était en compétition avec la nature elle-même et que, dans le cœur de Mason, elle ne pourrait jamais occuper la première place.

La porte s'ouvrit derrière elle. Lorsqu'elle tourna la tête, elle découvrit Ethan planté sur le seuil.

— Puis-je me joindre à toi ?

— Oui, bien sûr, répondit-elle. Toi aussi, tu as besoin de lui faire tes adieux en privé.

— C'est vrai. J'ai beaucoup de mal à gérer mes émotions, en ce moment.

— Oui, je le sais, murmura-t-elle. Je crois que c'étaient les moments que j'aimais le plus, lorsque Mason et toi étiez ensemble. Il se mettait en colère et se lançait dans l'escalade d'une falaise rocheuse, et toi, tu restais là, à analyser calmement le pour et le contre, ou à essayer de le persuader de s'éloigner du précipice.

— Mason m'avait même trouvé un nom, ajouta-t-il en souriant. Il m'appelait son filet de sécurité.

— Car tu l'étais vraiment.

C'était typique de Mason. Elle se rappela ses mots, juste avant son départ. Crissanne avait représenté, disait-il, son unique chance de vivre une vie normale. Apparemment, cette vie-là n'était pas faite pour lui.

— Je suis surprise que toute ta famille ait fait le déplacement jusqu'ici, remarqua Crissanne. Je me réjouis qu'ils soient venus.

— Eux aussi connaissaient Mason. Et ils savent que nous avons besoin de soutien familial.

— Moi, je n'en ai jamais eu aucun, avoua-t-elle.

— Désormais, tu en as un, assura-t-il en lui entourant les épaules de son bras.

Alors qu'ils étaient là, côte à côte, devant le portrait en couleurs, Crissanne plongea le regard dans celui d'Ethan. Elle ne put s'empêcher de songer que Mason se serait réjoui qu'elle ait trouvé le bonheur avec son ami.

Soudain, quelqu'un toussota discrètement derrière eux. Lorsqu'elle se retourna, elle reconnut le directeur du funérarium qui attendait près des doubles portes.

— Êtes-vous prêts à ce que nous laissions entrer le reste de l'assistance ? s'enquit-il d'un air compassé.

— Oui, monsieur, répondit Ethan. J'aimerais régler quelques détails avec le pasteur qui doit conduire la cérémonie.

— Vous le trouverez là-bas, lui dit le directeur, indiquant une porte sur leur gauche.

— Puis-je te laisser seule un instant ? s'enquit Ethan, s'adressant à elle.

Crissanne acquiesça.

Il sortit et les grandes portes s'ouvrirent. La famille d'Ethan entra la première, et Crissanne remarqua que Bianca et Kinley n'étaient pas là. Ce qui, compte tenu de la présence des enfants, était compréhensible. Hunter, qu'elle avait rencontré en de rares occasions, s'approcha et la présenta à son épouse. Durant un instant, Crissanne se sentit presque normale. Elle était seule parmi cette foule, mais elle en éprouvait un certain réconfort.

Hunter avait bien connu Mason, et il évoqua avec elle certains de leurs souvenirs communs. Dans ces paroles, elle puisa de nouvelles forces. Il devenait plus facile pour elle de se détacher du défunt, de comprendre qu'une nouvelle phase de sa vie s'ouvrait devant elle, et qu'elle avançait dans la bonne direction.

Alors que la cérémonie commençait et que ceux qui avaient connu Mason échangeaient leurs anecdotes, l'idée qui s'imposa dans son esprit, c'était que la vie devait être pleinement vécue tant qu'elle durait.

Elle se promit alors que, dorénavant, ce serait ainsi qu'elle mènerait sa vie. Plus question de dissimuler ni de faire semblant. Et cela débutait avec Ethan Caruthers.

Ethan commençait à avoir l'impression que les murs de sa chambre, dans la maison de Malibu, se resserraient sur lui. Repoussant les draps, il quitta son lit. La maison était silencieuse, à présent, mais, plus tôt dans la journée, elle avait été remplie de gens échangeant leurs souvenirs de Mason et célébrant la vie qui avait été la sienne.

Cela lui avait beaucoup donné à réfléchir. Ce jour-là, il avait parlé de Mason avec de nombreuses personnes. Ethan restait admiratif devant l'image que son ami avait laissée de lui. Dans son testament, qu'Ethan l'avait aidé à rédiger, Mason léguait toute sa fortune à une œuvre caritative qui finançait des camps d'été à la mer ou à la montagne pour les enfants des quartiers défavorisés. Mason avait toujours déclaré que, s'il n'avait pas passé l'été de ses quatorze ans dans un camp de vacances à la montagne, il n'aurait jamais trouvé sa voie.

Ethan ramassa un short abandonné sur le sol près du lit, et l'enfila. En silence, car toute sa famille se trouvait dans la maison, endormie. Crissanne et lui dormaient dans des chambres séparées. Cela lui avait semblé être la solution la plus appropriée mais, naturellement, vers le milieu de la nuit, il l'avait regretté. Elle lui manquait.

Il ouvrit la porte donnant sur le couloir et, traversant le salon sur la pointe des pieds, il sortit sur le porche. Le ciel était parfaitement dégagé. Ici, à Malibu, les étoiles paraissaient toujours briller d'un plus grand éclat qu'ailleurs. Empoignant au passage une bouteille de bourbon, il descendit l'escalier de bois donnant accès à la plage.

Il n'avait pas véritablement pu dire adieu à Mason. Pas encore.

Pas avant cette nuit.

Il se dirigea vers un affleurement rocheux près du sable, et, à sa grande surprise, constata qu'une autre personne y était déjà assise.

Crissanne.

Il hésita. Elle était probablement venue ici pour la même raison que lui. Pour faire ses adieux à Mason en privé. Et il ne souhaitait pas la déranger.

Il avait fait de son mieux pour garder ses distances avec elle, écartelé entre le désir qu'il éprouvait et son besoin de respecter son intimité. Faire l'amour dans la salle de conférences leur avait fait le plus grand bien, mais il avait l'impression que ce n'était… qu'une réaction face à la mort de Mason, plutôt qu'un besoin mutuel. Par ailleurs, c'était une chose de faire l'amour avec elle à Cole's Hill, mais, ici, à Malibu, où Mason et elle avaient vécu…

L'idée lui semblait inconvenante.

Il tourna les talons pour repartir vers la maison.

— Ethan, ne t'en va pas !

Il s'arrêta, puis fit demi-tour et marcha jusqu'aux rochers sur lesquels elle était assise. La marée était basse. Le sable était humide, mais les vagues n'arrivaient pas jusqu'aux rocs.

— Je ne voulais pas te déranger, s'excusa-t-il.

— Tu ne me déranges pas du tout. Je contemplais la voûte étoilée, et je parlais à Mason.

Ethan s'assit à distance respectable, puis agita la bouteille de bourbon.

— J'étais venu ici pour porter un toast à sa mémoire, expliqua-t-il.

— Je vais t'accompagner.

— Aux bons amis qui vivront toujours dans nos cœurs, dit-il en levant haut la bouteille.

Crissanne acquiesça en silence. Ethan versa d'abord quelques gouttes de bourbon dans le sable – la part du disparu – avant d'en boire une gorgée. Puis, il lui tendit la bouteille.

— À ton tour, dit-il.

— À la vie intensément vécue, s'exclama-t-elle, versant quelques gouttes dans le sable avant de boire à son tour et de lui rendre la bouteille.

Ethan but une nouvelle gorgée, puis il s'appuya sur un coude. Ils se cachaient une vérité fondamentale à eux-mêmes. À savoir que si Mason n'était pas mort, et avait constaté que la relation entre Crissanne et lui avait changé à ce point, il ne serait peut-être pas content du tout.

— Je n'ai pas l'intention de m'excuser pour ce qui s'est passé entre nous, déclara-t-il.

— Je m'en réjouis, répondit-elle, parce que je n'ai pas envie que tu t'excuses.

— Je me sens coupable, avoua-t-il.

— Ce n'est pas nécessaire. Mason et moi vivions

des vies séparées bien avant ce jour où nous nous sommes embrassés, toi et moi, au Texas.

— Mais, dans mon esprit, Mason et toi n'étiez pas forcément séparés pour de bon.

Crissanne inclina la tête pour le dévisager un instant dans le clair de lune, et il se demanda ce qu'elle voyait, lorsqu'elle le fixait ainsi.

— Regrettes-tu que nous ayons fait l'amour ? s'enquit-elle enfin.

— Non. C'est de la culpabilité que je ressens, pas du regret. Je désire partager davantage avec toi, et j'aurais souhaité que l'ombre de Mason ne plane plus entre nous avant de commencer à écrire notre propre histoire. Ensemble.

— Ensemble ? répéta-t-elle. En es-tu bien certain ? Jusqu'à présent, heu… je ne dirais pas exactement que tu me fuyais, car tu es trop intelligent pour cela. Mais il y avait une distance…

— Je sais, murmura-t-il. Je suis désolé. Ce n'est pas facile, pour moi, de concilier l'homme que je voudrais être et celui que je suis réellement. Tu mérites le meilleur de ce que je peux t'offrir.

— Je ne me plains pas.

Toute sa vie, il avait su trouver les mots justes pour chaque situation. Mais, face à Crissanne, il avait l'impression d'être redevenu un étudiant de première année qui ne savait que régurgiter ce qu'il avait appris dans les manuels.

— Tu en aurais pourtant le droit, remarqua-t-il.

Elle se rapprocha de lui et posa la tête sur son épaule. Ethan l'attira contre lui, et toute la tension qui s'était accumulée dans son corps s'évapora d'un coup.

Poussant un long soupir, il la garda ainsi, bien serrée contre lui, dans la lumière argentée de la pleine lune.

— La vérité, dit-elle d'une voix douce, c'est que,

même si je ne suis partie que début août, Mason et moi n'étions plus vraiment ensemble depuis le mois de janvier précédent. J'ai persisté à croire que si je restais, je trouverais le moyen de faire en sorte que notre relation fonctionne, mais Mason était de plus en plus souvent absent. Moi aussi, je me sens coupable.

— Pourquoi ? s'étonna-t-il.

— N'était-ce pas à cause de moi qu'il choisissait des sites de plus en plus dangereux pour ses tournages ? murmura-t-elle d'un ton douloureux.

Ethan sentit son cœur se serrer. Personne n'était responsable des décisions de Mason.

— Ce garçon était plus têtu qu'une mule, Crissanne. Il ne faisait jamais rien à moins d'en avoir envie.

Crissanne demeura silencieuse. Elle se contenta de poser une main sur la sienne, et ils restèrent là jusqu'au matin, sirotant occasionnellement leur bourbon et parlant de leur ami. Ils lui avaient fait leurs adieux d'une manière qui avait réellement du sens pour eux deux, et aux premières lueurs de l'aube, Ethan comprit qu'il était temps de rentrer à la maison.

- 8 -

Alors que les longues journées d'été laissaient peu à peu la place à l'automne, à Cole's Hill, Crissanne s'était installée dans une agréable routine. La fin du mois de septembre approchait, et cela faisait presque deux semaines qu'Ethan et elle étaient rentrés de Californie. La famille d'Ethan l'avait beaucoup soutenue. Ils s'étaient tous employés à lui remonter le moral et à l'intégrer dans leur communauté. Elle avait même été recrutée par le country club de la ville, qui organisait des enchères. Une partie de son travail consistait à photographier individuellement tous les célibataires de Cole's Hill, dont le plus populaire remporterait les enchères. Ceux-ci formaient un groupe assez divers, mais elle notait un trait commun à tous ces Texans : leur inébranlable assurance et leur humour.

Ce jour-là, elle s'était installée dans le grand salon du country club, et les membres du comité défilaient en nombre devant sa table.

— Ce salon me ramène invariablement à mon enfance, observa Bianca en s'approchant.

Bianca, qui avait été top model durant des années, avait été appelée à la rescousse pour coiffer les hommes avant la photo. Leurs portraits seraient rassemblés dans un catalogue qui serait ensuite distribué à chaque foyer de Cole's Hill.

— Vraiment ? répondit Crissanne. Qui sont tous ces gens ? J'ai lu leur présentation, et si je reconnais le nom des Caruthers et des Velasquez, grâce à toi, je ne connais aucun des autres.

— Ce sont les membres des cinq familles qui ont fondé Cole's Hill. L'homme que tu vois là-bas est Jacob Cole. C'est lui qui a donné son nom à la ville. La femme près de lui est Bejamima Little, sa fille, qui a fondé la première école de la ville. Mon ancêtre, Javier Velasquez, était éleveur de bétail dans cette région bien avant l'arrivée de Jacob. Ma famille était propriétaire de ses terres par décret royal des souverains d'Espagne. À la droite de Jacob tu vois Tully Caruthers et sa sœur, Ethel. Jacob lui avait fait construire une maison sur le site actuel du club-house. Ensuite, ce sont les Abernathy. Tu feras la connaissance de Wil lorsqu'il se présentera pour sa photo. Il est très drôle et il aime flirter, alors, méfie-toi. La dernière de ces cinq familles est les Graham. Leur ancêtre s'appelait Bones Graham. Il était entrepreneur de pompes funèbres. Sa famille a transformé leur propriété à la sortie de la ville en brasserie clandestine. Les Graham sont tous des délinquants.

— Alors, Bianca, on parle encore de moi ? lança un homme depuis le seuil.

— Bien sûr que non, répondit Bianca en lui adressant un sourire. Crissanne, je te présente mon frère Diego. Rassure-toi, il est inoffensif.

— Aucun homme n'aime entendre cela, répliqua l'intéressé. Je suis un dur à cuire. Ne laissez pas ma sœur vous affirmer le contraire.

— Un dur à cuire ?

— Exactement. Et des tas de femmes me trouvent séduisant.

Crissanne ne put s'empêcher de rire à ces taquineries entre frère et sœur. À sa grande surprise, elle ne sentait pas son cœur se serrer aujourd'hui, comme c'était généralement le cas lorsqu'elle se trouvait en présence des familles des autres. Elle avait toujours pensé que l'unique moyen de connaître les joies de la famille serait d'être mariée ou de vivre en couple, mais elle commençait peu à peu à comprendre que l'amitié était un lien tout aussi puissant.

— Je réserverai mon jugement jusqu'à ce que j'aie vu votre photo, répondit Crissanne. L'objectif me révèle toujours la vérité au sujet d'une personne.

— Mon pauvre Diego, je crois que tu vas au-devant des problèmes, remarqua Bianca.

Il fit mine de lui décocher un coup de poing sur l'épaule puis s'éloigna dans la salle. Bianca apprit à Crissanne que son frère dirigeait l'un des plus importants haras des États-Unis. D'après Nate, qui avait récemment signé un contrat avec lui, ses chevaux étaient renommés pour leur vitesse et leur agilité.

— Accordez-moi une minute pour régler les éclairages, dit-elle.

À l'origine, ils avaient songé à prendre les photos sur le lieu de travail des célibataires, mais l'organisation s'était avérée compliquée, et Bianca avait décidé de les faire tous venir au club-house. Crissanne avait travaillé avec les professeurs d'art du lycée pour faire peindre quelques toiles qui serviraient d'arrière-fond aux photos.

— L'une de vos cousines au second degré a peint ces toiles, remarqua Crissanne. Julia, je crois.

— Elle est fabuleuse, opina Diego, qui s'était de nouveau approché des deux femmes. Julia a beaucoup de talent. Nous sommes tous très fiers d'elle.

Ces familles avaient vraiment jeté des racines, ici, songea Crissanne. En prenant ses photos, elle avait appris que quasiment tout le monde, à Cole's Hill – à l'exception des nouveaux résidents – pouvait justifier de son ascendance avec l'une des cinq familles d'origine.

Diego était un bon sujet de photographie. Il souriait facilement et portait son stetson noir comme s'il avait été inventé pour lui. Il bavarda à bâtons rompus avec elle pendant toute la durée de la séance et, en partant, lui décocha un clin d'œil. Crissanne eut toutes les peines du monde à ne pas éclater de rire.

À mesure que la journée avançait, elle était de plus en plus impressionnée par la variété des hommes qui venaient se faire photographier. L'un de ses préférés était Wil Abernathy, un autre éleveur, plus détendu que Diego et moins adepte du flirt à outrance.

Parmi les célibataires, un autre homme se détachait du lot : Manu Bennett. Doté de muscles impressionnants, il avait posé torse nu, exhibant les tatouages maoris propres à sa famille, qui couvraient la totalité de son torse et de son dos. L'expression de ce colosse à la peau brune ne s'adoucissait que lorsqu'il parlait de son frère et de sa belle-sœur. Le reste du temps, il était sérieux et introverti. Crissanne prit tout son temps pour capturer l'essence de l'homme qu'il était.

— Il ne reste qu'un candidat, lui signala Bianca vers 17 heures. Ensuite, tu en auras fini pour aujourd'hui.

— Je suis impatiente de visionner les photos que j'ai prises aujourd'hui, observa Crissanne.

— Moi aussi.

— Qui est le suivant ?

— Moi, lança Ethan depuis le seuil.

Ethan. Elle avait déjà plus de photos de lui qu'elle n'aurait pu l'avouer. Mais, cette fois-ci, c'était pour les enchères, et elle allait devoir s'efforcer de le photographier d'une façon qui donne envie aux femmes de lui faire remporter le gros lot.

Malgré elle, elle ressentit un pincement de jalousie. Elle savait qu'il lui serait très pénible de se faire souffler Ethan par une autre femme. Mais, même si elle commençait à trouver sa place à Cole's Hill, ils n'étaient pas encore tout à fait à l'aise l'un avec l'autre. C'est pourquoi elle cherchait un appartement à louer afin d'être totalement indépendante.

Ils avaient tous deux besoin d'espace pour réfléchir à la mort de Mason et pour faire leur deuil. Ensuite, peut-être pourraient-ils poursuivre leur route ensemble. En tout cas, elle l'espérait.

— Nous pourrions dîner ensemble lorsque tu auras terminé, suggéra Ethan.

Dîner ensemble ?

— Dois-je comprendre que tu me proposes une soirée romantique ?

Il lui sourit, et elle comprit soudain à quel point il lui avait manqué, alors même qu'ils vivaient sous le même toit.

— Oui, répondit-il. Quelque chose comme cela.

Ethan s'était plongé dans le travail toute la journée. Mason avait un jour exprimé le souhait qu'il dirige une fondation en sa mémoire, s'il venait à disparaître. Mettre sur pied une telle entreprise lui prenait beaucoup de son temps, sans oublier qu'il devait continuer à s'occuper des clients de son cabinet.

Chez lui, il ne dormait plus. Il avait tendu la main à Crissanne et, à présent, c'était à elle de décider de la suite. La balle était dans son camp. Il désirait qu'elle partage son lit, mais il n'était pas question qu'il exerce la moindre pression sur elle pour l'inciter à accepter.

Depuis leur retour de Malibu, il avait beaucoup de mal à concilier ses nouveaux sentiments pour

Crissanne avec la mort de Mason. Alors, il l'avait tenue à distance.

Elle habitait dans sa maison tout en faisant de son mieux pour s'adapter à une nouvelle ville, et il savait qu'elle avait besoin de temps et d'espace, même si elle affirmait le contraire. Il lui était arrivé de voir la tristesse passer sur son visage, lorsqu'elle pensait que personne ne l'observait.

— Alors, que dois-je faire ? s'enquit-il.

Bianca avait rectifié sa tenue de ses mains expertes afin qu'elle soit parfaite, mais il avait desserré sa cravate sitôt qu'elle était sortie de la pièce.

— Va te placer là-bas, devant la toile de fond, suggéra Crissanne, indiquant un coin de la pièce éclairé par des projecteurs.

Elle régla son appareil, puis prit une série de photos de lui dans les poses qu'elle lui indiquait. Il suivit ses directives, mais elle cessa bientôt de le mitrailler et fronça les sourcils.

— Détends-toi un peu, d'accord ?

— Je suis détendu ! s'exclama-t-il.

En réalité, c'était loin d'être le cas. Existait-il quelque chose de plus embarrassant que de poser pour des photos ? Il se sentait stupide. Elle lui avait dit de croiser les bras et de prendre un air assuré mais, au lieu de cela, il avait l'impression d'être totalement idiot.

— Non, ce n'est pas vrai, répliqua-t-elle. Je t'ai déjà vu plus détendu au tribunal, face à un juge retors.

— Quand cela ?

— À Los Angeles. Lorsque tu plaidais face au juge McConnell pour une histoire de litige commercial.

— C'était il y a quatre ans, je m'en souviens.

C'était la première fois qu'il se frottait au droit des sociétés, et il s'était rapidement aperçu que ce domaine n'était pas fait pour lui.

— Oui, dit-elle en souriant. Ensuite, nous avons dîné ensemble. Tu t'en souviens ?

— Oui. Nous avons dû nous contenter d'un hamburger parce que j'avais travaillé très tard.

— C'est vrai. Mason était au Canada pour un tournage de ski extrême, et tu m'avais dit qu'après tout, nous étions amis, nous aussi, et que nous avions parfaitement le droit de passer une soirée ensemble si nous en avions envie.

Il nota qu'elle avait recommencé à prendre des photos, mais il ne se voyait pas vraiment comme son sujet. Il avait toujours adoré la voir travailler. Elle était alors transfigurée. Comme si c'était une autre personne qui se déplaçait devant lui et lui parlait.

Elle s'approcha pour lui relever légèrement le menton, puis elle recommença à le mitrailler sous tous les angles. En l'observant, Ethan comprit qu'il s'était bercé d'illusions, ces dernières semaines.

Il avait fait semblant de croire qu'il lui laissait tout l'espace dont elle avait besoin, mais la vérité était plus complexe : il avait essayé de se cacher à lui-même à quel point elle comptait à ses yeux. Il pouvait facilement s'expliquer le désir qu'il ressentait pour elle. Mais cette émotion qu'elle éveillait en lui… l'effrayait.

— Je crois que j'ai de quoi travailler, déclara-t-elle enfin. Mais je dois avouer que je ne t'avais jamais vu si tendu.

— C'est cette histoire de mise aux enchères qui me stresse, répondit-il en soupirant. Je sais que je ne suis pas le seul homme à me sentir idiot à l'idée de faire l'objet d'enchères publiques.

— Personnellement, je trouve que c'est une idée géniale, répliqua-t-elle en connectant son appareil photo à son ordinateur portable avant de tapoter quelques touches. Tu dois savoir que toute la ville est très excitée par ce projet.

— Il n'empêche que je me sens idiot, observa-t-il. As-tu envie de dîner, maintenant ?

— Bonne idée, répondit-elle en souriant. Mais je dois être de retour ici à 19 h 30.

— Pas de problème, assura-t-il. Nous pouvons dîner ici même, au club. D'ailleurs, si tu as besoin de terminer, je vais aller commander un repas de pique-nique. Je te montrerai mon site favori, sur cette propriété.

— Cela me semble parfait, dit-elle sans le regarder, totalement concentrée sur les photos qu'elle chargeait dans l'ordinateur.

Il s'approcha d'elle et jeta un coup d'œil par-dessus son épaule à la photo de lui qui s'affichait sur l'écran. Il ne s'était jamais rendu compte que son visage exprimait si clairement ses sentiments lorsqu'il lui parlait. On voyait également sur ce cliché qu'il tenait à elle. Beaucoup. Et depuis trop longtemps.

— À quoi penses-tu ? s'enquit-elle.

— Tu as fait de ton mieux, compte tenu du sujet dont tu disposais, ironisa-t-il, faute d'une meilleure réponse.

— Ne sois pas bête, s'écria-t-elle en lui assénant une tape sur le bras. Je parie que les enchères vont s'envoler pour toi. Cette photo est excellente. Et je ne dis pas cela seulement parce que j'en suis l'auteur. Je crois qu'elle capture l'essence de l'homme que tu es.

— Et quelle est cette fameuse essence ?

Elle le dévisagea un instant, avant de répondre :

— Honnêteté, intégrité, et une bouche qui évoque, pour une femme, de longues nuits torrides.

Ces paroles le firent frissonner, et il prit conscience que cela faisait trop longtemps qu'il ne l'avait pas serrée dans ses bras. Qu'il ne l'avait pas embrassée, qu'il ne l'avait pas faite sienne. Garder ses distances avec elle avait été un combat de tous les instants. Et il était en train de le perdre.

— C'est peut-être ce que tu vois, toi, mais, pour le reste du monde, je suis le vilain petit canard des Caruthers.

— Le vilain petit canard ?

— Le seul membre de la tribu toujours prêt à débattre de tout, expliqua-t-il.

Que lui prenait-il ? songea Ethan. Il ne parlait jamais à personne de sa place dans sa famille. De son sentiment d'en être un élément extérieur.

— Peut-être, répondit-elle en haussant nonchalamment les épaules. Mais tu es mon Caruthers préféré.

La tension et la culpabilité qui le rongeaient depuis qu'ils étaient rentrés au Texas se dissipèrent d'un coup, et il sut avec certitude que c'était cela qui lui avait manqué. Être seul avec Crissanne sans cette culpabilité débilitante. Il avait craint qu'elle ne se sente poussée dans une relation qu'elle refusait, mais il commençait enfin à comprendre qu'il s'était trompé.

Ethan était différent, aujourd'hui, alors qu'ils se promenaient tous deux sur le parcours de golf. Il était resté silencieux depuis l'instant où il avait vu les photos qu'elle avait prises de lui. Il avait été son sujet favori de la journée, même si elle avait apprécié toutes les histoires que les autres hommes lui avaient racontées, avec leurs mots et leurs expressions.

Elle s'était employée à chercher sa place dans cette ville. Une raison de rester autre que son attirance pour Ethan. Et elle était désormais à peu près sûre de l'avoir trouvée. Elle avait des projets pour les mois à venir : elle avait suggéré à la présidente de l'association des filles de Cole's Hill qu'elle pourrait prendre des photos pour en faire un calendrier, et celle-ci avait approuvé son idée.

Crissanne était prête à passer à l'étape suivante. Le lendemain, elle avait rendez-vous avec un agent immobilier pour aller visiter quelques logements. Si elle devait rester, il lui faudrait son propre espace. C'était une idée qui avait mûri à Malibu, durant les nuits sans sommeil qu'elle avait passées au bord de l'océan à attendre que Mason rentre de l'un de ses nombreux voyages. Avant leur rupture. Avant la mort de Mason. À présent, elle se rendait compte qu'elle avait attendu toute sa vie que quelqu'un lui offre un foyer, et qu'elle devait en trouver un toute seule.

— Tu es bien silencieuse, remarqua Ethan, la prenant par la main pour grimper les marches d'un belvédère.

— Je pensais seulement à Cole's Hill, répondit-elle en s'asseyant près de lui sur l'un des bancs.

— À quel sujet ?

— J'aime beaucoup cette ville. En venant ici, je fuyais la Californie. Je n'avais pas vraiment réfléchi au travail que je ferais et n'avais aucun plan. Mes vlogs ne suffisaient pas.

— Tu n'avais pas besoin d'un plan. Tu voulais changer d'air, c'est tout.

— C'est gentil de ta part, répondit-elle, mais j'ai toujours aimé me considérer comme une femme indépendante. Lorsque nous étions à Malibu, j'ai beaucoup réfléchi au sujet de ma vie avec Mason. Je n'étais pas vraiment dépendante de lui, mais j'attendais toujours son signal avant de décider de ce que serait mon prochain projet. Et je détestais cela.

— Cela fait partie de la vie, lorsqu'on est dans une relation de couple.

— As-tu déjà vécu ainsi ? s'enquit-elle en ouvrant le panier de pique-nique pour lui tendre une assiette et des couverts.

Ethan se contenta de hausser les épaules.

— As-tu déjà vécu une relation sérieuse ? insista-t-elle.

— Pas vraiment, reconnut-il. Je travaille trop, et je suis souvent en voyage. Ce n'est pas la combinaison rêvée pour une relation durable.

— Tu as mille fois raison. Je me demande pourquoi je ne l'ai pas compris plus tôt. Mason et moi passions notre temps à nous quitter.

— Difficile de construire une relation lorsque les principaux intéressés sont absents, observa Ethan.

— C'est vrai. Alors, est-ce seulement cela qui t'a arrêté ?

— Où veux-tu en venir ? demanda-t-il, visiblement sur la défensive.

— Je suppose que j'ai envie de connaître les ressorts intérieurs de tes décisions dans le domaine des relations. C'est un sujet que nous n'avons jamais abordé ensemble.

— Et pourquoi, à ton avis ?

— Peut-être parce que tu n'étais pas intéressé par les relations sérieuses, répondit-elle en reposant le panier avant de se lever pour s'éloigner de quelques pas.

Ethan songea à toutes ces années qu'il avait passées à les observer, Mason et elle, depuis le banc de touche, et au sentiment d'envie qu'il avait éprouvé, parfois si difficile à contrôler.

— Est-ce pour cette raison que tu as gardé tes distances avec moi depuis ton arrivée ? suggéra-t-il.

— Non, répondit-elle en soupirant. J'attendais seulement un signal de toi. Comprends-tu comment je fonctionne ? Je ne sais même pas moi-même pourquoi j'agis de la sorte.

— Je ne voulais pas exercer de pressions supplémentaires sur toi, expliqua-t-il. Tu arrivais à peine dans cette ville, sans compter tout ce qui s'était passé avec Mason. Tu avais besoin de temps.

— J'ai surtout besoin de toi, corrigea-t-elle d'une voix douce, se tournant à nouveau face à lui.

Ses paroles lui firent l'effet d'un coup de poing en pleine poitrine, et allumèrent en lui un incendie qu'il n'essaya même pas d'ignorer. Il avait fait ce qui était juste. Il s'était comporté en gentleman. Il était resté éveillé toutes les nuits, durant ces deux dernières semaines, à lutter contre le douloureux sentiment de solitude qu'il éprouvait. À écouter chaque mouvement provenant de la chambre de Crissanne, et à la désirer de toute son âme. Il aurait tout donné pour la serrer dans ses bras, pour lui faire l'amour. Pour la faire sienne à tout jamais.

Il savait qu'elle avait besoin de temps. Mais, pour lui, le temps avait toujours été comme un gouffre sans fond. Il savait qu'il n'était pas un modèle de patience. Mason disait toujours que l'attente faisait ressortir le pire en lui et, pour honorer la mémoire de son ami, il faisait de son mieux pour s'améliorer. Mais c'était très difficile.

En voyant Crissanne debout devant lui dans le crépuscule, alors que les éclairages du parcours de golf s'allumaient, son désir pour elle augmenta encore. Le soleil se couchait derrière elle, et l'air doux de la soirée raviva l'incendie de son désir.

Il en avait assez d'attendre, de prétendre qu'il ne voyait aucun inconvénient à la laisser décider seule des progrès de leur relation.

Il se leva, lui tendant sa main, et elle fit un pas en avant pour la saisir dans la sienne.

— Moi aussi, je suis lasse de faire semblant avec toi, reconnut-elle dans un souffle.

— Parfait, répondit-il.

Sur ces mots, il la prit dans ses bras et l'embrassa comme il mourait d'envie de le faire depuis leur retour de Los Angeles. La bouche de Crissanne avait un goût encore plus délicieux que dans son souvenir. Et ses bras, qui avaient souffert de ce vide durant si longtemps, la serrèrent éperdument contre lui. Il essaya de se rappeler à l'ordre, de ralentir, mais il en était incapable. Il la désirait à en mourir, et à présent qu'il la tenait dans ses bras, il savait qu'il n'était plus question de la laisser partir.

Pourtant, songea-t-il, les raisons de la laisser libre de s'en aller ne manquaient pas. Sa vie était en pleine transition, et il y avait fort à parier que son cœur traversait une phase similaire. Ses racines à lui étaient au Texas, mais il n'était pas impossible que la vie de Crissanne l'entraîne vers d'autres horizons.

Néanmoins, à cet instant précis, rien ne comptait plus, hormis la sensation du corps de celle qu'il aimait entre ses bras, de sa bouche pressée sur la sienne.

- 9 -

Crissanne utilisa la clé qu'Ethan lui avait donnée pour entrer chez lui. La gouvernante et Bart étaient absents pour le week-end, et Ethan, qui avait reçu un appel urgent de l'un de ses clients, avait dû la laisser seule au country club pour aller régler un problème juridique.

Dans la grande maison silencieuse, on n'entendait que le ronronnement discret de la climatisation. Mais, alors qu'elle se dirigeait vers la cuisine, elle entendit un juron provenant du cabinet de travail d'Ethan, accompagné d'un bruit de verre brisé.

Elle hésita, se demandant si elle devait le laisser seul, ce soir. Elle n'avait même pas envisagé qu'il puisse être déjà rentré. Puis, elle décida qu'elle avait définitivement cessé de fuir. Elle avait quitté Los Angeles pour Cole's Hill, puis Cole's Hill pour Los Angeles, et Mason pour Ethan.

À présent, elle était ici. Et c'était ici qu'elle resterait. N'était-ce pas justement le sens de cette journée qui venait de s'écouler ? Elle était impatiente de parler avec son agent immobilier, car elle avait repéré un petit loft dans le quartier historique qu'elle pourrait louer afin de l'utiliser comme bureau et studio photo.

Elle frappa à la porte du bureau d'Ethan et le découvrit assis sur sa causeuse de cuir entre deux rayonnages chargés de livres, un verre de ce qui paraissait être du whisky dans une main et son ordinateur portable en équilibre sur ses genoux. Elle remarqua ensuite un verre brisé sur le sol, devant les étagères.

Il leva les yeux vers elle et, lui adressant un pâle sourire, lui fit signe d'entrer et de venir s'asseoir. Elle se déchaussa et s'approcha de lui, se délectant de la fraîcheur des carreaux de terre cuite sous ses pieds nus. Une odeur de cigare et de livres anciens flottait dans la pièce, mêlée à la fragrance de l'eau de Cologne d'Ethan. Elle remarqua alors qu'il portait un casque audio sur ses oreilles.

— Désolé, Crissanne, s'excusa-t-il, pressant un bouton sur son clavier. Je suis en pleine conférence vidéo.

— Tu as l'air en colère, dit-elle.

— Je travaille avec des idiots, répondit-il en secouant la tête.

Le ton de sa remarque la fit rire malgré elle. Ethan était l'un des hommes les plus brillants qu'elle connaisse et, en règle générale, l'un des plus patients. Mais pas ce soir.

— Puis-je faire quoi que ce soit pour t'aider ? s'enquit-elle.

— Pas vraiment, répondit-il en haussant les épaules.

Elle commença à se retirer mais, alors qu'elle n'avait traversé que la moitié de la pièce, elle jeta un coup d'œil derrière elle. Et, lorsqu'elle vit Ethan, fixant l'écran d'un regard vide, avec une expression de désolation totale sur son beau visage, elle comprit son immense solitude. Il existait d'innombrables manières de fuir, et cette solitude était celle qu'Ethan avait choisie.

Elle se retourna et, ramassant un plaid de cachemire sur l'un des fauteuils des visiteurs, elle l'étala sur le sol aux pieds d'Ethan. Après s'être assise dessus, elle prit sa main dans la sienne.

Il serra doucement ses doigts, puis dénoua sa tresse, laissant ses longs cheveux retomber librement autour de ses épaules. Lorsqu'elle inclina la tête en arrière pour le fixer, il éteignit son ordinateur et le posa de côté.

Ethan effleura délicatement le contour de sa joue, prenant tout son temps. Lorsque Crissanne sentit cette troublante caresse se déplacer sur ses lèvres, elle prit le bout du doigt d'Ethan dans sa bouche et le mordilla doucement. Elle le vit tressaillir : ses yeux devinrent alors des puits d'ombre où elle se perdait tout entière.

Depuis leur retour au Texas, elle avait attendu qu'Ethan fasse le premier pas, mais elle avait vite compris qu'il était beaucoup trop bien élevé pour se conduire de la sorte avec elle.

Mais, pour l'instant, ils devaient terminer ce qu'ils avaient commencé dans le belvédère un peu plus tôt, ce soir-là.

Elle saisit sa cravate pour l'attirer à elle et l'embrassa. Elle adorait ses lèvres fermes, la douceur de ses baisers.

Elle le désirait à en mourir, mais elle ne voulait surtout pas l'entraîner dans une intimité forcée, consciente qu'il se débattait encore avec sa culpabilité. Cela ne l'empêchait pas de brûler de passion pour lui. Se sentir aussi proche d'Ethan tout en sachant qu'il ne pouvait pas être à elle avait été une véritable torture.

Faisant glisser ses doigts sur le pantalon d'Ethan, elle constata qu'une érection monumentale déformait le tissu.

Cette souffrance qu'elle ressentait tout au fond d'elle-même depuis qu'ils étaient rentrés de Californie avait enfin trouvé son explication : elle avait désiré un bonheur quasiment à sa portée. Et maintenant, ce bonheur était là.

Elle accentua un peu ses caresses, et Ethan écarta les jambes pour lui faire de la place. Crissanne tira la fermeture Eclair de son pantalon pour pouvoir y glisser sa main. Dessous, il portait un boxer qui ne l'arrêta qu'une seconde. Elle trouva bientôt l'ouverture donnant accès à sa chair brûlante, qu'elle parcourut du bout des doigts, s'attardant sur son extrémité. Puis, elle s'agenouilla face à lui. Elle l'entendit qui recommençait à parler, mais elle savait qu'il s'adressait à son correspondant au téléphone. Sa voix n'était qu'un murmure rauque alors qu'elle défaisait le bouton de sa ceinture pour faire glisser le pantalon sur ses jambes.

Il libéra lui-même son sexe en érection, qu'elle serra dans sa main, se penchant pour en agacer la pointe de ses lèvres et de sa langue. La main d'Ethan, posée sur sa nuque, l'encouragea jusqu'à ce qu'elle l'ait pris tout entier dans sa bouche.

Il avança les hanches, et elle le sentit au fond de sa gorge alors qu'elle commençait un lent va-et-vient érotique.

Il posa sa main sur sa bouche, effleurant ses lèvres d'une caresse de son pouce, et lui releva la tête pour plonger son regard au fond du sien. Puis, il arracha l'oreillette de son téléphone et la souleva pour la reposer assise sur ses cuisses.

Elle s'accrocha à ses larges épaules et, cette fois-ci, lorsque leurs lèvres se joignirent, il ne lui laissa pas le loisir de le taquiner davantage. Plongeant ses doigts dans ses longs cheveux, il l'embrassa avec toute la fougue dont il était capable, et la sentit se presser plus étroitement contre lui.

Étouffant un gémissement, il remonta l'ourlet de sa robe, suffisamment pour glisser les mains sous le tissu. Puis il se mit à onduler des hanches, pressant son érection contre le clitoris de Crissanne à travers le mince tissu de sa culotte.

Elle mit fin à leur baiser et, le cœur battant, s'efforça fiévreusement de se débarrasser de cette dernière barrière de dentelle.

Face à ses efforts désespérés, Ethan pouffa de rire et la remit debout.

— Femme, je veux te voir nue.

Oui, décida-t-elle. C'était ceci qui lui avait manqué depuis si longtemps. Cet instant. Avec lui.

Elle fit passer sa robe par-dessus sa tête et sentit aussitôt les grandes mains d'Ethan se poser sur ses seins. Laissant tomber la robe sur le sol, elle se débarrassa prestement de sa culotte. Puis elle se tint devant lui, totalement nue. Ethan portait toujours sa chemise et sa cravate, mais son pantalon s'était entassé autour de ses chevilles.

Elle contempla son visage et, lorsque leurs regards plongèrent l'un dans l'autre, les sentiments qu'elle avait désespérément essayé d'ignorer resurgirent en force.

Il était si cher à ses yeux…

Elle saisit son visage entre ses mains et l'embrassa passionnément.

Ethan s'empara fermement de ses fesses, et, la soulevant, la porta à travers la pièce. Puis elle sentit la surface dure et lisse de sa table de travail en acajou sous elle.

Ses seins lui semblaient plus lourds, et leurs pointes étaient dures et saillantes. Il posa sa bouche sur la sienne et l'embrassa une nouvelle fois avec la même passion. Puis, sa bouche se mit à tracer un chemin de baisers le long de son corps, mordillant le point sensible situé au creux du cou et de l'épaule avant de poursuivre sa route pour agacer les pointes de ses seins de sa langue et les pincer gentiment.

Sa bouche descendit encore et, bientôt, Crissanne sentit le souffle tiède d'Ethan tout contre sa chair la plus intime. L'une de ses mains continuait à pincer la pointe d'un sein, mais l'autre s'affairait déjà à écarter les plis de sa féminité. Le doux contact de sa langue la fit gémir, et elle laissa retomber sa tête en arrière en frissonnant.

Serrant toujours le visage d'Ethan entre ses mains, elle s'abandonna à ses caresses.

— Tu aimes ça ? murmura-t-il d'une voix rauque, sa bouche tout contre elle.

— Oui, ne t'arrête pas, s'il te plaît.

— Je n'en ai aucune intention, répliqua-t-il.

Il la sentit frissonner à nouveau lorsque les caresses de sa langue se firent plus précises, se concentrant sur son clitoris. Cette fois-ci, il lui fut impossible de retarder plus longtemps l'orgasme qui montait en elle. Serrant convulsivement la tête de son amant entre ses cuisses, elle creusa les reins et l'attira à elle en criant son nom.

Puis elle s'affala dans ses bras, vidée de toute énergie, tandis que la bouche d'Ethan poursuivait son chemin de baisers, remontant sur son ventre, s'attardant un instant pour mordiller la chair autour de son nombril avant de continuer jusqu'à ses lèvres. Décidant qu'il était temps de reprendre l'avantage, elle glissa une main entre leurs deux corps et referma les doigts sur l'érection d'Ethan pour la guider jusqu'à son vagin.

Il n'eut besoin d'aucun autre encouragement. D'un puissant coup de reins, il entra profondément en elle. Elle se cambra pour aller à la rencontre de ses vigoureux assauts, les jambes convulsivement serrées autour de lui et incapable de s'empêcher de gémir tandis qu'il allait et venait en elle. Bientôt, un nouvel orgasme déferla en elle. Alors, Ethan se laissa emporter par le plaisir à son tour. Crissanne se cramponna à ses puissantes épaules, puis il la souleva à nouveau et, leurs deux corps toujours intimement joints l'un à l'autre, il s'assit sur le sol, l'installant sur ses genoux. Épuisée, Crissanne posa la tête dans le creux du cou de son merveilleux amant.

Ils demeurèrent ainsi un long moment : Ethan lui caressa tendrement le dos jusqu'à ce que leurs respirations aient retrouvé un rythme normal. Puis il se releva et, la portant toujours dans ses bras, sortit à grands pas de son cabinet de travail pour monter l'escalier qui conduisait à sa chambre. Ni elle ni lui ne dirent un mot jusqu'à ce qu'il l'ait reposée devant son lit.

Ils prirent une douche ensemble, puis se couchèrent ensemble.

— Merci, murmura-t-il.

Il percevait lui-même à quel point ce mot sonnait creux. Mais il avait besoin de le lui dire.

— Non, ne me remercie pas, répondit-elle. Je ne vais pas continuer à prétendre que cette chose entre nous n'existe pas.

Cette *chose ?*

Tout à fait ce qu'il avait envie d'entendre dans la bouche de la seule femme qu'il ait jamais réellement désirée !

— Lorsque je me suis présentée à ta porte, ajouta-t-elle, ce n'était pas seulement parce que je n'avais nulle part où aller. J'avais envie d'être avec toi, Ethan. Je me sentais triste, écrasée de solitude, et j'ai pensé au seul lieu dans le monde entier où je pourrais me sentir mieux. Alors…

Le reste de sa phrase mourut sur ses lèvres, et Ethan sentit son rythme cardiaque s'accélérer. Il se connaissait.

Il savait que, s'il laissait entrer cette femme dans son cœur, il ne pourrait jamais plus la laisser repartir. Mais il savait également qu'elle n'était pas dans son état d'esprit normal, à cet instant précis. Elle sortait tout juste d'une relation qui avait duré plus d'une décennie, son compagnon était décédé et elle était maintenant allongée près de lui, Ethan Caruthers, dans son lit. Seul un affabulateur-né parviendrait à se convaincre que ce qu'ils vivaient en ce moment était réel.

Or il n'avait pas pour habitude de se mentir à lui-même, surtout au sujet de Crissanne.

— Ethan ?

— Oui ?

— Que penses-tu de cette situation ? murmura-t-elle. Es-tu heureux que je sois venue chez toi ?

Elle avait visiblement besoin qu'il lui fournisse des réponses. Mais lesquelles ? La vérité, c'était qu'il rêvait depuis très longtemps de la voir ici, avec lui, dans son lit. Mais il ne pouvait pas lui dire cela en ces termes. Il ne s'était jamais considéré comme un lâche : il avait fait des choses que la plupart des gens estimeraient dangereuses mais, lorsqu'il s'agissait d'être honnête avec Crissanne, quelque chose l'arrêtait invariablement. Parce que, s'il lui avouait ce qu'il ressentait et qu'elle le rejetait, sa vie n'aurait plus aucun sens.

Ses frères l'avaient toujours considéré comme le membre le plus équilibré de la famille. Celui qui avait réponse à tout.

Il devait se montrer intelligent.

— Ethan ?

— Oui, Crissanne ?

— Réponds-moi. Je veux savoir ce que tu ressens vraiment à cet instant.

— Je l'ignore, reconnut-il. Je sais que j'ai l'air de me défiler, mais tu dois garder à l'esprit que nous sommes amis depuis de nombreuses années. Je ne voudrais pour rien au monde que quoi que ce soit vienne ruiner le lien si spécial qui nous unit.

Elle s'assit dans le lit, remontant le drap contre sa poitrine nue. Cette image ne fit que rappeler à Ethan combien Crissanne était belle, nue dans son cabinet de travail, tout à l'heure.

Aïe.

Il se sentait à nouveau merveilleusement excité, et Crissanne avait envie de parler de leurs sentiments.

Il s'y refusait.

Il la désirait. Il adorait sa présence ici, chez lui. Pour le moment, il allait devoir s'en contenter, car il ne savait vraiment pas ce qu'il ferait si elle se réveillait tout à coup et lui annonçait qu'elle était prête à repartir.

Il tira un peu sur son drap.

Elle lui lança un regard étonné, et agrippa le tissu à deux mains pour continuer à s'en couvrir.

— Lorsque je vois tes seins nus, je ne parviens pas à me concentrer sur quoi que ce soit d'autre.

— Je le sais, répondit-elle d'un ton désapprobateur. C'est pour cela que je me couvre. J'ai envie que nous parlions.

— Nous avons déjà parlé, murmura-t-il, lui enlaçant la taille et l'attirant à lui jusqu'à ce qu'elle bascule dans ses bras.

— Ethan !

Dans sa voix, il entendait un mélange de désir et d'inquiétude. Enfouissant son visage au creux de son cou gracile, il respira profondément le parfum de sa peau.

— Je ne peux pas te laisser partir, gémit-il.

— Vraiment ?

— Oui, avoua-t-il en s'écartant pour plonger son

regard dans le sien. N'est-ce pas suffisant pour le moment ?

Elle hocha la tête d'un air pensif, puis elle se blottit dans ses bras, avant de chuchoter :

— Mais cela ne suffira pas toujours.

— Je le sais, dit-il en se laissant rouler sur le dos, l'entraînant avec lui.

À présent, elle était allongée sur lui, leurs corps séparés par l'épaisseur du drap, mais leurs jambes nues entremêlées. Recueillant son visage entre ses mains, Ethan la dévisagea, et elle décela dans son regard un mélange de tristesse, de désir et d'un sentiment qui ressemblait beaucoup à de l'amour. Crissanne aurait tout donné pour pouvoir le croire.

— Oh ! Ethan, murmura-t-elle.

Pour toute réponse, il l'embrassa passionnément. Écartant le drap qui les séparait, Crissanne chevaucha son corps nu, pour prendre l'unique part de lui-même qu'il lui offrait sans limite. Posant ses mains sur son torse, elle se positionna pour l'accueillir en elle. Puis elle se laissa descendre lentement sur lui.

Elle eut l'impression que son cœur cessait de battre lorsque les bras vigoureux d'Ethan se refermèrent autour d'elle et qu'il souleva les hanches pour entrer encore plus loin en elle. Elle lui intima un rythme sans relâche jusqu'à ce qu'elle le sente frissonner sous elle. Alors, elle enfouit la tête au creux de son épaule, tandis que son propre orgasme déferlait en elle comme une vague géante.

Ce n'était pas assez, songea-t-elle. Elle désirait plus. Mais cette entente physique entre eux était tout ce qu'il acceptait de lui concéder et, pour le moment, elle s'en contenterait.

Il la garda serrée contre lui tandis que leurs respirations revenaient à la normale, puis il se laissa rouler sur le côté et la serra étroitement contre lui. Elle ferma les yeux et s'assoupit bientôt. Incapable de dormir, Ethan resta simplement là, le corps tiède de Crissanne bien serré dans ses bras, à veiller sur son sommeil.

Il désirait le meilleur pour elle. La voir heureuse et souriante. S'il devait pour cela la garder ici, alors c'est ce qu'il ferait. Si cela signifiait la laisser partir le moment venu, il la laisserait libre de son choix. Quelle que soit la souffrance qu'il en éprouverait.

Mais, cette nuit, elle était à lui. Elle était ici, dans sa maison, et il était hors de question de gaspiller ne serait-ce qu'une seule minute de ce bonheur.

Laissant glisser la main sur le dos nu de Crissanne en une lente caresse, il se rendit compte que sa vie avait été vide avant l'arrivée de la jeune femme. Dans ce bref laps de temps, sa présence lui était devenue indispensable. Elle était l'unique personne au monde à qui il avait besoin de parler tous les jours. La seule dont il ait besoin plus que de la vie elle-même.

- 10 -

Le lendemain matin, lorsque Crissanne se réveilla, Ethan était déjà parti. Elle se redressa dans le lit, songeant qu'ils n'avaient toujours pas trouvé le moyen d'aborder les sujets importants. Elle adorait dormir dans les bras d'Ethan mais, si elle avait tiré un enseignement de sa relation avec Mason, c'était que l'entente physique ne suffisait pas pour former un couple.

Elle remarqua alors une feuille de papier posée sur la table de chevet. Bien sûr. Ethan préférait laisser des petits mots écrits à la main plutôt que d'envoyer des SMS. Une attention un peu vieux jeu, certes, mais qui reflétait parfaitement l'homme qu'il était.

Frottant ses yeux ensommeillés, elle déplia le papier et le lut :

Crissanne,

Je suis désolé de n'avoir pas pu rester avec toi. J'ai été tenté de me prendre ma journée, mais je dois faire une déposition au tribunal, ce matin. Mes parents souhaitent que nous venions dîner ce soir au Rockin' C. Toute ma famille sera là. Qu'en dis-tu ? Appelle-moi plus tard.

E.

Elle s'adossa à la tête de lit en soupirant.

— Que dois-je faire ? gémit-elle à voix haute.

Mais elle savait déjà qu'elle accepterait. Car leurs corps-à-corps brûlants n'étaient que l'une des raisons pour lesquelles elle appréciait Ethan. En toute honnêteté, elle devait admettre qu'elle adorait sa famille. Ils avaient beaucoup d'intérêts en commun, et il ne pouvait pas faire deux pas à Cole's Hill sans rencontrer l'un d'eux. Le plus beau de tout cela, c'était que les Caruthers la traitaient comme si elle avait été l'une des leurs.

Pour elle, la famille avait toujours été un rêve hors d'atteinte et, en venant ici, elle en avait fait une expérience tout à fait inattendue. Mais dangereuse, aussi. Si sa relation avec Ethan échouait, elle n'aurait d'autre choix que de repartir. Elle ne devait jamais l'oublier.

Soupirant tristement, elle retourna dans sa chambre, au bout du couloir, pour prendre une douche et se préparer pour la journée. Elle devait rencontrer la présidente du comité organisateur des enchères, pour évaluer avec elle les photos numériques qu'elle avait prises la veille. Ensuite elle avait rendez-vous avec l'agent immobilier pour visiter l'espace de travail qu'elle avait trouvé en ville.

Lorsqu'elle fut habillée, elle s'assit un moment pour passer en revue ses photos et, malgré elle, elle s'attarda longuement sur celles d'Ethan. Au début de leur session, elle l'avait senti nerveux, mais ensuite, lorsqu'il s'était détendu…

Dans un geste inconscient, elle tendit la main pour effleurer son visage sur l'écran.

Elle devait rester très prudente et ne surtout pas détruire ce qui était né entre eux, comme elle avait ruiné toutes les autres relations dans sa vie. Son cœur se serra à l'idée qu'elle pourrait faire souffrir Ethan, ou, pire encore, qu'il pourrait disparaître définitivement de sa vie.

Elle lui envoya un message pour confirmer qu'elle adorerait dîner avec lui, mentionnant en passant qu'elle cherchait un espace de travail en ville pour y installer son studio.

Il répondit par un autre SMS. Il était malheureusement pris par son travail, mais il essaierait de venir la rejoindre plus tard si elle désirait avoir une seconde opinion, concernant le studio.

Était-ce vraiment le cas ?

Pas vraiment, mais ce serait très agréable de revoir Ethan durant la journée.

Elle lui envoya l'adresse, puis fourra son téléphone dans son sac et quitta la maison.

En arrivant à sa réunion avec la présidente du comité des enchères, elle eut la surprise de constater qu'une bonne quinzaine d'autres femmes se pressaient dans la pièce. Elle ne s'était pas attendue à une telle foule, et se rappela soudain que, même si elle avait fait l'objet d'un accueil chaleureux ici, en tant qu'amie d'Ethan, elle restait une étrangère pour ces gens.

— Crissanne ? Par ici !

Elle tourna la tête et vit Bianca qui lui faisait signe. La jeune femme était assise avec Ma Caruthers et Kinley. Soulagée de reconnaître des visages familiers, Crissanne se dirigea tout droit vers elles.

— Nous vous avons gardé un siège, expliqua Kinley.

— Merci, c'est gentil, répondit Crissanne en s'asseyant. Je ne m'attendais pas à ce que les membres du comité organisateur des enchères soient si nombreux.

— J'ai eu la même réaction en venant à ma première réunion, convint Kinley. Mon patron, Jacs, avait fait don de mes compétences d'organisatrice d'événements comme contribution à leur œuvre caritative. Et même si j'avais envie de m'enfuir en courant, je suis restée jusqu'au bout.

— Vous n'avez pas grandi ici ? s'étonna Crissanne. Ethan lui avait dit que le père de Kinley avait été le contremaître du ranch Rockin' C lorsque celle-ci était enfant, et que sa mère avait travaillé pour les Velasquez en tant que gouvernante.

— Si, répondit Kinley, mais cela ne signifie pas que ces femmes des Cinq Familles ne m'intimident pas.

À l'idée que Kinley puisse craindre qui que ce soit, Crissanne ne put s'empêcher de pouffer. Cette jeune femme était une personne brillante et très active, l'une des organisatrices de mariages les plus recherchées de tout le pays. Et, jusqu'à l'année précédente, elle avait élevé seule son enfant.

— J'ai peine à le croire.

— C'est pourtant la pure vérité, assura Kinley. En présence de certaines de ces femmes, j'ai toujours l'impression de porter les vieux vêtements de Bianca.

— Ils t'allaient toujours mieux qu'à moi, observa cette dernière.

— C'est totalement faux. Mais je te remercie d'avoir essayé de me rassurer.

— C'est à cela que servent les amies, rappela Bianca. Ma mère va peut-être venir nous rejoindre plus tard. Elle est sur le point d'avoir une promotion, et elle passe beaucoup de temps à son travail.

Assise en leur compagnie, Crissanne se détendit peu à peu. Ce qu'elle ressentait était tout nouveau pour elle. Elle n'avait jamais rencontré la mère de Bianca, mais ces femmes l'incluaient gentiment dans leur conversation. Et lorsque Ma Caruthers se tourna vers elles, elle adressa un sourire chaleureux à Crissanne.

— Aurons-nous le plaisir de vous compter parmi nous ce soir, au dîner ? s'enquit la vieille dame.

— Oui, madame, répondit Crissanne. Je vous remercie de m'avoir invitée.

— Cela me fait plaisir. Comment vous adaptez-vous à la vie à Cole's Hill ? Je sais que Bianca va nous répéter que notre petite ville a la plus forte croissance du pays mais, comparés à Los Angeles, nous ne sommes qu'un petit point sur la carte.

— Je me plais beaucoup, ici, s'exclama Crissanne. J'adore cette paix, cette harmonie.

— Je suis heureuse de l'entendre. J'espère que mon fils n'aura pas trop éprouvé votre patience. Il me rend folle, quelquefois.

— Pas du tout, assura Crissanne.

Mais, tout au fond d'elle-même, elle devait reconnaître qu'Ethan la rendait folle, elle aussi, d'une autre manière.

Ethan avait passé la plus grande partie de la journée à travailler, s'efforçant de se concentrer sur ses clients au lieu de penser à Crissanne. Mais c'était plus difficile qu'il ne l'avait escompté.

Alors qu'il roulait en direction du Rockin' C, ce soir-là, il alluma la radio sur la station locale de musique country. Mais ces ballades d'amour sentimentales ne faisaient que le déprimer davantage. Il aurait voulu que tout soit aussi simple dans sa propre vie, pourtant c'était loin d'être le cas. Il désirait Crissanne, c'était indéniable. Leur entente sexuelle dépassait de loin tout ce qu'il avait pu imaginer, bien qu'il ait passé des années à fantasmer à son sujet.

Malgré tout, quelque chose le retenait encore. Dans son esprit, il avait toujours été persuadé que, si Crissanne et lui étaient ensemble un jour, ils formeraient un couple idéal. Pourquoi alors ces longs silences au milieu de leurs conversations ? Ou cet étrange sentiment de gêne qu'il avait senti entre eux le soir précédent, et qu'il avait cru devoir dissiper en ayant recours au sexe ?

Tous ses proches semblaient mener des vies familiales harmonieuses. Même son père, qui était pourtant le stéréotype du cow-boy avare de paroles, parvenait à faire rire sa mère. Ethan se souvenait encore du murmure des conversations de ses parents sur le porche, après qu'il fut couché, qu'il entendait par la fenêtre ouverte de sa chambre d'enfant. Ces instants comptaient parmi les meilleurs souvenirs de sa vie.

Avec Crissanne, ses rapports n'étaient pas aussi sereins… Quoique à la réflexion, ce ne soit pas tout à fait vrai. Il en avait le sentiment quelquefois mais, ensuite, il ressentait une folle excitation à l'idée de la retrouver après une longue séparation. Un désir grisant de l'emporter jusqu'à son lit et de lui faire l'amour, encore et encore, en espérant qu'elle ne pourrait plus se passer de lui et que cela serait suffisant… pour elle.

Grommelant un juron, il arrêta sa voiture sur le bas-côté de la route.

Il avait peur. Voilà ce qu'il ressentait.

Il avait toujours veillé à se tenir éloigné de tout ce qui aurait pu le blesser. Il avait utilisé la logique pour tenir l'anxiété à distance. S'agissant de Crissanne, hélas, aucune logique ne pouvait le convaincre que la victoire était assurée.

Pourquoi éprouvait-il ce sentiment, alors que tous ses frères semblaient avoir trouvé leur âme sœur avec une relative facilité ?

Un coup de klaxon retentit soudain et, lorsqu'il jeta un coup d'œil dans son rétroviseur, il reconnut l'un des pick-up du Rockin' C qui venait de s'arrêter derrière lui.

Il pria silencieusement pour que ce soit Marcus,

l'ancien contremaître, qui se remettait d'une crise cardiaque survenue l'année précédente.

Mais il n'eut pas cette chance. C'était Nate.

Son grand frère. Toujours prêt à distribuer des conseils ou des coups. Ethan le vit descendre du pick-up et marcher vers sa Ferrari.

Il abaissa sa vitre.

— Ce jouet que tu appelles une voiture a fini par rendre l'âme ? s'enquit Nate d'un ton sarcastique.

Son frère n'avait jamais compris qu'il opte pour la vitesse et la beauté, au lieu de la stabilité et de la force.

— Non, répondit-il, lui débitant le premier mensonge qui lui vint à l'esprit. J'avais seulement besoin de prendre un appel, et je n'aime pas parler au téléphone en roulant.

— Ne me raconte pas d'histoires, frérot. Que se passe-t-il vraiment ?

— Rien, assura Ethan. Pourquoi cette manie de toujours me questionner ?

— Je n'ai aucune intention de me disputer avec toi, se défendit Nate. Il se trouve seulement qu'il n'y a pas du tout de réseau sur cette route.

Pris en flagrant délit.

De plus, Crissanne semblait l'avoir privé de ce qui était l'une de ses principales qualités : sa capacité à répondre rapidement et avec aisance à ses interlocuteurs lorsqu'il était sur la sellette. Désemparé, il s'affala sur son volant.

— Ethan, tout va bien ? s'enquit Nate d'un ton inquiet.

— Oui, assura Ethan en s'extrayant de sa voiture pour être à la même hauteur que son grand frère. Mais, pour ce qui est des relations, je suis d'une nullité affligeante.

Voilà. Il l'avait dit. Il savait que reconnaître ses torts était toujours un bon début.

— Ne te crois pas tout seul dans ce domaine, le rassura Nate. Moi non plus, je ne suis pas un expert en la matière. D'ailleurs, si je suis ici, c'est parce que Kinley m'a conseillé d'aller faire un tour avant qu'elle perde son calme.

— Vous ne vous disputez que pour le plaisir de vous réconcilier, tous les deux, remarqua Ethan en souriant.

— C'est quelquefois vrai, reconnut Nate. Mais, tout à l'heure, c'était sérieux. Une relation n'est jamais simple. On a besoin d'y travailler constamment.

— À vous voir, cela a pourtant l'air facile.

— C'est parce que maman nous a enseigné qu'on ne doit pas laver son linge sale en public. C'est pourquoi me voici à errer sur les routes pendant que Kinley et Penny s'apprêtent à dîner. Elle avait besoin d'un peu de temps pour se calmer, et moi aussi. Autrement, nous nous serions disputés devant tout le monde, plus tard ce soir.

— Pourquoi vous disputiez-vous ?

— J'ai très envie que nous ayons un autre enfant, expliqua Nate. Je n'ai pas eu le privilège de connaître Penny à sa naissance, et je suis d'avis que nous devrions avoir un autre bébé avant que Penny n'ait trop grandi.

Kinley avait élevé Penny seule durant les trois premières années de sa vie, parce que Nate et elle s'étaient perdus de vue. Nate ignorait même qu'il était papa.

— Si je comprends bien, Kinley préfère attendre ? T'a-t-elle expliqué pourquoi ?

— Elle désire que nous prenions d'abord le temps de devenir une vraie famille, tous les trois. Au fond, je la comprends. Je sais que je n'étais qu'un coureur de jupons et un sale type, auparavant. Mais je n'ai plus l'intention de courir. J'ai trouvé ma vraie place, or je crois qu'elle me fait payer pour l'ancien Nate.

— Elle t'aime, assura Ethan en posant sa main sur l'épaule de son frère. Elle désire peut-être une chance de se sentir vraiment en sécurité. Toute sa vie ne tourne pas forcément autour de toi.

— Derek m'a fait la même remarque ! s'écria Nate en éclatant de rire. Mon ego est-il aussi surdimensionné ?

— Quelquefois, oui, certifia Ethan, se rendant compte que cette conversation avec son grand frère l'avait aidé d'une façon inattendue. En avais-tu parlé avec Derek ?

— Oui, et aussi avec Hunter, avoua Nate. Entre nous… Ferrin est enceinte, et elle s'apprête à l'annoncer à la famille ce soir. C'est cela, en réalité, qui m'a fait penser à la possibilité d'avoir un autre enfant.

— Le moment venu, ce problème se réglera tout seul, déclara Ethan, songeant non seulement à son frère mais aussi à sa propre situation.

— Je le sais. Mais j'ai l'impression d'avoir manqué trop de belles choses. Dorénavant, je veux tout. Et tout de suite.

— Je te comprends, assura Ethan. C'est ce que je ressens aussi avec Crissanne.

Nate contempla un instant l'horizon avant de se tourner à nouveau vers son jeune frère.

— Je ne veux pas me mêler de ce qui ne me regarde pas, mais es-tu certain de vouloir te lancer aussi vite dans une relation avec elle ?

— Non, convint Ethan.

— Je veux dire, poursuivit Nate d'un ton hésitant, nous soupçonnions tous que tu avais un petit faible pour elle… Mais elle était la petite amie de Mason.

— Sauf que Mason avait rompu avec elle avant de partir au Pérou. Elle était seule. Quelle conclusion devais-je en tirer ? Durant toutes ces années, je suis resté en retrait afin qu'ils puissent être heureux ensemble…

— Je ne te juge pas, crois-moi. Je tenais seulement à m'assurer que tu savais ce que tu faisais. Ma m'a conseillé de ne pas m'en mêler. Elle disait que, si tu avais envie de venir nous en parler, tu le ferais.

— Elle avait raison.

— Comme tu voudras.

Ethan remonta dans son bolide et, en suivant son frère en direction de la petite maison où leurs parents s'étaient installés en quittant le ranch, il sentit qu'il avait fait un grand pas vers l'acceptation des sentiments qu'il éprouvait pour Crissanne.

La jolie Ferrin Caruthers était professeure à l'université du Texas. Elle était aussi la fille d'un célèbre entraîneur de football universitaire. Elle avait épousé Hunter, bad boy notoire, au cours d'une somptueuse cérémonie que Kinley avait organisée personnellement, en se déplaçant à Cole's Hill pour cette mission. Les équipes du câble étaient toutes là et l'événement avait été retransmis en direct pour des millions de téléspectateurs. Crissanne ne savait donc pas à quoi s'attendre avant de l'avoir rencontrée. À son grand soulagement, elle découvrit que Ferrin était une femme aux manières simples et à l'humour vif. Moins extravertie que Kinley et Bianca, mais tout aussi déterminée qu'elles à l'intégrer dans leur groupe.

Crissanne hésitait à leur rappeler qu'Ethan et elle étaient… Qu'étaient-ils vraiment, en réalité ? Elle l'appréciait énormément, cela, c'était certain. Et, ce soir-là, sitôt qu'il apparut en compagnie de son frère dans le patio de la maison de ses parents, elle se sentit frissonner de la tête aux pieds. Elle mourait d'envie de se précipiter dans ses bras mais, naturellement, s'en garda bien.

Elle devait reconnaître qu'un lien puissant les unissait l'un à l'autre, mais son origine semblait être le sexe. Il leur arrivait d'avoir quelques conversations à cœur ouvert dans le silence de la nuit, mais elle savait que ni l'un ni l'autre ne parvenaient à se livrer facilement. Ethan parce que, dans son travail d'avocat, il voyait constamment ses clients essayer de se servir de la loi pour éviter d'avoir à payer le prix de leurs turpitudes, et elle à cause de ses expériences douloureuses dans une suite de familles d'accueil.

En réalité, elle faisait confiance à Ethan. Elle ne serait jamais venue à Cole's Hill lorsque Mason avait rompu avec elle si cela n'avait pas été le cas. Or tout le problème était là : ses sentiments pour lui étaient-ils réels, ou Ethan n'était-il pour elle qu'une sorte de filet de sécurité ?

Elle savait que la suite serait difficile. Il comptait beaucoup pour elle. Presque comme si elle commençait… À l'aimer ? Elle n'avait pas une idée très précise de ce qu'était l'amour, et personne qui puisse la renseigner. Elle avait bien songé à aborder le sujet avec les belles-sœurs d'Ethan, mais elles étaient toutes installées dans des relations solides et semblaient beaucoup plus sereines qu'elle-même ne l'avait jamais été. Ces femmes connaissaient leurs parents et avaient vécu le genre d'existence dont Crissanne n'avait fait que rêver. Elles étaient trop différentes d'elle pour que leurs conseils puissent beaucoup l'aider.

Elle passait une grande partie de ses journées à saisir les moments importants de la vie des autres à travers son objectif, mais jamais de la sienne.

Elle reposa le cocktail qu'elle sirotait pour éviter

de sombrer dans l'ivresse triste, et ce, devant toute la famille d'Ethan.

Le dîner était un barbecue. Ethan et ses frères étaient rassemblés autour du foyer avec leur père et Quinten, l'ancien contremaître, le père de Kinley. Benito et Penny jouaient dans la piscine, sous l'œil vigilant de Pippa, la nounou britannique de Penny, une ravissante jeune fille blonde à la peau claire qui supportait mal le soleil brûlant du Texas.

Ils dînèrent tous ensemble à la grande table sous la pergola. Crissanne était assise juste en face d'Ethan et, lorsque leurs regards se rencontrèrent, elle sut qu'elle allait devoir lui parler. Mais pas en plein milieu d'un dîner de famille.

Pour commencer, elle allait l'informer qu'elle avait signé le bail pour son studio en ville et, qu'après réflexion, elle avait décidé d'emménager dans le loft au-dessus de l'espace commercial.

Elle devait le lui annoncer avant qu'il ne l'apprenne par sa mère. Ma Caruthers avait visité le local avec elle, et la gentillesse de cette femme lui avait donné l'impression de faire partie de la famille.

C'était ce qu'elle désirait, bien sûr, mais pas si cela devait mettre en danger son amitié avec Ethan. Son amitié, mais aussi cet autre sentiment qui commençait à naître entre eux.

— J'ai une annonce à faire, déclara Hunter en se levant, son verre de tequila à la main.

— *Nous* avons une annonce à faire, corrigea Ferrin.

— C'est vrai, convint Hunter en lui enlaçant tendrement la taille. Ferrin et moi avons quelque chose à vous dire.

Ils se tenaient face à face, les yeux dans les yeux, et Crissanne comprit que c'était ce qu'elle désirait le plus au monde : qu'Ethan la regarde comme Hunter regardait Ferrin à cet instant. Comme si elle était son univers tout entier. Comme si rien ne comptait plus, à part elle.

Mais alors qu'elle était passée dans tant de familles d'accueil successives, qu'elle venait de vivre la fin d'une relation de plus d'une décennie suivie de la mort de son ancien compagnon, elle n'était pas très sûre de mériter ce genre de regard. Ni qu'un homme la désire à ce point.

Surtout un homme comme Ethan. Elle l'avait toujours soupçonné d'avoir un petit faible pour elle, mais elle s'apercevait aujourd'hui que c'était bien davantage que cela.

— Ferrin et moi allons être parents, déclara Hunter.

Il y eut des exclamations de joie autour de la table, et tout le monde leva son verre pour porter un toast. Crissanne se joignit aux autres pour serrer Ferrin et Hunter dans ses bras, mais elle comprit où était sa véritable place lorsqu'on lui demanda de prendre une photo de la famille.

Refoulant sa tristesse, elle retourna dans la maison pour prendre son appareil photo, puis ressortit dans le patio et prit une série de photos du groupe.

Contempler le monde à travers son objectif calmait le tumulte de ses émotions et lui donnait la perspective dont elle avait besoin. Pa Caruthers rassemblait à présent la famille autour de lui, et Ferrin se pencha à son oreille :

— Prépare-toi, chuchota-t-elle. Ce qui va suivre est la chanson fétiche des Caruthers.

Pa Caruthers venait de réussir, après quelques tentatives infructueuses, à faire marcher son smartphone, et elles entendirent les premiers accords de *Good Hearted Woman*, un classique de la country.

Winston Caruthers commença à chanter cet air

célèbre et Hunter se joignit à lui. Bientôt, les cinq représentants masculins de la famille Caruthers chantaient en chœur. Puis, chacun d'eux alla rejoindre la femme de sa vie. Ethan lui tendit sa main et, durant un instant, Crissanne eut l'impression d'avoir enfin un homme réellement à elle.

- 11 -

Ethan n'avait pas prévu de boire autant, ni de danser avec Crissanne jusqu'après minuit. Mais, bien sûr, avec elle, rien ne se passait jamais comme escompté. La chanson mélancolique qu'il avait écoutée d'une oreille distraite dans sa voiture, en venant ici, prenait désormais tout son sens. Il savait à présent ce qu'il attendait de Crissanne.

— Pourquoi me dévisages-tu ainsi ? lui demanda-t-elle.

— Je viens de trouver la réponse à une question qui m'obsédait depuis plusieurs jours, expliqua-t-il.

— Ah ? Et qu'est-ce que c'est ?

— Je crois que… tu es précieuse à mes yeux, avoua-t-il alors qu'ils sortaient dans le patio, bras dessus bras dessous, puis entraient dans le jardin qui faisait l'orgueil de sa mère.

Le sentier qui le traversait était discrètement éclairé, et le parfum du jasmin et des roses embaumait l'air de la nuit. Ethan prit une profonde inspiration, levant son visage vers le ciel étoilé avec le sentiment de regarder enfin la vérité en face.

— Toi aussi, tu comptes énormément pour moi, murmura-t-elle alors qu'il la conduisait jusqu'au banc placé près de la fontaine, au centre du jardin.

Derrière eux, les bruits de la fête leur parvenaient faiblement. Ce qu'il avait à lui dire, il le gardait en lui depuis longtemps, mais il était terrorisé à l'idée de l'admettre. Rassemblant tout son courage, il finit par se jeter à l'eau :

— Je suis désolé de n'avoir pu t'accompagner visiter ton nouveau studio, tout à l'heure, dit-il d'une voix douce. J'avais toujours cru vivre une vie ordinaire, loin des tentations et de l'incertitude. Mais, avec toi, je ne suis plus sûr de rien.

— Que veux-tu dire ? s'étonna-t-elle.

— Je n'ai plus aucune certitude, Crissanne. Je sais seulement que je te désire, et que ta présence dans la maison, ces six dernières semaines, m'a rendu heureux au-delà de toutes mes espérances.

— Cela a été une expérience merveilleuse pour moi aussi, avoua-t-elle. Mais il y a un sujet dont j'ai besoin de te parler. Tu comprends, il est difficile de considérer notre relation dans une juste perspective alors que nous sommes constamment ensemble.

Ethan cessa de respirer. Où voulait-elle en venir ? Avait-il trouvé la femme de sa vie, mais trop tard ? Ils étaient assis sur le banc, à présent, et il demeura un long moment silencieux, parcourant du regard les massifs fleuris à peine visibles dans la pénombre, avant de remarquer :

— Mes parents ont emménagé dans cette maison il y a un peu plus de trois ans, et maman a tout de suite commencé à cultiver ce jardin.

— Il est magnifique.

— Oui, n'est-ce pas ? Maman n'avait jamais eu de jardin à elle parce qu'elle était trop occupée par ses devoirs d'épouse du maître d'un grand ranch. Elle cuisinait pour les cow-boys avec l'aide de notre gouvernante, conduisait ses enfants à l'école et était active dans plusieurs associations de la ville. Mais, lorsque papa a pris sa retraite et qu'ils sont arrivés ici, elle lui a déclaré que tout le reste de sa vie n'avait servi qu'à la guider jusqu'à ce lieu.

— C'est une très jolie phrase. Mais pourquoi me racontes-tu cela ?

— Je n'ai jamais eu le sentiment que ma vie me guidait vers quoi que ce soit. Je suis l'associé principal de ma société, bien sûr, mais ce n'est pas à cela que maman faisait allusion. Elle considérait la vie dans son ensemble. Et moi, je n'ai jamais eu le sentiment d'avoir vraiment réalisé mes rêves dans ma vie personnelle… Jusqu'à ce que tu sois ici, auprès de moi.

Crissanne se contenta de le dévisager en silence. Était-ce de la peur qu'il lisait dans ses yeux ? De l'espoir ?

— Je sais qu'il est encore un peu trop tôt pour te dire tout ceci, reprit-il précipitamment. Je ne t'ai pas fait une cour traditionnelle, et nous n'avons pas fait les choses que la plupart des couples font ensemble avant de s'engager. Mais, lorsque je me projette dans l'avenir, je me rends compte que c'est toi que je vois à mes côtés.

— Ethan…

— Non, ne dis rien. Je t'explique simplement où j'en suis. Je sais que tu as des priorités très différentes des miennes.

Comment pourrait-il en être autrement ? Mason et elle avaient rompu, et ensuite il avait péri dans cet accident. Pour finir, Crissanne avait laissé toute sa vie derrière elle, quittant la Californie pour venir s'installer au Texas.

— Peut-être pas si différentes, observa-t-elle d'une voix douce, se tournant vers lui pour prendre ses mains dans les siennes. J'ai quelque chose à te dire, moi aussi, avant que tu ne l'apprennes par quelqu'un d'autre.

— Qu'est-ce que c'est ?

Il n'était pas très sûr de ce qu'elle allait lui dire. Désirait-elle une vraie relation avec lui ? Ou voulait-elle laisser les choses telles qu'elles étaient ?

— Aujourd'hui, j'ai signé le bail pour mon studio en ville, mais aussi pour l'appartement du dessus, lui dit-elle. Je compte m'y installer dès ce week-end.

Elle allait quitter sa maison.

— Pourquoi ? s'étonna-t-il. Il y a assez d'espace chez moi pour deux.

— Oui et non, répliqua-t-elle. Partout où je pose les yeux dans ta maison, j'ai l'impression d'être chez moi, mais je ne suis pas réellement sûre que ce soit vrai. C'est assez logique, n'est-ce pas ?

— Pas du tout, répondit-il. J'aime beaucoup que tu habites dans ma maison.

— Moi aussi, j'aime y vivre. Mais je tiens encore plus à toi. Il me serait trop facile de t'aimer. Tu m'offres quelque chose que j'ai toujours désiré : je n'ai jamais eu personne qui soit à moi. Réellement à moi. Vivre ici avec toi serait une chose réelle, solide, mais cela me fait peur.

— De quoi t'inquiètes-tu ? s'étonna-t-il. Qu'est-ce qui t'effraie chez moi ? Que suis-je pour toi, qui te fait si peur ?

— Un foyer.

Elle n'eut pas besoin d'en dire davantage. Il comprenait. Elle avait besoin d'espace pour réfléchir à son avenir. Tout comme il avait besoin de se réveiller chaque matin auprès d'elle pour se sentir en paix, elle avait besoin de son propre appartement.

— Veux-tu que je te laisse un peu seule ?

— Non, répondit-elle. Je pensais que nous pourrions continuer à sortir ensemble, et essayer de vivre comme des gens normaux.

Des gens normaux. Il ne comprenait pas vraiment

en quoi ce qu'elle proposait était plus normal mais, si elle souhaitait vivre en ville pour se sentir plus indépendante, il n'allait pas la contrarier. Elle avait habité avec Mason pendant très longtemps, et cela ne lui avait pas apporté la relation qu'elle attendait. Ethan était donc prêt à se montrer chevaleresque et à lui laisser tout l'espace dont elle aurait besoin.

Pourtant, il détestait devoir s'y résoudre.

Il avait le désagréable pressentiment que, s'il laissait Crissanne partir maintenant, il la perdrait.

— Très bien, capitula-t-il. Je t'aiderai à déménager ce week-end.

Ethan avait tenu sa promesse, au point même de demander à son décorateur de veiller à ce qu'elle ne manque de rien.

Peu de temps après son déménagement, Crissanne dut se rendre à New York pour rencontrer les représentants d'une marque qui souhaitaient travailler avec elle. À son retour, elle s'attendait à trouver l'appartement en désordre et encombré de cartons, mais Ethan s'était occupé de tout.

Ce jour-là, il était venu la chercher à l'aéroport. Lorsqu'elle poussa la porte de son nouveau chez-elle, elle eut eu la surprise de constater que le décorateur avait déjà terminé son travail.

— Qu'en penses-tu ? s'enquit Ethan.

— C'est magnifique ! s'exclama-t-elle en parcourant les pièces une à une. Je n'arrive pas à croire qu'il ait fallu si peu de temps pour tout transformer !

Le seul mur dans le loft était celui qui séparait la salle de bains du reste de l'espace. Elle avait commandé une cloison mobile pour créer une chambre dans une partie du salon, et Bart s'était chargé de lui bâtir un plan de travail qui délimitait le coin cuisine. Le parquet de chêne massif avait été rénové, et les habillages des fenêtres étaient modernes et somptueux.

Le loft tout entier avait été décoré avec un goût exquis. C'était la première fois de sa vie qu'elle avait un espace de vie vraiment à elle et, en le parcourant du regard, elle sentit sa gorge se serrer d'émotion.

— Merci, murmura-t-elle en se tournant vers Ethan.

— Je n'ai fait que surveiller le travail et m'assurer que tout le monde suivait tes instructions, répondit-il. Je trouve que c'est assez réussi. — C'est gentil. Je n'étais pas très sûre du résultat final mais c'est encore plus joli que je ne l'avais imaginé.

— Ellen a été très impressionnée par ton talent, observa-t-il en riant. Elle a déclaré que, si tu décidais d'abandonner la photographie, elle était prête à te recruter dans sa société d'architecture d'intérieur.

— Non, je ne crois pas que cela me plairait, répondit-elle. Ce projet était une démarche très personnelle, pour moi.

— Je vais aller chercher les ustensiles de cuisine pendant que tu t'installes, dit-il. Bart a promis de passer plus tard pour mettre les dernières touches au plan de travail.

— Bart est un excellent travailleur, déclara Crissanne. J'avoue avoir un peu hésité en apprenant son parcours de vie, mais j'avais tort. J'aurais dû me souvenir de l'effet Ethan.

— Je ne suis pas très sûr de vouloir savoir ce que tu entends par là, observa-t-il en fronçant les sourcils.

— Seulement que tu fais ressortir ce qu'il y a de meilleur en chacun. Je pense que c'est parce que tu ne juges pas les gens.

Elle nota qu'il rougissait et trouva ce détail charmant. La présence d'Ethan chez elle venait lui rappeler à quel point sa cohabitation avec lui allait lui manquer. Mais ils avaient besoin de séparation, tous les deux. Elle désirait être absolument sûre que ce qu'elle ressentait pour lui n'avait aucun rapport avec la vie dans une belle maison, ou avec la présence d'un groupe de gens attachants autour d'elle.

C'était probablement le cas, bien sûr, mais cette expérience l'aiderait à se le prouver.

— Qui suis-je pour les juger ? répliqua Ethan en souriant. Je ne suis qu'un pauvre avocat.

— Tu es un homme bien.

Il se contenta de hausser les épaules puis s'éloigna. S'asseyant en tailleur sur le parquet ciré, Crissanne tourna son attention vers le grand carton contenant ses photos.

La première qu'elle en sortit était une photo encadrée de Mason et Ethan, qu'elle avait prise lorsqu'ils étaient encore à l'université. Ils avaient des avis différents sur un sujet quelconque, et chacun d'eux avait été si déterminé à défendre son point de vue qu'elle avait pu prendre toute une série de clichés avant qu'ils ne remarquent sa présence.

Elle appuya le cadre contre un pied de la table basse et sortit une autre photo du carton. La plupart étaient des clichés d'Ethan et Mason, ou des prises de vue liées à son travail. Au cours des années, elle avait remporté plusieurs prix pour certains de ses travaux, et ces photos-là seraient exposées sur les murs de son bureau, au rez-de-chaussée.

Mais elle allait encore devoir décider de l'endroit où elle placerait ses photos personnelles dans la chambre.

— Je me souviens de ce jour-là, dit Ethan d'une voix douce en venant la rejoindre.

— À quel sujet vous disputiez-vous ? s'enquit-elle,

tournant son regard vers la photo appuyée contre la table basse.

— Nous nous disputions à cause de toi.

— Euh… Ah bon ? Pourquoi ?

— Je pensais que Mason ne te donnait pas ce dont tu avais besoin, qu'il te poussait vers une carrière de photographe de voyages parce que cela l'arrangeait et correspondait à son mode de vie. Pas au tien.

Elle se contenta de le dévisager. Il avait raison, bien sûr. Mais n'était-ce pas toujours le cas, avec Ethan ? Mason et elle avaient eu de nombreuses disputes à ce sujet, au cours des années. Mason insistait pour qu'elle voyage au moins autant que lui.

Il disait que, de cette façon, aucun d'eux ne resterait tout seul à la maison à attendre l'autre. Avec le recul, elle comprenait désormais que la véritable explication, c'était que Mason n'avait pas envie qu'ils s'habituent trop l'un à l'autre.

— J'adore mon travail, déclara-t-elle.

— Vraiment ? Je pense que tu aimes particulièrement l'idée de créer ton studio ici, en ville. Je suis très heureux que tu aies choisi de t'installer à Cole's Hill.

Elle leva ses yeux vers lui et lui sourit. Elle était venue au Texas pour des raisons plus complexes qu'elle ne voulait bien l'admettre, mais ses raisons pour rester semblaient toutes concerner Ethan.

Plus tard, cet après-midi-là, les parents d'Ethan, Derek et Bianca, Hunter et Ferrin étaient passés au loft pour déposer des cadeaux de bienvenue et donner un coup de main à Crissanne pour une multitude de tâches. Ethan luttait avec ses émotions depuis que la jeune femme lui avait annoncé son intention de quitter sa maison mais, en la voyant si heureuse, ici, dans son propre environnement, il comprit que cela avait été une sage décision pour elle.

Et pour lui aussi.

Il avait toujours parlé de Mason en termes élogieux, mais aujourd'hui, alors qu'il lui apparaissait de plus en plus clairement que son avenir était aux côtés de Crissanne, il commençait à comprendre que son meilleur ami n'avait jamais envisagé sa propre destinée autrement qu'en solitaire. Il n'était resté avec Crissanne que parce qu'il ne savait pas comment se libérer d'elle.

Lorsqu'elle était apparue sur le pas de sa porte, Ethan avait pensé que ce ne serait qu'une situation temporaire. Une querelle d'amoureux qui trouverait sa solution avec le temps. Aujourd'hui, cependant, il prenait conscience qu'il avait mal jugé le problème. Il n'y aurait jamais eu de réconciliation. Naturellement, avec la disparition de Mason, cette hypothèse ne pourrait jamais se voir confirmée, mais il était certain que son ami n'aurait pas désapprouvé sa relation avec Crissanne.

— As-tu une minute à m'accorder, Ethan ? s'enquit Hunter alors qu'ils étaient tous dans la cuisine, occupés à préparer des sandwichs.

— Oui, qu'y a-t-il ?

— Rien d'important. J'avais seulement envie de te parler seul à seul.

— Vous pouvez utiliser mon bureau au rez-de-chaussée, suggéra Crissanne en souriant.

— Merci, répondit Ethan, entraînant son frère en direction de l'escalier.

— Je dois reprendre l'entraînement à la base spatiale de College Station, cet après-midi, expliqua Hunter, et j'ai pensé qu'il serait préférable de te poser ces questions en personne. Je voudrais protéger Ferrin si un malheur m'arrivait. Depuis que nous nous sommes mariés, l'année dernière, j'ai fait d'elle ma légataire universelle, mais je pense que je devrais faire davantage.

Ethan gérait les affaires financières de toute sa famille, y compris la fondation familiale et les comptes d'entreprise du Rockin' C.

— En ce qui concerne la fondation familiale et le ranch, vous êtes déjà parfaitement couverts. À ta mort, c'est elle qui héritera tes parts, et j'ai créé un compte séparé pour votre futur enfant, auquel il ou elle aura accès à sa majorité. Aimerais-tu apporter des modifications quelconques ?

— Je n'en sais rien, convint Hunter en soupirant. Je n'y avais même jamais réfléchi jusqu'à ce que Ferrin évoque la mort prématurée de Mason. Qui peut dire ce que l'avenir nous réserve ?

— C'est vrai, reconnut Ethan.

Durant l'heure qui suivit, il se pencha avec son frère sur le sujet de ses finances, précisant certains détails et rassurant Hunter sur le fait que tout était en ordre.

— J'ai passé tant de temps à lutter pour que mon innocence soit reconnue, au cours de ces dernières années, que l'idée même de cette démarche me paraît surréaliste, avoua Hunter. Je n'aurais jamais pensé que j'aurais Ferrin, ou un bébé, dans ma vie.

— Je sais, convint Ethan d'une voix douce. Mais tu mérites ce bonheur, et je ferai tout ce qui est légalement en mon pouvoir pour t'éviter tout souci.

— Je sais que tu feras au mieux, Ethan, répondit Hunter. Qu'y a-t-il entre Crissanne et toi ? Je l'aime beaucoup. Et, entre nous, je pense qu'elle serait parfaite pour toi.

— Parfaite pour moi ?

— Elle t'a convaincu de danser, l'autre soir, au lieu de rester assis devant ton verre à broyer du noir.

— Je l'aime beaucoup, moi aussi, avoua Ethan, mais sa vie est… à une croisée des chemins.

Il essayait d'expliquer quelque chose qu'il ne comprenait pas vraiment lui-même. Il faisait simplement de son mieux pour lui donner ce dont elle avait besoin, sans rien attendre en retour. Car il ne lui avait pas échappé que, l'unique fois où il l'avait tenue dans ses bras, il n'avait pas su la retenir.

— À la croisée des chemins ? répéta Hunter, fronçant les sourcils. Que veux-tu dire ?

Ethan prit une profonde inspiration, puis il confia enfin à son frère une idée qui le torturait depuis trop longtemps déjà. À savoir que son meilleur ami serait toujours comme une ombre entre eux. Il importait peu que Crissanne et Mason aient rompu juste avant sa mort. Tout au fond de lui-même, Ethan se sentirait toujours coupable de faire l'amour à la compagne de son meilleur ami.

— Quelque part à mi-chemin entre Mason et moi, répondit-il en soupirant.

— C'est ridicule ! protesta Hunter. Lorsqu'elle vivait avec Mason, elle était constamment seule. Leur relation ne tenait plus qu'à un fil.

Ethan n'y croyait pas un instant. Pourquoi Crissanne serait-elle restée aussi longtemps avec Mason si elle n'avait pas été persuadée que leur relation finirait par fonctionner ?

— Peut-être. Nous n'en saurons jamais rien. Quoi qu'il en soit, elle est ici, et nous allons essayer de passer un peu de temps ensemble. Quelques sorties, des dîners, enfin des choses de ce genre.

— Tu me fais rire, observa Hunter.

— Pourquoi ?

— Je sais que tu essaies de tout gérer de façon

rationnelle, mais l'amour ne fonctionne pas de cette façon.

— Je n'ai pas dit que je l'aimais.

— Ce n'était pas nécessaire, répliqua Hunter. Lorsqu'elle rit, tu souris d'une oreille à l'autre.

— Heu…

— Inutile de le nier. Personne ne sait mieux que moi à quel point l'amour d'une femme peut ébranler toutes les certitudes d'un homme. En revanche, laisse-moi te dire que cela en vaut la peine. Ferrin a changé ma vie d'une façon dont je n'avais même pas rêvé. Et je pense que Crissanne peut faire la même chose pour toi, si tu le lui permets.

Ethan ne savait pas quoi répondre à cela mais, par bonheur, Hunter changea de sujet.

Plus tard, lorsque sa famille fut repartie et que Crissanne et lui se retrouvèrent seuls, force lui fut cependant d'admettre qu'il était en train de tomber amoureux d'elle.

- 12 -

Ethan l'avait aidée à remettre de l'ordre dans son loft après leur petite soirée, puis il était rentré chez lui. Et, tout à coup, elle s'était retrouvée seule. Elle comprenait maintenant pourquoi elle était restée avec Mason toutes ces années, alors que leur relation n'était plus qu'un souvenir. Alors qu'elle avait passé une si grande partie de sa vie toute seule, elle s'apercevait maintenant qu'elle détestait la solitude. Peu importe qu'elle ait choisi elle-même la décoration de cet appartement et qu'elle soit enfin réellement chez elle. Elle s'y sentait aussi étrangère que dans n'importe laquelle des chambres où on l'avait placée sans lui demander son avis lorsqu'elle était enfant.

L'appartement était trop grand. Trop vide.

Ce vaste espace était tout à elle mais, une nouvelle fois, il n'y avait personne pour l'aider à le remplir. Elle avait besoin de quelqu'un dans sa vie. Un homme en qui elle aurait confiance, et avec qui elle pourrait fonder une famille. Et elle désirait qu'Ethan soit cet homme-là.

Elle ramassa son téléphone pour lui envoyer un SMS avant de se figer. Comment pourrait-elle être sûre de ses sentiments pour Ethan si elle se servait constamment de lui comme d'une béquille ? Elle finit par se lever, alla allumer son ordinateur sur la table de la cuisine et entreprit de passer en revue les photos qu'elle avait prises au cours de la semaine qui venait de s'écouler.

Les visages des habitants de Cole's Hill commençaient à lui être familiers. Elle avait appris de nombreux détails sur la vie des uns et des autres en travaillant avec le groupe des célibataires de la ville, et en bavardant avec d'autres personnes qu'elle avait croisées dans le parc. Contrairement à Los Angeles, où personne ne connaissait vraiment personne, ici, tous ces gens étaient ses voisins.

Elle désirait faire de cette ville son foyer, son point d'attache. Elle luttait depuis une éternité pour trouver sa place dans l'univers et elle savait que, cette fois-ci, elle allait réussir.

Elle entendit qu'on frappait à la porte et alla ouvrir, laissant la photo d'Ethan affichée sur l'écran.

Lorsqu'elle jeta un coup d'œil à travers le judas de la porte, elle cessa de respirer.

C'était lui.

— Bonsoir, toi, dit-elle en ouvrant la porte en grand.

— Je sais que c'est ta première soirée chez toi, répondit-il en brandissant une bouteille de champagne, mais j'ai pensé que nous pourrions tout de même boire une petite coupe pour fêter ton installation. Et peut-être bavarder un peu. Qu'en dis-tu ?

— J'ai failli t'envoyer un SMS pour te dire de revenir, avoua-t-elle, s'écartant pour le laisser entrer. Mais je me suis sentie bête. Après tout, c'est moi qui ai déménagé. Je devrais savoir me débrouiller toute seule.

— Qui t'a dit que tu n'y arriverais pas ? Je t'ai apporté un petit cadeau.

Il alla poser sa bouteille de champagne sur la table de la cuisine et, en passant, il vit sa photo affichée sur l'écran.

— C'est pour les enchères, expliqua-t-elle.

Il se contenta de hocher la tête en silence et commença à déboucher le champagne, avant de demander :

— N'es-tu pas curieuse de voir ce que je t'ai apporté ?

— Si, si, assura-t-elle en allant s'asseoir devant le comptoir. Qu'est-ce que c'est ?

Il poussa vers elle un paquet arborant le logo d'une grande marque de luxe, qu'elle ouvrit pendant qu'il s'affairait avec le bouchon du champagne. À l'intérieur elle découvrit deux exquises flûtes à champagne de cristal portant son nom en filigrane d'or.

Elle les contempla un instant en silence. Elle savait qu'elle aurait dû remercier Ethan, mais elle avait la gorge nouée. Cela semblait incroyable pour une femme de trente ans, mais elle n'avait jamais possédé aucun objet de valeur. Avec Mason, elle avait vécu uniquement dans le présent, parce que c'était ce qu'il désirait. Et, durant son enfance, elle n'avait jamais rien emporté avec elle lorsqu'on la déplaçait d'un foyer à l'autre. De cette période de sa vie, il ne lui restait plus que le modeste appareil photo qu'elle avait acheté d'occasion avant de partir à l'université.

— Ethan…

— Ces flûtes devaient être livrées ce matin mais, bien entendu, elles ne l'ont été que dans la soirée. Je tenais à ce que tu les aies pour porter un toast à ton nouvel appartement.

— C'est une merveilleuse idée, dit-elle en souriant.

Tandis qu'Ethan rinçait et essuyait les flûtes à champagne, Crissanne revint au sujet des enchères.

— J'ai été surprise d'apprendre que c'était ta première participation à cet événement, remarqua-t-elle.

— À cette époque de l'année, je m'accorde généralement un petit voyage et je ne suis donc pas en ville lorsque cette manifestation a lieu, expliqua-t-il.

— Mais pas cette année ? s'étonna-t-elle.

— Cette année, j'avais prévu de partir… avec Mason.

Un long silence s'étira entre eux, puis elle l'interrogea d'une voix faible :

— Crois-tu que Mason planera toujours comme une ombre entre nous ?

— Je le crains, répondit-il, versant le champagne dans leurs flûtes. Il a fait partie de nos vies pendant trop longtemps pour qu'il en soit autrement.

C'était un fait, songea Crissanne, mais cette présence constante commençait à lui peser car elle les empêchait, Ethan et elle, de baisser leur garde. Elle était trop fatiguée pour y réfléchir maintenant, mais il devait bien exister un moyen de tourner cette page pour qu'ils soient heureux ensemble.

— À ton premier appartement, et au début de ton aventure à Cole's Hill, dit Ethan en levant sa flûte de champagne.

Elle fit tinter leurs verres l'un contre l'autre et sirota une première gorgée, fermant les yeux un instant.

— Aux bons amis.

— Je désire être davantage qu'un simple ami pour toi, Crissanne, murmura Ethan.

Elle aussi, mais il était trop tôt pour le reconnaître.

— J'aimerais que nous en soyons vraiment sûrs, Ethan. Je ne veux pas te faire souffrir. Ce serait injuste, et tu ne le mérites pas.

— Et cet appartement ?

— Cette petite ville, ta famille, c'est tout ce dont j'ai toujours secrètement rêvé.

Ethan reposa sa flûte de champagne et, faisant rapidement le tour du plan de travail, il fit pivoter le tabouret de Crissanne pour la tourner face à lui, avant de dire d'une voix émue :

— Tu es celle dont j'ai toujours secrètement rêvé,

Crissanne. Si tu as besoin de vivre seule pour te convaincre que nous sommes faits l'un pour l'autre, alors qu'il en soit ainsi.

Ils avaient décidé de regarder un film ensemble, assis côte à côte sur le canapé : une comédie légère qui ne solliciterait pas trop leur attention. Ethan avait posé le bol de pop-corn sur ses genoux et, chaque fois que Crissanne y plongeait sa main, il sentait son corps réagir violemment. Il la désirait, c'était certain, mais elle venait de déménager, et il aurait fallu être idiot pour ne pas comprendre qu'elle avait besoin de rester un peu seule pour réfléchir.

— Je vais rentrer, déclara-t-il alors que le générique de fin défilait sur l'écran.

— Pourquoi si vite ? s'étonna-t-elle.

— Si je reste, je crains que nous ne fassions des bêtises, répondit-il, face à son regard gris comme un ciel d'orage. Es-tu certaine de vouloir prendre ce risque ?

— Je ne suis plus sûre de rien, avoua-t-elle d'une voix douce, tendant sa main pour glisser les doigts dans ses cheveux. Mais j'ai envie de toi, Ethan. Et le fait de disposer de mon propre appartement n'y a rien changé.

Lorsqu'elle se tourna pour s'installer à califourchon sur ses genoux, il sentit un frisson de désir le parcourir tout entier, et glissa les mains sous l'ourlet de son chemisier. La peau de Crissanne était incroyablement douce. Puis elle l'embrassa. Il n'avait jamais connu une femme aussi spontanée, aussi naturelle. Crissanne était hardie, elle prenait des risques en allant vers lui sans savoir s'il répondrait ou non, tandis qu'il avait besoin de certitudes avant de remettre son cœur entre ses mains. Mais il avait peut-être tort.

Sa seule certitude, à cet instant, c'était qu'il était heureux de la sentir dans ses bras.

— Je crois que j'aimerais que tu restes dormir ici, murmura-t-elle. Tu veux bien ?

— Bien sûr.

— Et, puisque demain c'est dimanche, tu n'auras pas besoin de te lever tôt.

Ce qu'elle lui disait, c'était qu'elle désirait passer la matinée au lit avec lui, et il n'était pas sûr d'en avoir la force.

— Euh… Oui, c'est vrai.

— Qu'y a-t-il ? s'enquit-elle en plongeant son regard au fond du sien, toujours assise sur lui, rendant toute retraite impossible.

— Si je reste, il va m'être encore plus difficile par la suite de te laisser l'espace dont tu as besoin. Je regrette déjà que tu te sois installée en ville sans moi.

Elle redressa le buste et resta songeuse un instant, puis elle poussa un soupir.

— Moi aussi, convint-elle. Mais je devais le faire. J'avais besoin de me prouver à moi-même que j'étais forte, même sans toi.

— As-tu réussi ?

— Pas encore, reconnut-elle. Tout ce que je suis parvenue à prouver, c'est que je suis têtue et que je ne cède pas facilement à la tentation. Car tu représentes une tentation pour moi, Ethan Caruthers. Le problème, c'est que je n'ai pas envie de te repousser.

— Moi non plus.

Elle se leva et lui tendit la main, qu'il prit dans la sienne pour traverser le loft avec elle, en direction de son lit.

Celui-ci était un peu plus petit que le sien, et recouvert d'une couette toute simple couleur crème. Lorsque Crissanne s'arrêta au pied du lit, Ethan la serra dans ses bras et ferma les yeux. Jamais aucune autre femme ne l'avait obsédé ainsi. Elle était le fruit défendu : toujours hors d'atteinte et d'autant plus attirant.

Même après lui avoir fait l'amour, il continuait d'éprouver ce sentiment. Cela devait cesser. Bien sûr, il aurait été plus intelligent et plus raisonnable de lui laisser tout l'espace dont elle avait besoin, en attendant qu'elle revienne vers lui d'elle-même. Mais, comme ses frères le lui avaient fait remarquer, l'amour ne suivait pas toujours des voies logiques.

Crissanne lui rendit son étreinte et, à cet instant, il comprit qu'il l'aimait. Il avait fait de son mieux pour se convaincre qu'ils n'étaient que des amis mais, la vérité, c'était qu'il aimait cette femme de toute son âme.

Elle trébucha sur la descente de lit, et ils basculèrent sur le matelas en riant.

— Doucement, femme ! fit-il mine de protester.

— Ma méthode a fonctionné, remarqua-t-elle entre deux hoquets. Et maintenant, je veux te voir nu.

— Tout nu ?

— Oui, entièrement nu. Cela fait trop longtemps que je n'ai pas admiré ton corps magnifique.

— D'accord, mais à condition que tu te déshabilles aussi.

— Marché conclu.

Elle se releva d'un bond, se débarrassa prestement de sa jupe et fit passer son chemisier par-dessus sa tête. Ethan la contempla d'un regard émerveillé. Sa peau hâlée avait la couleur du miel. Elle avait la taille fine, des hanches doucement évasées… et des jambes interminables.

— Je n'enlève rien d'autre tant que vous serez habillé, mon petit monsieur.

— Comme cela ? s'enquit-il en faisant passer son T-shirt par-dessus sa tête.

— Pas mal. Mais, ne t'arrête pas en si bon chemin.

Il se redressa dans le lit pour lui enlacer la taille, et l'attira entre ses jambes avant de s'allonger à nouveau, l'entraînant sur lui. Puis il s'empara de sa bouche et l'embrassa à perdre haleine, défaisant l'agrafe de son soutien-gorge avant de le faire glisser sur ses bras.

Il sentait les pointes durcies de ses mamelons presser contre son torse, ses hanches onduler contre les siennes. Alors qu'elle s'apprêtait à changer de position, il glissa les deux mains sous l'élastique de sa culotte et empoigna fermement ses fesses pour la serrer tout contre lui.

— Tu triches, gémit-elle.

— Objection, Votre Honneur, répliqua-t-il en riant. À présent, nous sommes à égalité. Torses nus.

— Vous abusez de notre patience, maître Caruthers. Je vous ordonne d'ôter ce jean.

Il se leva en lui prodiguant une dernière caresse, avant de faire glisser son jean et son boxer sur ses jambes. Il se retourna ensuite face à elle.

— Maintenant, c'est ton tour d'enlever cette culotte, murmura-t-il.

Sans le quitter du regard, elle se débarrassa du bout de tissu et le laissa tomber sur le sol. Puis, elle empoigna son pénis et le caressa lentement jusqu'à ce qu'il soit totalement dur.

Il la fit basculer à nouveau sur le matelas et, s'adossant à la tête de lit, la saisit par la taille et l'installa à califourchon sur ses jambes. Elle referma à nouveau ses doigts autour de sa douloureuse érection et reprit aussitôt ses caresses.

S'emparant de la main de Crissanne, il déposa un baiser brûlant au creux de sa paume, puis traça avec ses lèvres un chemin de baisers de son poignet délicat jusqu'à son épaule. Recueillant enfin un sein dans sa paume, il inclina sa tête.

Elle avait de jolis seins, dotés de pointes roses contrastant avec le hâle de sa peau. Il les agaça gentiment de ses lèvres et de ses dents jusqu'à ce qu'il les sente durcir sous ses caresses. Crissanne frissonna et se cramponna à ses épaules, enfonçant ses ongles dans sa peau.

Les doigts délicats de la jeune femme entreprirent alors de caresser sa nuque avec une lenteur sensuelle, et il frissonna à son tour. Il avança les hanches par réflexe, mais il était déterminé à faire durer cette nuit. C'était la première fois qu'il lui faisait l'amour depuis qu'il s'était avoué qu'il l'aimait : il lui avait fallu une éternité pour oser enfin le reconnaître, et il voulait déguster chaque seconde de cet instant unique. C'était tout du moins ce que désirait son esprit. Son corps, quant à lui, semblait voir les choses autrement. Crissanne le privait de toute volonté, éveillait en lui un désir insatiable. Il avait soif de sa bouche, de son corps, de ses caresses.

Elle se déplaça sur lui et, dans ce mouvement, son sexe effleura l'érection d'Ethan.

Abandonnant son sein, il releva la tête pour la fixer tout au fond des yeux. Elle soutint son regard un long moment, puis se pencha en avant et l'embrassa tandis qu'il entrait lentement en elle.

Il renonça alors à toute idée de contrôler la situation et la laissa descendre elle-même sur son érection. Glissant sa main entre leurs corps, il effleura son clitoris d'une lente caresse et la sentit tressaillir. Tandis qu'il continuait d'effleurer le bouton ultrasensible, elle commença à onduler des hanches contre lui.

Agrippant sa taille, il l'obligea à ralentir, à faire durer son plaisir, mais elle glissa à nouveau les doigts dans ses cheveux et l'attira à elle pour l'embrasser passionnément. Alors, il cessa de lutter. Elle était délicieuse. S'abandonnant tout entier à ce baiser d'une sensualité brûlante, il oublia instantanément tout ce qui n'était pas la sensation du corps de Crissanne entre ses bras.

Il avança les hanches pour entrer encore plus profondément en elle. Mais ce n'était encore pas assez. Elle avait crispé les doigts sur la tête de lit et, dans cette position, ses seins généreux étaient à portée de sa bouche. Il entreprit d'agacer leurs pointes avec sa langue, tout en l'incitant à le chevaucher plus vite, avec plus de vigueur.

Crissanne rejeta la tête en arrière et, s'agrippant à ses épaules, augmenta encore l'intensité de ses coups de reins. Un éclair éblouissant le traversa tout entier, et il fut envahi soudain par l'orgasme. Il avait cru pouvoir attendre mais, en s'enfonçant en elle une dernière fois, il se sentit vidé de toute énergie. Comme en apesanteur.

Se laissant emporter par la passion à son tour, Crissanne cria son nom tandis qu'un frisson la secouait tout entière.

Elle s'affala sur lui, la tête au creux de son épaule, son souffle haletant caressant le cou d'Ethan.

Il effleura lentement son dos, laissant glisser ses doigts jusqu'au creux de ses hanches, et elle releva ses yeux vers les siens.

Il se sentit alors ébranlé jusqu'au tréfonds de son âme. Cette nuit, tout était différent. Faire l'amour avec Crissanne dans cet appartement inconnu lui avait confirmé ce qu'il n'avait jamais osé reconnaître... Jusqu'à ce soir.

Il se laissa rouler sur le côté, la gardant bien serrée contre lui. Il brûlait de lui avouer la profondeur de ses sentiments, mais n'en eut pas le courage.

— Alors ? s'enquit-il seulement. Allons-nous faire la grasse matinée ensemble, demain ?

— Oui, murmura-t-elle. Vas-tu rester ?

— J'essaierai, répondit-il.

Passer la nuit ici avec elle était ce qu'il désirait le plus au monde, mais aussi ce qui l'effrayait le plus.

Et s'il lui avouait qu'il l'aimait, et qu'elle lui répondait qu'elle n'était pas prête ? Et si…

Elle se blottit contre lui et, posant les lèvres sur son torse, elle y déposa un doux baiser.

— Bonne nuit, murmura-t-elle d'une voix ensommeillée.

Alors, il la serra plus fort entre ses bras et, soudain, il sentit toute sa peur s'envoler.

- 13 -

Le téléphone de Crissanne sonna à 2 heures du matin, la tirant d'un profond sommeil. Elle tendit la main vers l'appareil et, dans ce geste, heurta le réveil sur la table de chevet, qui tomba sur le sol. Rien n'était plus à sa place normale.

— C'est ton téléphone, marmonna Ethan en quittant le lit pour aller récupérer l'appareil sur le comptoir de la cuisine où elle l'avait laissé à charger.

La sonnerie avait cessé et il lui tendit le téléphone sans un mot.

Au même instant, le smartphone d'Ethan retentit à son tour, annonçant qu'il avait reçu un SMS. Ce que Crissanne remarqua à peine, car elle venait de lire le nom qui apparaissait sur l'écran du sien.

L'appel qu'elle avait manqué provenait de Mason.

C'était sa photo qui apparaissait sur l'écran et, malgré elle, des larmes lui brûlèrent les paupières. Portant l'appareil à son oreille, elle écouta le message vocal. Quelqu'un avait probablement trouvé son téléphone et essayait de joindre son propriétaire.

Il y eut un bruit, puis une voix masculine :

— Crissanne ? C'est moi. Je suis en vie. Nous devons parler. Appelle-moi.

Elle laissa tomber le téléphone sur le lit. Mason ? Mason en vie ? Tremblant de tout son corps, elle se tourna vers Ethan, qui venait de lire le SMS qu'il avait reçu et arborait une expression stupéfaite.

— Mason est vivant, dit-il d'une voix blanche.

— Oui, répondit-elle faiblement. Je viens de l'entendre.

Oh ! Seigneur…

— Je ne peux pas rester ici, déclara Ethan.

— Pourquoi ? murmura-t-elle, le cœur serré face à la panique et la culpabilité qu'elle lisait dans les yeux d'Ethan.

— Ce ne serait pas correct, argua-t-il. Il est blessé. Dans son message, il me dit qu'il a la jambe gauche dans le plâtre, et que ses côtes ne sont pas encore entièrement ressoudées. Tu as besoin de temps pour régler tes affaires avec lui sans aucune interférence de ma part.

Crissanne dévisagea l'homme qui, en six semaines à peine, avait conquis son cœur plus que Mason n'avait su le faire en douze ans. Et c'était lui qui lui suggérait qu'elle avait besoin d'espace ?

— Non, Ethan, répliqua-t-elle. Je ne pense pas que tout s'arrangera simplement parce que tu t'enfuis de chez moi au milieu de la nuit.

— Mason est en route pour venir me voir, précisa Ethan.

— Quoi ?

— C'est ce qu'il dit dans son SMS.

— Très bien. Dans ce cas, allons le voir ensemble. Je n'arrive pas à croire qu'il soit encore en vie !

— Moi non plus.

— Mais j'en suis très heureuse, ajouta-t-elle. Il était beaucoup trop jeune pour mourir.

Toute la joie, toute l'affection qui les avaient rapprochés, s'évanouirent subitement.

Aux yeux de Crissanne, son appartement lui apparaissait tout à coup étranger. Comme elle se sentait gênée d'être nue, elle quitta le lit et sortit un jean et un sweat-shirt des tiroirs de sa commode pour se rhabiller. Lorsqu'elle se retourna vers Ethan, il tapait un message sur son téléphone, planté au milieu du coin salon.

Soudain, elle eut l'impression qu'un nuage noir planait au-dessus de leurs têtes.

— Avant d'aller le voir, nous devrions parler, tous les deux, observa-t-elle.

— J'en conviens, mais je ne suis pas sûr que le moment soit bien choisi.

Elle reconnaissait cette expression sur le visage d'Ethan. C'était celle qu'il arborait au tribunal. Détachée, dénuée de toute trace d'émotion. À des années-lumière de l'homme avec qui elle venait de faire l'amour.

— Cela m'est égal, rétorqua-t-elle.

Elle refusait de perdre Ethan à présent qu'elle l'avait trouvé. Pour la première fois de sa vie, elle était toute proche du bonheur dont elle avait toujours rêvé. Et elle savait que ce bonheur dépendait de lui.

Elle ne comprenait peut-être pas totalement les sentiments qu'elle éprouvait pour Ethan mais, si elle avait une certitude, c'était qu'elle ne pouvait pas simplement le laisser partir. Elle avait attendu, des années durant, que Mason change d'attitude avec elle, ce qu'il n'avait jamais fait. À présent, il semblait qu'il soit revenu d'outre-tombe, mais dans l'esprit de Crissanne, c'était un problème différent. Elle réglerait seule ses affaires avec Mason.

— Je ne peux pas faire cela, déclara Ethan. C'était différent lorsque je pensais que vous aviez rompu. Ensuite, nous l'avons cru mort, et cela a tout changé entre nous. Mais à présent qu'il est de retour… je me sens simplement coupable, c'est tout.

— M'as-tu jamais désirée pour moi-même ? répliqua-t-elle, blessée par ses paroles.

— Que veux-tu dire ?

— Dois-je penser que c'est seulement un élan de sympathie qui t'a poussé dans mes bras ? Car, si c'est le cas, nous aurions dû tout arrêter après l'épisode de la salle de conférences.

— Ce n'est pas du tout cela.

— Mais que pensais-tu vraiment ? Tu es plus habile que moi avec les mots et, lorsque tu restes vague, je suis bien obligée de croire que tu as une bonne raison pour cela.

— Il y a effectivement une raison, gronda Ethan en pivotant vers elle. Je n'ai pas envie d'en parler maintenant. Nous devons aller voir Mason. Il est en vie, et c'est cela qui doit être notre première préoccupation.

— Ce n'est pas la mienne, murmura Crissanne d'une voix à peine audible. Mason et moi avions rompu avant sa mort… Sa mort présumée. Cette page de ma vie était tournée. Ta présence ici, avec moi, m'a aidée à comprendre ce qui avait toujours manqué, entre Mason et moi. Je pense qu'il l'avait simplement compris avant moi.

— Je me réjouis que tu sois dans cet état d'esprit, répondit Ethan. Mais ce n'est pas mon cas. Mason savait que je te désirais. Il savait que, des années durant, je t'ai observée de loin lorsque tu étais dans ses bras.

— Tout cela, c'est du passé, répliqua-t-elle.

Mais elle découvrait avec stupeur la vraie nature des sentiments d'Ethan pour elle alors qu'elle vivait en couple avec Mason.

Elle ne s'étonnait plus qu'il n'ait pas envie d'en parler. Mais elle avait besoin de l'entendre de sa bouche.

Ethan n'avait jamais essayé de se servir d'elle durant toutes ces années. Elle refusait de croire qu'il ait changé à ce point.

— Et que suis-je pour toi ? s'enquit-elle d'une voix tendue. Une partie de jambes en l'air longtemps attendue ?

— Non ! s'insurgea-t-il. Tu sais parfaitement que c'est faux.

Mais elle n'était plus sûre de rien. La dernière fois qu'elle avait cédé à des certitudes, cela lui avait coûté douze années de sa vie avec un homme qui avait fini par la quitter.

— Alors, quoi ? répliqua-t-elle.

Ethan n'avait pas envie d'avoir cette conversation. Pas maintenant. Il se réjouissait que Mason ne soit pas mort, mais il fallait avouer que son ami aurait pu choisir un meilleur moment pour faire son grand retour. Alors qu'Ethan avait enfin décidé de baisser sa garde, Mason réapparaissait dans leurs vies. Il savait qu'il devait reprendre ses distances, pour laisser Mason et Crissanne faire tranquillement le point sur leur relation, même si elle affirmait que cela n'était pas nécessaire.

Cherchait-elle à se disputer avec lui ? Pour quel motif ? Il essayait de comprendre mais, comme toujours lorsqu'il s'agissait de Crissanne, sa perspective était faussée. Il la désirait, il ne pouvait pas se mentir à ce sujet. Et désormais, après douze longues années, elle voulait savoir s'il ne voyait en elle qu'une simple partenaire de coucheries ?

— Le moment est assez mal choisi pour ce genre de discussion, remarqua-t-il en soupirant.

Il avait besoin d'une douche pour effacer de sa peau

l'odeur du sexe et la fragrance de Crissanne. Ensuite, peut-être, il trouverait un moyen pour la garder auprès de lui sans trahir son ami.

Hélas, quelle que soit la façon d'analyser la situation, tout cela ressemblait fort à une trahison.

— C'est le seul moment dont nous disposons, insista-t-elle. Mason va bientôt arriver. Tu désires visiblement partir, or je n'ai pas envie que tu t'en ailles avant que nous ayons résolu ce problème.

— Pourquoi ?

Étouffant un cri de frustration, elle se détourna de lui. Peu désireux d'ajouter encore à son désarroi, Ethan murmura :

— Mason est comme un frère pour moi. Il va avoir besoin de nous tous pour l'aider à recouvrer la santé. Toi et moi ne pouvons pas simplement nous présenter devant lui, main dans la main, comme des amoureux. Ce ne serait pas juste.

Crissanne pivota face à lui et le dévisagea si longtemps qu'il sentit presque physiquement tout le poids de sa déception.

— Et où est la justice pour nous deux ? s'enquit-elle enfin.

— Nous pourrions en parler plus tard…

— Non, coupa-t-elle. Si tu ne peux pas régler cette question avec moi avant…

Elle s'interrompit, fronçant les sourcils, avant d'ajouter :

— Attends une seconde. As-tu l'intention de demander à Mason sa permission avant de lui expliquer ce qu'il y a entre nous ?

Ce n'était pas du tout ainsi qu'il aurait décrit la situation. Mais, la vérité, c'était qu'il n'en avait jamais parlé avec Mason, qu'il n'avait jamais entendu sa version de l'histoire. Et si Mason aimait encore Crissanne et qu'il souffrait ? Ethan devait éclaircir ces détails avec lui avant de franchir ce nouveau cap dans leur relation.

Ce qu'il envisageait avec Crissanne n'était pas une simple passade. La nuit précédente, il s'était avoué à lui-même qu'il l'aimait. Or, Mason était comme un frère pour lui, pas un inconnu qu'il pouvait facilement écarter de sa vie.

— Non, ce n'est pas cela, se défendit-il. Mais il est vrai que Mason n'a jamais mentionné en ma présence que vous aviez rompu, et il est mort sans savoir que tu viendrais chez moi. Ce que je veux dire, c'est qu'il serait peut-être préférable de le mettre au courant de la situation.

— Je suis du même avis, répondit-elle. Je n'ai aucune envie de parader avec toi comme un couple officiel, et le faire souffrir inutilement. Mais j'ai besoin de savoir que tu me soutiendras. Puis-je compter sur toi ?

Il lui fallut moins d'une seconde pour répondre à cette question.

— Oui, bien sûr.

— Parfait.

Elle s'approcha pour le serrer dans ses bras, ses yeux gris levés vers les siens.

Tout au fond de lui-même, Ethan songea qu'il avait encore le douloureux sentiment que Crissanne était la femme de son ami.

— Tu ne peux pas, n'est-ce pas ? remarqua-t-elle enfin.

— Ce n'est pas cela. Je voudrais que nous soyons ensemble, mais je ne peux pas trahir Mason. Il m'a sauvé à un moment de ma vie où j'étais sur une pente dangereuse…

— Tu t'es sauvé toi-même, Ethan, le corrigea-t-elle. Tu as toujours sous-estimé tes qualités. Mason lui-même reconnaîtrait que tu as résolu tes problèmes sans aucune aide extérieure. Tu ne serais jamais devenu dépendant des médicaments. Tu le sais aussi bien que moi.

— Je n'en suis pas aussi sûr.

— Pourquoi ?

— Parce que l'addiction fait partie de ma personnalité.

— Cite-moi un seul exemple d'addiction dans ta vie, répliqua-t-elle d'un ton de défi.

— Toi.

Voilà, il l'avait dit. Et, sans se donner le temps d'hésiter, il poursuivit :

— Tu es celle que je ne peux oublier. Celle que j'observe en silence, que je désire depuis des années. Et je pense que si je m'engage tout de suite avec toi, sans te laisser le temps de vérifier par toi-même où tu en es avec Mason après ce tragique épisode, tu en viendras peut-être à le regretter plus tard. Et alors, j'aurais obtenu ce que je désirais, mais à un prix que je ne suis pas prêt à payer.

— Quel prix ? s'étonna-t-elle.

— Ton bonheur.

Sur ces mots, il se détourna d'elle et se dirigea vers la porte.

— Je ne pense pas que ce soit une possibilité, déclara-t-elle.

— Ni toi ni moi ne pouvons prédire ce que nous ressentirons en le voyant.

Au même instant, son téléphone tinta, et il jeta un coup d'œil à l'écran avant de relever le regard vers elle.

— Il est chez moi, lui dit-il. Bart l'a fait entrer, et il l'a installé dans la chambre d'amis. Apparemment, il ne va pas très bien et, pour le moment, il dort. Nous devons nous mettre en route.

— Très bien, répondit-elle. Allons-y. Ma voiture

m'a été livrée cette semaine. Je vais te suivre, si cela ne te fait rien.

Il acquiesça en silence. Il n'y avait rien d'autre à dire. En tout cas pour le moment. Ils devaient aller voir Mason et s'assurer qu'il allait bien. Après cela, Ethan réfléchirait à son avenir avec cette femme qui l'avait changé au-delà de tout ce qu'il aurait cru possible. Mais il savait que s'il devait s'effacer pour qu'elle soit heureuse, il n'hésiterait pas.

C'était l'essence même de l'amour. Il se souvenait d'un poème que leur mère leur avait lu à ses frères et lui, lorsqu'ils étaient enfants, qui disait qu'il fallait laisser partir l'objet de son amour et attendre qu'il revienne librement. Ethan n'avait jamais aussi bien compris le sens de ces vers qu'à cet instant, alors qu'il accompagnait Crissanne vers le parking au bout de sa rue.

C'était le pire moment possible pour lui avouer qu'il l'aimait, il le savait bien. Elle avait le droit de prendre ses propres décisions sans aucune pression de sa part.

En suivant Ethan à travers la ville dans sa propre voiture, Crissanne luttait contre un sentiment d'irréalité. Elle ignorait comment c'était possible, mais Mason venait de réapparaître dans sa vie.

Elle s'en réjouissait sincèrement, et ne comprenait toujours pas ce que cela changeait entre Ethan et elle. Or, à voir le comportement présent d'Ethan, elle en venait à se demander s'il plaçait le bonheur de Mason au-dessus du leur. Il lui avait affirmé, bien sûr, qu'elle occupait la première place dans son cœur, mais elle commençait à en douter.

C'était comme si…

Elle ne savait plus.

Elle s'aperçut soudain qu'elle pleurait. Qu'allait-elle bien pouvoir faire ?

Mason était en vie. Était-il possible que cet accident d'avion ait fait de lui un autre homme ? Elle en doutait. Elle avait vainement essayé, douze années durant, d'obtenir de lui un engagement clair. Il semblait peu probable qu'un accident d'avion l'ait transformé à ce point. Mais, bien sûr, il venait de traverser une terrible épreuve. Cela avait peut-être suffi à lui faire envisager leur relation autrement.

Le problème, c'était qu'entre-temps elle aussi avait changé. Si Mason n'était plus le même homme qui avait rompu avec elle à Los Angeles, elle n'était plus non plus la même femme. Avec le temps, elle avait fini par se persuader qu'elle n'était pas digne de fonder une famille, avec Mason ou qui que ce soit d'autre. Mais, auprès d'Ethan, elle avait retrouvé la force et le courage d'admettre qu'elle voulait des enfants – et qu'elle le méritait.

Mais elle n'en serait vraiment certaine qu'après l'avoir vu.

Elle essuya ses larmes d'un revers de main impatient en arrêtant sa voiture derrière celle d'Ethan dans l'allée circulaire, devant sa maison. Puis, prenant une profonde inspiration, elle ouvrit sa portière.

Ethan l'attendait en haut des marches du porche. Levant son regard vers lui, elle se rendit compte qu'elle lui en voulait. Comment pouvait-il les faire douter de ce qu'ils pourraient vivre l'un avec l'autre, après ce qu'ils avaient construit lorsqu'ils croyaient que Mason était mort ?

Elle ne prononça pas un seul mot en le rejoignant devant la porte. Il parut sur le point de lui faire une remarque, mais elle le fusilla du regard et il y renonça.

Le problème, avec Ethan, c'était qu'il croyait pouvoir

tout expliquer, persuadé qu'il était qu'elle finirait par accepter son point de vue. Mais cela ne fonctionnerait pas. Pas ce soir.

En entrant dans le couloir, elle éprouva un intense sentiment de déjà-vu. Lorsqu'elle était arrivée au Texas après que Mason avait rompu avec elle, elle cherchait un havre de paix. Et elle l'avait trouvé, et pas seulement dans cette maison mais avec Ethan.

Mason cherchait vraisemblablement la même chose qu'elle, dans cette maison. Il venait pour voir Ethan, pas elle. Elle le comprenait, à présent.

— Je ne pense pas que Mason soit ici pour moi, déclara-t-elle d'une voix rendue un peu chevrotante par toutes les larmes qu'elle avait versées dans sa voiture.

Mason l'avait déjà exclue de sa vie une fois. Et, même si Ethan restait persuadé qu'ils pourraient continuer à être un trio d'amis, elle en doutait fort.

Or, elle ne voulait pour rien au monde qu'Ethan la voie comme Mason la voyait – indigne du désir d'un homme. Indigne de son amour.

— La seule manière de le savoir, c'est de lui parler, déclara Ethan.

— C'est seulement que je ne voudrais pas que l'opinion qu'il avait de moi déteigne sur toi, murmura-t-elle. Mason ne m'a jamais vraiment désirée.

Pour toute réponse, Ethan l'attira doucement à lui et la serra dans ses bras. Elle sentit alors son espoir renaître. Tout allait peut-être finir par s'arranger. Elle savait qu'elle devait mettre fin à leur étreinte, au cas où Mason viendrait à sortir de la chambre où, d'après Bart, il était endormi.

— En ce qui me concerne, répondit Ethan, déposant un doux baiser sur sa tempe, je ne pourrai jamais poser les yeux sur toi sans te désirer.

— Comme c'est mignon ! observa soudain Mason,

planté sur le seuil de la chambre. Je suis laissé pour mort, et ma petite amie et mon vieux copain en profitent aussitôt pour filer le parfait amour.

Crissanne s'écarta précipitamment d'Ethan qui, laissant retomber ses bras, se tourna face à Mason. Son ami avait une jambe dans le plâtre et s'appuyait sur une béquille. Il avait les yeux un peu injectés de sang, et son nez semblait avoir été cassé.

Crissanne sentit son cœur se serrer. Six semaines s'étaient écoulées depuis le crash, mais c'était un homme brisé qui se tenait devant elle. Elle comprenait enfin ce qu'Ethan avait essayé de lui expliquer. Ce dont Mason avait réellement besoin.

Avec un ensemble parfait, Ethan et elle se précipitèrent pour serrer Mason dans leurs bras.

— Je suis si heureuse de te voir en vie ! s'exclama-t-elle, la vue brouillée par un nouveau flot de larmes.

— Vu d'ici, on aurait pu croire le contraire, observa-t-il.

— Mason, nous pensions que tu étais mort, rappela Ethan, passant son bras autour de la taille du blessé pour l'aider à rentrer dans la chambre. Croyais-tu réellement que les deux personnes qui t'aiment le plus au monde ne se rapprocheraient pas pour partager leur chagrin ?

— Était-ce réellement tout ce que j'ai vu ? s'enquit Mason.

Ethan se tourna vers elle, et Crissanne haussa les épaules.

— Comment as-tu survécu ? l'interrogea-t-elle. Les responsables de la société de production te croyaient mort. Tout le monde nous a assuré qu'il n'y avait eu aucun survivant, dans ce crash.

Elle se précipita pour remettre de l'ordre dans les couvertures. À l'évidence, Mason avait quitté le lit à toute vitesse. Ethan l'aida à se recoucher, et elle tira un fauteuil pour s'asseoir au pied du lit.

— J'étais prisonnier d'une section de l'épave, expliqua-t-il d'un ton las. Je n'avais que quelques brefs épisodes de lucidité, et quand je suis réellement revenu à moi, je me suis réveillé dans un village. Ces gens m'ont soigné jusqu'à ce que je sois assez fort pour redescendre dans la vallée, et être transporté par avion jusqu'à un hôpital de Lima.

— Je me réjouis que ces villageois t'aient trouvé, murmura-t-elle.

Mason hocha faiblement la tête, et Crissanne comprit qu'il était loin d'être rétabli. Son séjour au Texas ne serait pas une brève visite. Il était venu chez Ethan pour recouvrer la santé, et elle savait qu'elle ne ferait que les gêner en restant.

— La nouvelle de ton retour va-t-elle être rendue publique ? s'enquit Ethan.

— Oui. La société de production va publier un communiqué de presse plus tard dans la matinée. Ils souhaitaient que je parle aux journalistes, mais j'ai préféré d'abord venir te voir… Tu étais comme un frère pour moi.

— Je le suis toujours, affirma Ethan.

— À cet instant précis, mon vieux, je n'en ai pas vraiment l'impression.

— Pourquoi es-tu venu ici ? répliqua Ethan. C'est parce que nous sommes une famille, non ? Et tu désirais être avec ta famille au lieu de rester seul. Rien n'a changé.

Ces deux hommes étaient comme des frères, et Crissanne avait parfois eu l'impression que les liens entre Mason et elle n'étaient pas aussi solides que ceux qui l'unissaient à Ethan.

Mason parut glisser dans le sommeil, et Ethan se tourna vers elle.

Crissanne hocha la tête en silence.

Il avait raison. Ils allaient devoir attendre que l'état de santé de Mason s'améliore avant d'envisager quoi que ce soit d'autre.

Elle ne put s'empêcher de penser que la famille dont elle avait tant rêvé lui échappait une nouvelle fois.

— Je prends le premier tour de veille, déclara Ethan.

- 14 -

Les deux semaines suivantes parurent interminables. Le mois d'octobre apporta quelques journées automnales mais, comme on était au Texas, les températures restaient encore très clémentes. Les enchères aux célibataires auraient lieu seulement une semaine plus tard, et Mason se remettait lentement de ses blessures. Depuis le soir de son arrivée, il n'avait plus jamais mentionné le nom de Crissanne dans ses conversations avec Ethan.

Crissanne était pourtant venue lui rendre visite en plusieurs occasions, et restait à son chevet lorsque Ethan devait retourner travailler. Mais Ethan et Crissanne n'avaient eu que de rares moments pour parler ensemble. Ethan se réjouissait d'avoir retrouvé son ami en vie, mais Crissanne commençait à lui manquer douloureusement.

Il l'avait rencontrée par hasard un matin, au café, en ville. Elle paraissait fatiguée, mais elle était si belle qu'il avait ressenti une furieuse envie de l'embrasser. Mais, bien sûr, il n'en avait rien fait.

Mason s'était rendu à Houston pour une émission retransmise par satellite et des interviews avec les journalistes des chaînes d'information. À part cela, il faisait profil bas à Cole's Hill en attendant d'avoir retrouvé toutes ses forces, et il réfléchissait à la suite de sa carrière.

Comme Ethan ignorait où Mason et Crissanne en étaient, il avait veillé à lui laisser tout l'espace dont elle pourrait avoir besoin. Mais il avait hâte qu'elle revienne dans sa vie. Et il n'osait pas lui poser la question qui lui brûlait les lèvres : Mason et elle étaient-ils à nouveau ensemble ?

Alors, il lui avait lancé un regard gêné, puis il avait tourné les talons et était ressorti dans la rue sans avoir bu son café. Au travail, son assistante lui avait dit qu'il s'était transformé en tyran, et qu'à moins de changer d'attitude, il n'aurait aucun succès aux enchères des célibataires.

Carlene n'avait pas tort. Ethan savait qu'il devait trouver un moyen de revenir à ses anciens rapports avec Mason et Crissanne. Mais il en était incapable. À l'époque, il n'avait jamais serré la jeune femme dans ses bras, il ne l'avait jamais embrassée, il ne lui avait pas encore fait l'amour.

— Dis donc, Ethan, as-tu entendu un seul mot de ce que je viens de te dire ? s'enquit Mason, l'arrachant à ces pensées mélancoliques.

Ils étaient installés à une table près de la piscine et faisaient une partie de cartes. Ils étaient censés réfléchir à un moyen de rendre à Mason son existence juridique après qu'il avait été officiellement déclaré décédé. Ce n'était pas chose facile, et cela nécessiterait une montagne de paperasse. Ethan y travaillait encore, et il n'était pas au bout de ses peines.

— Désolé, répondit-il. Je pensais à autre chose. Que disais-tu ?

— Qu'y a-t-il entre Crissanne et toi ?

— Rien, répondit Ethan.

— Derek t'a-t-il conseillé de me mentir pour accélérer ma guérison ? ironisa Mason, reposant ses cartes sur la table et s'adossant à son fauteuil.

— Derek est cardiologue, rappela Ethan. S'il m'avait dit une chose pareille, je ne l'aurais pas cru.

— Je ne suis pas aveugle, répliqua Mason. Votre embarras mutuel lorsque vous êtes dans la même pièce me dit tout ce que j'ai besoin de savoir.

— Je n'ai pas envie de parler d'elle, marmonna Ethan, haussant les épaules.

— Tu n'as jamais dit un mot à son sujet. Même le jour où je lui ai demandé de sortir avec moi dans le seul but de te rendre jaloux.

— Est-ce uniquement pour cela que tu le lui avais proposé ? s'enquit Ethan, cessant de respirer.

Il n'avait jamais réfléchi à cette possibilité. Pourquoi, en effet, Mason n'aurait-il pas désiré Crissanne, lui aussi ? Dès la seconde où Ethan avait posé les yeux sur elle, il avait été charmé par sa blondeur, par ses grands yeux gris comme les nuages d'orage, et il l'avait désirée.

— C'est possible, convint Mason. Mais ce n'est pas pour cette raison que je suis resté avec elle pendant douze ans.

— Mais, depuis, vous avez rompu, n'est-ce pas ? C'est ce qu'elle m'a dit, en tout cas.

— C'est vrai, reconnut Mason en soupirant. Je… Je n'étais pas prêt à m'engager autant qu'elle le désirait. Elle a envie de fonder une famille, d'élever des enfants…

À l'idée de Crissanne et Mason élevant ensemble une ribambelle de rejetons, Ethan ressentit un brûlant accès de jalousie. Il n'allait pas pouvoir sauver son amitié avec Mason. Ce serait impossible. Il aimait cet homme comme un frère, mais l'idée que Crissanne et lui redeviennent un couple était une véritable torture.

Il avait cru pouvoir faire preuve de noblesse d'âme, mais il savait maintenant que ce serait la fin de leur longue amitié.

— Elle le mérite, observa-t-il. Elle n'avait jamais eu un appartement à elle avant ce petit loft qu'elle vient de louer en ville.

— Je sais, convint Mason. Je pensais… que Crissanne et moi étions très semblables. Mais elle a grandi en s'accrochant à des rêves de bonheur familial, tandis que ma propre expérience m'a appris très tôt que la famille était un carcan dans lequel je ne voulais jamais être enfermé.

Pour la première fois depuis son retour à Cole's Hill, Ethan retrouvait le Mason qu'il connaissait.

— Je pensais que ma mère t'aurait fait changer d'avis, remarqua-t-il en souriant.

— Non, répondit Mason d'un ton catégorique. Ta famille est très attachante, mais elle est seulement l'exception qui confirme la règle. Crissanne n'a jamais pu comprendre ça.

— Comptes-tu renouer avec elle ? s'enquit Ethan.

— Crissanne est entièrement libre de ses choix, et il ne nous appartient ni à toi ni à moi de décider à sa place, observa Mason. Tu sais aussi bien que moi qu'elle nous mettrait en pièces si elle nous entendait parler ainsi d'elle.

— Je sais. Mais, depuis que tu as frôlé la mort, tu as changé… de bien des manières. Je ne t'avais jamais vu aussi serein, aussi détendu.

Mason ôta ses lunettes de soleil et Ethan sonda les profondeurs vertes de ses yeux, cherchant les réponses à des questions qu'il n'osait pas poser. Ayant frôlé la mort, son ami avait-il décidé qu'il avait besoin d'une famille ?

— C'est peut-être l'effet des médicaments anti-douleur que je prends.

Mais Ethan connaissait son ami, et il constatait un changement fondamental chez lui. Mason avait exprimé le souhait de rester vivre ici, à Cole's Hill, au lieu de retourner à Los Angeles. Il avait été très clair à ce sujet, et cela, c'était un énorme changement. Ethan soupçonnait qu'il était né d'un profond désir de se rapprocher d'un environnement familial stable. Sa famille. Et, naturellement, Crissanne. Si Mason se mettait en tête de la reprendre... Il y réussirait probablement.

C'était désolant.

— Elle a souffert à cause de moi, poursuivit Mason d'un ton douloureux. Je lui ai dit des mots volontairement blessants. Et je pense qu'elle ne me le pardonnera jamais.

— Pourquoi as-tu fait cela ?

— Parce qu'elle mérite un homme meilleur que moi. Tu m'as demandé si j'avais changé, et la vraie réponse est un vague peut-être. Je ne sais pas encore. Quand je vous vois ensemble, Crissanne et toi, je la désire, bien sûr, mais c'est seulement parce que je suis égoïste et que je ne veux pas que tu aies tout, et qu'il ne me reste rien. Je t'ai toujours envié d'avoir des frères, une famille, et j'étais même jaloux de cette petite ville où tu as fait ta vie. Si, en plus de cela, tu as la femme dont tu as toujours rêvé... Enfin, je te laisse deviner le reste. Comme tu le vois, je suis capable de me comporter comme un parfait salaud.

Profondément ému par l'honnêteté de son ami, Ethan se leva et fit rapidement le tour de la table pour le serrer dans une étreinte fraternelle.

— Tout ce que j'ai est à toi aussi, Mason, déclara-t-il. Ma famille est ta famille. Ma ville est ta ville.

— Et Crissanne ?

— Crissanne est parfaitement capable de prendre ses propres décisions, annonça Crissanne, entrant dans le patio au même instant, les faisant tous deux sursauter.

Crissanne s'était rendue en ville pour acheter quelques vêtements et objets de toilette, à la demande de Mason. Au cours des deux semaines qui venaient de s'écouler, il était devenu évident que les rapports entre Mason et elle étaient entrés dans une nouvelle phase. L'étincelle qui jaillissait autrefois entre eux avait disparu. Elle s'était éteinte depuis longtemps, et c'était la principale cause de leur rupture. Mais, à sa place, un sentiment nouveau était né.

Cela ressemblait fort à de l'amitié, et c'était extrêmement plaisant. Mason poursuivait sa convalescence et, à chaque jour qui passait, l'espoir de retrouver son chemin vers le cœur d'Ethan brillait plus fort dans le cœur de Crissanne. Elle était tombée follement amoureuse de lui. Jamais, durant toutes ces années passées auprès de Mason, elle n'avait ressenti une telle plénitude, une telle joie.

— Mason, déclara-t-elle, toi et moi n'étions déjà plus un couple bien avant cette confrontation que j'ai forcée entre nous, et qui a causé notre rupture. Lorsque je t'ai cru mort, je me suis rendu compte à quel point tu étais cher à mes yeux, mais je me dois d'être honnête avec toi : mes sentiments pour toi ne sont pas les mêmes que ceux que je ressens pour Ethan.

— J'en prends note, répondit Mason. Mais je sais que ni lui ni toi n'avez mentionné ce que je vous avais dit le premier soir. À savoir qu'aujourd'hui vous êtes bien davantage que de simples amis, tous les deux.

— Je n'ai jamais trouvé le bon moment pour t'en parler, expliqua Ethan en se levant. Notre priorité, à Crissanne et à moi, c'était ta santé.

— Très aimable, répondit Mason d'un ton un peu sarcastique.

— C'est la stricte vérité, insista Crissanne.

Mason se tourna vers elle et son expression s'adoucit.

— Je le sais, reconnut-il. J'étais jaloux, et aussi un tout petit peu triste parce qu'il n'y avait jamais eu entre nous ce que je remarquais entre Ethan et toi. Je sais que mon arrivée vous a plongés dans l'incertitude, tous les deux, et c'est la dernière chose que je souhaiterais aux deux personnes que j'aime le plus au monde.

Mason se leva et s'approcha d'Ethan, boitillant sur sa béquille, avant de déclarer d'une voix douce :

— Je sais que la décision d'un tiers importe peu lorsque deux personnes s'aiment, mais je veux que vous sachiez que je me retire sans regrets de l'équation. Et que, quoi qu'il advienne, nous serons toujours amis, tous les trois.

Sur ces mots, Mason s'éloigna pour rentrer dans la maison. Ethan se tourna vers Crissanne, qui suivait leur ami des yeux, se demandant ce qu'il pourrait bien lui dire. Lorsqu'elle lui fit à nouveau face, il devina qu'elle ne le savait pas non plus.

— Je t'aime, murmura-t-il. Avant toute autre chose, j'ai besoin que tu le saches. Je pensais pouvoir m'effacer s'il le fallait, si c'était le prix à payer pour que tu sois heureuse. Mais j'ai fini par comprendre que ce serait au-dessus de mes forces. Je désire que tu restes dans ma vie, Crissanne. Je veux fonder une famille avec toi.

— Ethan…

— Laisse-moi terminer, s'il te plaît. Je sais que j'ai insisté pour que nous prenions le temps de réfléchir au sens de notre relation mais, pour être honnête, ces quelques jours de séparation ont suffi à m'ouvrir les yeux. Mes sentiments pour toi sont parfaitement clairs. Je sais qu'il est injuste de te faire une déclaration pareille alors que Mason est encore convalescent. Je suis prêt à attendre, bien sûr, mais je tiens à ce que tu saches que je n'ai pas l'intention de rester sur la touche pendant que tu prends une décision. Je vais faire tout ce qui est en mon pouvoir pour te montrer combien je t'aime, et à quel point notre vie ensemble serait parfaite.

— La perfection n'est qu'une illusion, rappela-t-elle en se rapprochant de lui. La vie comporte forcément des hauts et des bas, mais je suis heureuse, Ethan. Parce que, moi aussi, je t'aime. Je n'ai jamais ressenti pour une autre personne ce que je ressens pour toi. Jamais de toute ma vie. J'ai fait de mon mieux pour te laisser tout le temps nécessaire pour clarifier la situation avec Mason, mais tu me manques affreusement. La nuit, j'étreins l'oreiller sur lequel tu as posé ta tête en dormant dans mon lit. Et, chaque matin, je m'attarde dans ce petit café en ville dans l'espoir de te voir.

— Vraiment ? murmura-t-il.

— Sincèrement, affirma-t-elle.

Il la prit dans ses bras et l'embrassa, car son esprit tourbillonnant le rendait incapable d'exprimer avec des mots ce qu'il ressentait pour elle, et il avait peur de se mettre à babiller comme un idiot.

— Je veux t'épouser.

— Oui, moi aussi je désire être ton épouse.

— Parfait, conclut-il. Pour commencer, tu pourrais revenir t'installer chez moi.

— D'accord, répondit-elle sans hésiter.

Son cœur débordait d'amour, et elle craignait presque de croire qu'un tel bonheur soit possible. Puis, Ethan la souleva dans ses bras vigoureux pour l'emporter à grands pas vers la maison et elle sut, au plus profond d'elle-même, qu'elle avait enfin trouvé la sécurité. Il était celui en qui elle pouvait avoir une confiance absolue. Celui qui serait toujours là pour elle.

Épilogue

Alors que les enchères aux célibataires battaient leur plein, Crissanne quitta sa place dans les coulisses pour gagner la salle de bal. Mason lui avait réservé une place à la table des Caruthers, et elle ne put s'empêcher de sourire à l'idée qu'ils avaient tous deux trouvé la famille dont ils avaient toujours rêvé. Elle s'assit entre la nounou de Kinley et Mason, prête à faire monter les enchères pour l'homme qu'elle aimait.

Crissanne portait une bague de fiançailles toute simple qu'Ethan avait glissée à son doigt le soir précédent, au dîner chez ses parents. Elle la contemplait une nouvelle fois lorsque Mason lui adressa un clin d'œil.

— Vous êtes parfaits, tous les deux. Cela me donnerait presque envie de retrouver quelqu'un moi-même.

— J'ai peine à le croire, répliqua-t-elle. Quelle femme pourrait rivaliser avec les sommets que tu rêves encore de conquérir ?

— Touché, convint-il en souriant.

Pa Caruthers s'adressa à lui à cet instant, et Mason se détourna d'elle pour lui répondre. Pippa feuilletait le catalogue comme si elle cherchait quelqu'un en particulier.

— Allez-vous participer aux enchères, ce soir ? s'enquit Crissanne.

— Oui, répondit Pippa, j'en ai bien l'intention. J'ai

remarqué un certain Texan depuis quelque temps déjà et, comme c'est mon anniversaire aujourd'hui, j'ai décidé de m'accorder cette petite fantaisie.

Elle désigna sur une page Diego Velasquez, et Crissanne pouffa de rire derrière sa main.

— De la fantaisie, il en a à revendre, convint-elle. Diego est le plus grand séducteur de la ville. Je suis persuadée que vous vous amuserez énormément en sa compagnie.

— Je l'espère, répondit Pippa avec un soupir théâtral. J'ai bien besoin d'un peu de bon temps.

Avant que Crissanne n'ait pu répondre, Nate, qui faisait office de présentateur de l'événement, annonça le nom d'Ethan au micro. Crissanne tourna la tête, et elle vit son fiancé gagner le centre de la scène. Le présentateur lisait une biographie d'Ethan, et elle nota que ce n'était pas celle qu'elle avait lue dans la brochure officielle des enchères.

— Ethan Caruthers était le dernier des indomptables frères Caruthers à ne pas s'être laissé passer la corde au cou. Certains diront que c'était parce qu'il attendait de rencontrer la femme idéale. En principe, bien sûr, les enchères sont ouvertes, mais Ethan nous a avertis que son cœur et son âme appartenaient déjà à une femme, la femme de sa vie, et que ses jours de célibataire sont derrière lui. Il a donc fait une très généreuse donation à l'association pour compenser les enchères, et nous a demandé de ne le proposer qu'à celle qui l'aime sincèrement et qui désire passer le reste de sa vie auprès de lui.

— J'accepte ! dit Crissanne en bondissant, la main levée.

— Venez réclamer votre célibataire, l'encouragea Nate.

Elle avait à peine parcouru la moitié de la distance

jusqu'à la scène quand Ethan accourut à sa rencontre pour la serrer dans ses bras et la couvrir de baisers. Autour d'eux, les applaudissements et les bravos éclatèrent.

— Maintenant, tu es à moi, murmura-t-elle, prenant le visage d'Ethan entre ses mains.

— Pour toujours, promit-il.

— Et maintenant, mesdames et mesdemoiselles, enchaînait déjà le présentateur, préparez-vous à être tentées par l'unique, l'inégalable, Diego Velasquez !

Désir interdit, de Joss Wood - N°811

SÉRIE: AMOUR, GLOIRE ET POUVOIR 1/3

Julia Brogan a su mener de main de maître sa carrière au point de se voir proposer aujourd'hui de designer l'intérieur d'un yacht ! Une perspective plus que séduisante. En revanche, elle ne s'attendait pas à ce que le constructeur ne soit autre que Noah Lockwood, l'ami dont elle a été si proche par le passé avant qu'il ne disparaisse brutalement. Un ami dont le simple souvenir suffit à lui provoquer des palpitations incontrôlables...

Deux ennemis pour un empire, de Catherine Mann

Son pire ennemi et principal concurrent, Broderick Steele, à la tête de Mikkelson Oil ? Glenna serait prête à tout pour ne pas voir cet homme, qu'elle a autrefois aimé, prendre sa place à la tête de l'empire pétrolier de sa famille. Même si cela implique de devoir briser le nouveau bonheur que vit sa mère avec le père de Broderick...

Un Texan pour récompense, de Jules Bennett - N°812

Adjugé, vendu ! Rachel Kincaid trouve un grand plaisir à seconder son amie dans l'organisation d'une vente aux enchères caritative où de riches célibataires sont mis à prix. Mais avec Matt Galloway, le lot qu'elle vient de remporter, les choses ne vont pas se passer comme prévu. Ami du défunt mari de Rachel, Matt cherche à la séduire à tout prix alors qu'elle s'est promis de ne plus jamais aimer un homme.

Le bonheur d'un enfant, de Stacy Connelly

En s'accordant une parenthèse entre les draps du ténébreux reporter Chance McClaren, Alexa voulait suivre son désir, sans s'engager avec cet homme nomade, nourri par l'adrénaline du terrain. Pourtant, en découvrant sa grossesse, Alexa réalise que tout acte a des conséquences, aussi douces soient-elles. Et qu'elle ferait tout pour protéger cet enfant qui grandit en elle, y compris cacher au père son état actuel...

Un mariage inespéré, de Charlene Sands - N°813

SÉRIE: LE SANG DU TEXAS 1/2

Le compte à rebours a commencé. Lauren va épouser Roger et, pour préparer le mariage, elle emménage dans le ranch de Cooper où se déroulera la cérémonie. Et, si Lauren connaît Cooper depuis longtemps, la proximité n'aide pas à calmer son attirance pour lui, bien au contraire. Au point qu'elle s'interroge. Est-il normal de ressentir de tels sentiments pour un homme alors qu'elle doit partager sa vie avec un autre ?

Le cœur d'un homme, de Charlene Sands

SÉRIE: LE SANG DU TEXAS 2/2

Impossible de révéler la vérité au beau Texan Jared Stone. Bella pourrait y perdre son travail dans le ranch de ce dernier, mais aussi la garde de sa petite Sienna ! Comment lui expliquer que son véritable nom est Francesca Isabella Forte, fille d'un puissant magnat de San Francisco qui cherche à lui retirer la garde de son enfant ? Et qu'elle lui ment depuis leur rencontre alors qu'elle n'a jamais ressenti de sentiments plus sincères pour un homme ?

Un enfant avec lui, de Maureen Child - N°814

Si c'était bien avec la ferme intention de séduire cet homme sombre et solitaire que Daisy s'est fait embaucher auprès de Jericho King, elle n'avait en revanche pas du tout prévu de tomber profondément amoureuse de lui. Alors, même si elle ne tarde pas à s'abandonner au désir qui crépite entre eux, et même si elle savoure chaque merveilleux moment passé entre ses bras, elle sait qu'elle ne peut rien espérer. Car, tôt ou tard, Jericho découvrira les véritables raisons de sa présence chez lui…

Pour l'amour de Rose, de Christine Wenger

« Toi et moi, nous sommes les tuteurs de Rose »… Désespérée, Lisa mesure la portée des mots que Sully vient de prononcer. Ainsi, pour respecter le dernier souhait de sa sœur, elle va devoir partager l'éducation de sa nièce avec ce cow-boy macho, cohabiter avec lui, supporter sa présence chaque jour… Mais, très vite, elle se ressaisit. Pour l'amour de Rose, elle est prête à faire bien des sacrifices. Et même - qui sait ? - à apprivoiser celui qui, son stetson à la main, la scrute en silence, avec une expression qu'elle ne lui a jamais vue : mélange étonnant de tendresse et d'espoir.

Composé et édité par HarperCollins France.

Achevé d'imprimer en juin 2019.

CPi
BLACK PRINT

Barcelone

Dépôt légal : juillet 2019.

MIXTE
Papier issu de sources responsables
FSC® C108412

Pour limiter l'empreinte environnementale de ses livres, HarperCollins France s'engage à n'utiliser que du papier fabriqué à partir de bois provenant de forêts gérées durablement et de manière responsable.

Imprimé en Espagne.